다음 순간, 검은 천이 나부끼며
강화 유리를 갈기갈기 찢어 버렸다.

시선이 마주쳤다.
그 녀석은 입술을 움직여 아쓰시에게 말했다.
찾았다, 고.

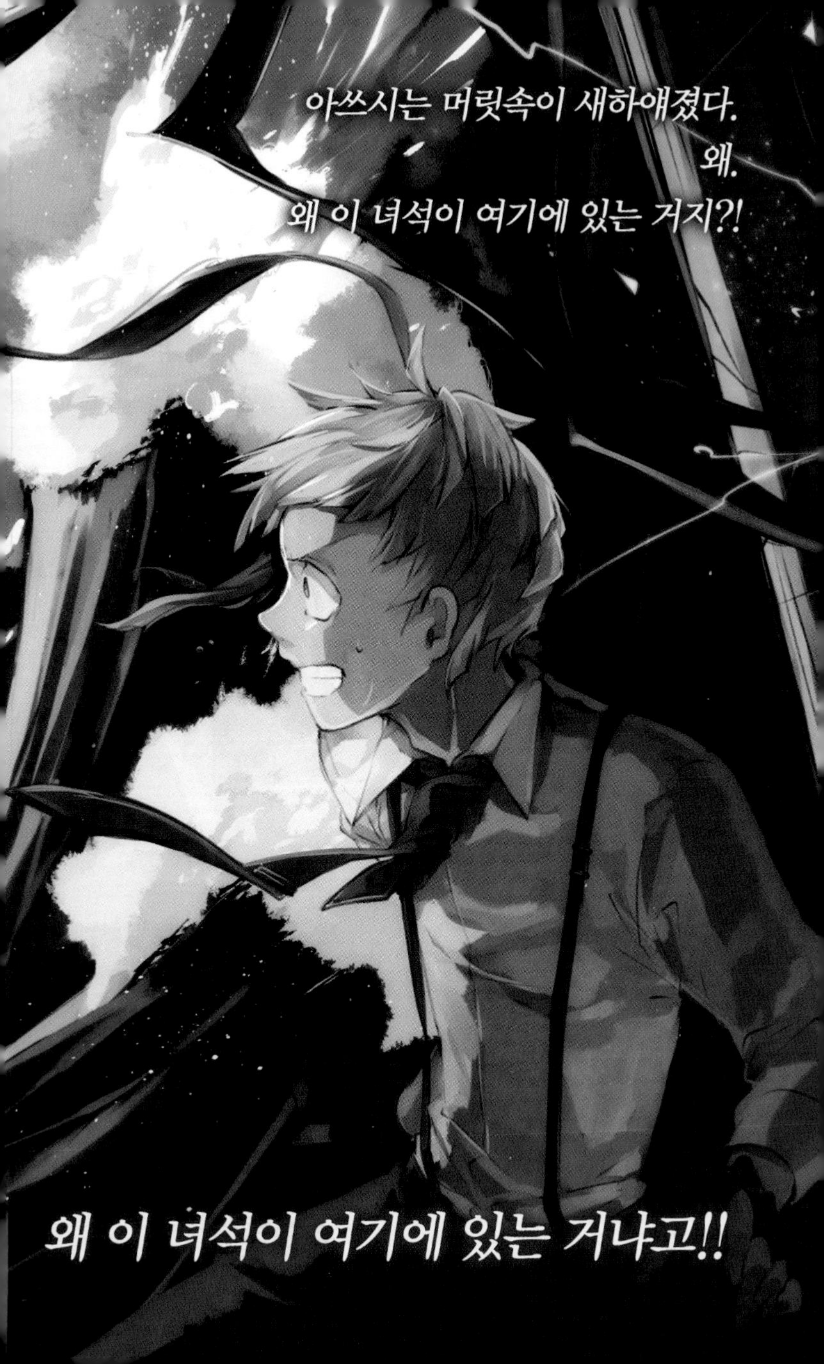
아쓰시는 머릿속이 새하얘졌다.
왜.
왜 이 녀석이 여기에 있는 거지?!
왜 이 녀석이 여기에 있는 거냐고!!

목차

문호
스트레이독스

Bungo Stray Dogs

55Minutes

아사기리 카프카 지음
하루카와 산고 일러스트
문기업 옮김

표지 · 본문 일러스트
하루카와 산고

그날, 요코하마는 소멸했다.

행정 구획의 파란 빌딩들이 가열된 설탕처럼 녹아내렸다.

연안의 화학 콤비나트가 태양 같은 고열에 눈 깜짝할 새에 증발했다.

포장 도로 위에 반듯하게 세워져 있던 많은 자동차들이 마치 변덕쟁이 신에게 갑자기 존재 허가서를 빼앗긴 것처럼 회색 아지랑이가 되어 안에 탄 사람들과 함께 사라져 버렸다.

창문을 통해 밖의 푸른 하늘을 바라보던 소년도.

손을 잡고 해변 공원을 걷던 연인들도.

지하실에서 나쁜 일을 꾸미던 범죄자들도.

모든 것이 갑자기 아무런 예고도 충고도 없이, 자신들이 사라진다는 공포조차 느낄 여유도 없이—— 어느 순간에 갑자기 소멸했다.

마술사가 보여 주는 마술처럼.

마술과 다른 점은 소멸한 반경 35킬로미터의 대지와 그곳 위에 존재하던 400만 명에 달하는 사람이 마술사의 의미심장한 윙크 한 번으로 다시 모습을 나타내는 일이—— 없다는 것, 그리고 앞으로 다시는 원래대로 돌아오지 못한다는 것이었다.

요코하마의 앞바다에서 발생한 고열은 거의 아무것도 남기지 않고 수많은 것들을 앗아가 버렸다. 결코 돌아오지 못할 어딘가로. 영원히.

그 뒤에 겨우 남은 것이라고는 부글부글 끓는 붉은 액상 대지와 죽은 자의 영혼처럼 흔들리는 아지랑이, 그리고 우주까지 뻗은 것만 같이 짙고 푸른 여름의 맑은 하늘뿐.

그곳은 기묘하게도 조용했다.

심지어 쓸쓸함마저 감돌았다.

그 위로는 선명한 여름의 뭉게구름만이 소멸한 거대 도시는 관심 없다는 듯, 느긋하게 하늘을 떠다녔다.

──여름이었다.

소멸극의 시작을 알린 개시점은 그때로부터 불과──.

──55분 전.

요코하마 소멸 55분 전.

나카지마 아쓰시는 바다 위에 있었다.

쌍동형 고속정이 흰 물보라를 일으키면서 파도를 갈랐다. 아쓰시는 고속정의 뱃머리에 서서 물보라가 섞인 바람을 온몸으로 만끽했다.

하늘은 푸르고, 바다는 끝이 없었다. 햇살은 뜨거웠고, 물보라는 차가웠다. 누가 봐도 '무언가 좋은 일이 있을 것 같은' 쾌청한 날이었다.

"이봐, 아쓰시! 뱃머리에 서 있다가 바다에 떨어지면 어쩌려고 그러나?!"

등 뒤의 선실에서 자신을 부르는 소리를 듣고 아쓰시가 고개를 돌렸다.

"구니키다 씨, 전 이렇게 빠른 배에 타 보긴 처음이에요! 정말 기분 좋네요! 빠르고, 날씨도 좋고요!"

구니키다라고 불린, 안경을 쓴 청년이 선실 문 밖으로 내민 얼굴을 찌푸리며 말했다.

"날씨도 속도도 보면 안다." 그렇게 말한 뒤, 구니키다는 품에서 수첩을 꺼내 열었다. "오늘의 기상 상황은 강수 확률 0퍼센트다. 바람은 남풍 뒤 남동풍으로, 파도 높이는 1미터 후 1.5미터. 그리고——."

"그 수첩에는 여전히 뭐든 다 적혀 있군요⋯⋯."

"내 수첩에는 온갖 예정이 다 적혀 있다. 뭐든 수첩의 예정대로 되는 건 좋은 일이야. 한번은 날씨 예보가 틀려서 기상청에 쳐들어간 적이 있다만." 표정을 바꾸지 않고 무시무시한 이야기를 한 뒤, 구니키다는 수첩을 닫으면서 아쓰시를 바라보았다. "그런 것보다 선실로 들어와라. 이 배에 무슨 소풍을 가려고 탄 줄 아나? 일 때문에 회의를 해야 한다."

"아, 네. 알겠습니다."

아쓰시는 순순히 뱃머리에서 뛰어내렸다.

배 위에서 배를 따라 나는 괭이갈매기가 끼룩끼룩 하고 울었다.

아쓰시는 구니키다의 뒤를 따라 선실 안으로 들어갔다. 안으로 들어가자 에어컨의 차가운 공기가 얼굴에 닿았다.

선실 안은 다다미 열 장(약 16평방미터) 정도 되는 대합실이었다. 벽에는 지도, 구명조끼, 승무원의 집합 사진 등이 걸려 있었다. 그리고 대합실 중앙에는 회의에도 사용할 수 있는 긴 탁자가 놓여 있었고, 그 주변을 유백색 소파가 둘러싸고 있었다.

"봐라. 이미 탐정사 조사원이 모두 모여 너를 기다리고 있다."

구니키다가 손으로 실내를 가리켰다.

"기다리고…… 있다고요……?" 아쓰시는 실내의 멤버를 둘러보았다.

대합실 소파에 앉아 있는 사람은 네 명.

아쓰시는 생각했다. ……이걸 기다리고 있는 거라고 할 수 있을까?

"음~. 우웨엑~. 울렁거려……. 왜 배는 이렇게 흔들리는 걸까, 나오미……. 아아, 세계가 흔들려…… 소화 기관도 흔들리고…… 솟구치는 이 감정에 나는 우웨에에에엑."

"아아아, 오라버니. 가여운 오라버니. 아무리 토해도 나오미가 간병해 드릴게요. 그러니 마음껏 토하세요, 우후후후."

자리 가장 안쪽에서 축 늘어져 있는 소년―― 다니자키는 탐정사 안에서는 아쓰시와 가장 나이가 가까운 한 기수 위의 선배였다. 그런 다니자키가 지금 놋대야에 얼굴을 묻고 창백한 얼굴로 무언가 실없는 소리를 중얼거리는 중이었다. 그런 다니자키를 열심히 간호해 주는 여동생 나오미는 왜인지 모르겠지만 황홀하고 기쁜 표정을 지었다. 지금까지 아쓰시가 봐 왔던 바로는, 여동생 나오미의 경우 오빠가 곤란하면 곤란할수록 더욱 기뻐했다. 이유는 모른다.

그 옆에는——.

"이 사진은 그저 그러네. 아래턱의 골절상이 깨끗하게 안 찍혔어. 응? 이쪽은 괜찮은걸? 산탄이 소장과 췌장과 비장을 단칼에 에어 내서…… 날아가 버린 엉덩이뼈까지 확실히 보이다니. 그럼 이걸 확대해서 탐정사 벽에 붙여 볼까."

책상 위에 현상된 사진을 늘어놓고 정성스럽게 선별하는 사람은 탐정사의 전속 여의사인 요사노였다. 탁자 위에 놓인 사진은 모두 처참한 살인 현장의 시체 사진뿐. 요사노는 몸이 비틀려 잘린 사진, 목이 거의 잘려 너덜너덜한 사진, 뼈가 튀어나온 사진 등—— 몇십 장이나 되는 사진의 순서를 바꾸고 얼굴을 가까이 대면서 때때로 기쁜 한숨을 내쉬었다.

그 옆에는——.

"으음, 음냐음냐……. 모코, 넌 정말 멋진 소야……. 보기에도 좋고, 쓰다듬기에도 좋고, 먹기에도 좋고…… 음냐."

행복한 미소를 지으며 자는 사람은 최연소 조사원인 겐지였다. 얼마 전까지 전기도 들어오지 않는 시골에서 소를 키우며

살던 소년으로 탐정사 사장의 눈에 띄어 요코하마에 왔다. 성격은 아쓰시가 지금까지 만난 그 누구보다도 순박하고 사람을 의심할 줄 모르는, 딱 시골 출신다운 선량한 소년이었다. 그런데 신기하게도 업무 성적이 매우 좋았다. 잠에서 깨어날 때의 흉악함은 암흑사회 사람이 도망칠 정도이기 때문에, 탐정사 사람들은 아무도 자고 있는 겐지를 억지로 깨우지 않았다.

아쓰시는 실내의 탐정사 사원을 끝에서부터 순서대로 바라보았다. 그리고 역순으로 한 번 더 바라보았다.

그리고 구니카다 쪽을 돌아보았다.

"……기다리고 있다고요……?"

"흐음……." 구니키다가 얼굴을 작게 실룩였다. "그러니까, 그거다. 기다리는 방법이야 각자 다른 것 아니겠나."

"다자이 씨는 아예 안 계신 것 같은데요……." 아쓰시는 실내를 돌아보며 말했다. "다자이 씨는 어디 계신가요?"

"그 멍청이 말인가?" 구니키다가 손가락으로 관자놀이를 눌렀다. "녀석은 집합 장소인 항구에서 '헤엄쳐서 갈게~'라고 말하며 바다에 뛰어들었다. 구하는 것도 귀찮아서 그냥 방치해 두고 출항했지. 지금쯤이면 바닷속에서 상어에게 식사를 제공하고 있을 거다."

다자이라는 남자도 역시 탐정사의 조사원이었다. 아쓰시를 탐정사로 이끈 장본인이기도 했다. 하지만 행동이 괴이해서 다음에 무슨 짓을 할지 아무도 예측하지 못했다. 아무튼 간에 '취미는 자살이다'라고 공언하는 사람이니까. 구니키다는 어떻게

해서든 다자이를 성실한 사람으로 만들려고 악전고투하는 모양이지만, 아쓰시가 보기에 그 노력이 결실을 맺을 날은 오지 않을 듯했다.

무장 탐정사.

무장 탐정사는 요코하마에서 활동하는 이능력자 집단이다. 의뢰를 받으면 일을 시작하며, 경찰에게도 벅찬 위험한 의뢰까지 맡는다. 구성원의 대부분이 이능력이라고 불리는 특이한 능력을 지녔으며, 시민은 물론 정부 기관의 신뢰도 두텁다.

──하지만.

"이제부터 회의를 시작하겠다. 모두 주목!"

구니키다가 그렇게 외쳤지만, 아무도 반응을 보이지 않았다. 다니자키는 고개를 숙이고 있었고, 요사노는 사진 선별에 푹 빠졌고, 겐지는 잠들었고, 나오미는 오빠 이외에 누구에게도 신경 쓰지 않았다.

당연한 일이야── 하고 아쓰시는 생각했다.

개성적이고 개인주의가 강한 탐정사 사원은 제어하기가 상당히 어렵다. 기본적으로는 개인 또는 2인 1조로 일을 하지만, 이번처럼 집단으로 일을 하는 경우, 앞장서는 사람──대부분은 구니키다──이 고생을 다 짊어져야 한다.

"전원 주목!" 구니키다의 목소리가 한 번 더 허무하게 대합실의 방에 빨려 들어갔다.

아쓰시는 안절부절못하며 구니키다를 바라보았다. 구니키다는 전원 주목, 하고 말했을 때의 자세를 유지한 채, 꼼짝도 하지 않았다. 사원들 역시 아무도 반응을 보이지 않았다.

"그…… 그런데 구니키다 씨. 회의라니, 뭐에 관한 회의인가요?" 아쓰시는 꼼지락거리면서 물었다.

"으음, 어쩔 수 없지. 아쓰시, 네가 그렇게 궁금하다면 가르쳐주마." 구니키다는 아쓰시와 눈을 마주치려고 하지 않으면서 헛기침을 했다. "의뢰가 어떤 것인지 내용은 이미 알지? 이 연락선의 목적지인 '섬'에 의뢰인이 있다. 의뢰는 섬에 있는 도적을 붙잡는 것."

"도적, 이요?"

"그래." 구니키다는 고개를 끄덕였다. "도적 퇴치다. 이 멤버라면 아주 대대적으로 소탕할 수 있을 거다."

구니키다와 아쓰시는 실내의 사람들을 바라보았다. 모두 개성적인 모습으로 시간을 보내는 탐정사 사원들을.

아쓰시는 생각했다. 이번 의뢰, 굳이 따지자면 도적이 더 불쌍하다고. 모르는 사람은 상상도 못하겠지만, 지금 이곳에 있는 무장 탐정사 사원은 정예다. 한 사람, 한 사람 모두가 강력한 이능력을 지닌 탐정사 사원이 이렇게 많이 모이면, 도적이 문제가 아니라 작은 마을도 하나 파괴해 버릴 수 있다. 구니키다의 말대로 대대적인 소탕이 가능하다.

이만큼 많은 사원을 한번에 동원해 달라는 것이 의뢰인의 요구였던 듯했다. 의뢰인은 아마 상당히 신중한 성격이거나, 지갑 사정이 아주 좋은 사람일 가능성이 크다.

아쓰시는 새삼 이 강력한 이능력자 동료들을 둘러보았다.

"음냐, 음냐……. 모코, 사람과 소도 진심으로 이야기하면 틀림없이 서로 이해할 수 있을 거야……. 정 안 되면 물통으로 때릴게요…… 음냐."

잠꼬대를 하는 겐지.

"으으…… 울렁거려…… 나오미, 차가운 물 좀 갖다 주면 안 될까……?"

"물론 갖다 드려야죠, 오라버니. 제가 입으로 직접 옮겨 드릴게요!"

"아니, 그냥 평범하게……."

간호를 받고 있는 듯, 아닌 듯도 한 다니자키.

"음~. 이렇게 시체와 살점을 보니, 우리도 대퇴골 하나쯤은 장식해 뒀으면 하는데……. 아쓰시, 네 대퇴골 하나 좀 주면 안 될까?"

"그런 걸 어떻게 드려요?!!"

"그런 건 우유만 마시면 금방 나아."

"안 나아요!"

이 사람들이 얼마나 대단한지를 사람들에게 설명하기 위해서는 상당히 고생해야 할 듯싶었다.

"그러고 보니, 구니키다 씨." 아쓰시는 문득 생각난 게 있어 구니키다에게 물었다. "'도적 퇴치' 의뢰 말인데요……. 의뢰인은 왜 경찰이 아니라 우리 탐정사에게 의뢰하기로 한 걸까요?"

"설마 그 '섬'에 대해서 모르고 온 건가?" 구니키다는 그렇게 반문한 뒤 말했다. "이유는 간단하다. 일본 경찰은 그 섬에서 조

사할 권한이 없기 때문이다. 왜냐하면 그 섬은 엄밀히 말해──
'일본이 아니' 기 때문이다."

──일본이 아니야?

"그게 무슨 말씀이시죠?"

"실제로 보는 게 가장 빠르지." 구니키다는 그렇게 말하더니,
배 밖으로 시선을 돌렸다. "슬슬 보일 시간이다. 창문으로 한번
봐라."

아쓰시는 구니키다의 말대로 선실의 창문 바깥으로 바다를 내
다보았다.

"저건……?!"

그 섬을 본 아쓰시의 첫인상은── '기계 섬'.

그것은 섬이라기보다는 바다에 떠 있는 거대한 플레이트였
다. 멀리서 보니, 섬 위에는 3층 정도 되는 돌로 만든 건물이 늘
어서 있었다. 그 건물을 아래에서 받치고 있는 것은 대지가 아
니라 겹겹이 쌓인 금속판이었다. 그리고 그 하부를 무수히 많은
금속 기둥이 지탱하는 중이었는데, 기둥은 모두 바다를 향해 뻗
어 있었다. 또 기둥 안쪽에서는 거대한 터빈 비슷한 것이 회전
하는 중이었다.

그곳에는 자연 그대로인 것이 아무것도 없었다.

한없이 거대한 기계가 바다 위에 둥실둥실 떠 있었다.

"대형 해상 부동(浮動) 도시, '스탠더드'." 구니키다가 수첩
을 넘기면서 말했다. "독일·영국·프랑스. 이 유럽 세 나라가
공동으로 설계한 '항해하는 섬' 이자, 일찍이 세 나라가 공동으

로 통치한 영토이기도 하다. 조타에 의한 자립 항행 능력을 지니고 있으며, 해양 온도차 발전, 파력 발전, 태양광 발전, 해상 풍력 발전 등을 복합적으로 운영하는 등, 에너지는 육지에 의존하지 않고 완전 자급. 섬 안에는 중세 때부터 근대의 유럽을 재현한 건물이 늘어선 리조트가 있어, 전 세계의 부호가 통 크게 돈을 뿌리고 다닌다. ──평소에는 발전에 최적의 기후를 갖춘 남태평양을 떠돌지만, 가끔 이렇게 요코하마 근해에 올 때도 있지. 직설적으로 말하자면…… 저건 섬이라기보다는, 그냥 거대한 배 한 척이라고 할 수 있겠군."

"배라니……." 아쓰시는 섬의 외관을 멍하니 바라보았다. 마을 하나가 통째로 떠 있는 그 섬은 배라고 할 수 있는 규모가 아니었다. "뭐라고 해야 할지…… 꼭 농담 같은 섬이네요."

"아니다. 저 섬은 실제로 농담 그 자체라 할 수 있다." 구니키다가 고개를 저으며 말했다. "각오해 두는 게 좋다. 섬에 발을 들이자마자 무슨 일이 벌어질지 알 수 없으니 말이야."

섬에 들어가기 전에 고속정 안에서 엄중한 신분 확인이 이루어졌다.

지문, 망막 확인 외에, 철저한 소지품 검사. 폭발물을 비롯한 화학 물질, 약물 검사. 군사 시설 출입 혹은 전쟁 중인 나라에 있는 공항에 입장하는 정도의 엄중한 검사였다. 구니키다가 말하길, 이 연락선은 섬에 들어가기 위한 유일한 수단이며 이곳에서 엄중하게 신분을 검사해 섬 안의 위험 활동이나 범죄를 미연에 방지하는 역할도 하고 있다고 한다.

아무튼 간에 아쓰시 일행은 무사히 그 검사를 통과했다. 그리고 섬의 현관인 부두 구역에서 내려 섬의 대지를 밟았다.

섬의 경치를 보고 아쓰시는 감탄사를 연발했다.

그곳에는 완전한 이국의 모습이 펼쳐져 있었다.

인도를 뒤덮은 것은 각각 조금씩 형태가 다른 네이비블루 돌바닥. 인도의 양옆에 늘어선 건물의 벽은 모두 빈티지 와인색 벽돌이었다. 모든 집에는 석회를 바른 진열창이 달려 있었고, *난간(欄間)이 달린 현관도 눈에 띄었다. 안에는 물을 이용해 돌아가는 수차 오두막까지 있었다.

아쓰시의 앞을 진짜 회색 말이 끄는 마차가 달그닥달그닥 소리를 내며 지나갔다.

거리 너머에는 벌꿀색 외벽으로 만들어진 시계탑이 보였고, 거대한 시계의 시곗바늘은 11시 12분을 가리키고 있었다.

"이곳은 영국령이군." 구니키다는 주변을 돌아보며 말했다. "19세기 런던의 거리를 모방한 지구(地區)다. 하지만 기초 부분이나 실내에는 최첨단 기술이 가득 사용됐지. 생수를 마셨다고 배탈이 나지는 않으니 안심해라."

"눈이 혼란스러워요……." 아쓰시는 한숨을 내쉬었다.

"일단 모두에게 이 녀석을 나눠 주겠다."

---

* 난간(欄間) : 일본의 건축양식 중 하나. 채광, 통풍, 장식 등을 목적으로 천장과 문 사이에 설치하는 일종의 창.

구니키다는 그렇게 말하더니, 품에서 몇 개인가 은색 동전을 꺼냈다.

"이건 뭔가요? 용돈?"

"그럴 리가 있나. ……이건 의뢰인이 준 이 섬의 신분증이다. 전부 다 가지고 있어야 한다." 구니키다는 사원들에게 동전을 하나씩 나누어 주었다. "일반적인 관광객은 동화(銅貨)를 가지고 다니지만, 그 은화(銀貨)에서 방출되는 식별 신호를 문에 대면 일반 손님은 들어갈 수 없는 기밀 지역에도 들어갈 수 있다."

아쓰시는 건네받은 동전을 빙글빙글 돌리면서 살폈다. 뒷면에는 삼지창을 지닌 바다의 신 비슷한 인물의 모습이, 앞면에는 어딘가의 임금님 옆얼굴이 새겨져 있었다.

"경비원이 제지했을 때, 그 동전이 없으면 수상한 사람으로 낙인찍혀 섬 밖으로 추방된다. 절대 잃어버리지 마라." 구니키다는 사원들을 둘러보았다. "절대 매점에서 사용하지 말고!"

그런데 그때.

천을 씌운 마차 한 대가 달그닥달그닥 하는 소리를 내면서 아쓰시 일행 앞으로 다가왔다.

"하아……. 무장 탐정사 일행이십니까?"

깊은 한숨과 함께 목소리가 들려, 아쓰시 일행이 그쪽을 돌아보았다.

마차에서 내린 사람은 파란 작업복을 입은 청년이었다. 나이는 서른 전후. 하지만 나이에 비해 유난히 나이를 많이 먹은 듯한 인상이었다. 많이 피곤해 보이는 사람이네, 하고 아쓰시는 생각했다.

"저는 이 섬, 스탠더드의 선장을…… 하아, 맡고 있는, 선장 월스톤이라고 합니다. 여러분을 이곳으로 모신, 하아…… 의뢰인입니다. 부디 잘 부탁드립니다."

"당신이 선장인가." 구니키다가 한 발 앞으로 나섰다. "맞이해 줘서 고맙다. 그런데…… 상당히 지쳐 보이는데 괜찮은 건가?"

"하아…… 걱정해 주셔서, 감사합니다. 하지만 이게…… 하아, 저의 평소 근무 모습이니…… 하아, 걱정하지 않으셔도 됩니다."

"하아……."

아쓰시는 그 모습에 영향을 받아 절로 한숨을 내쉬었다.

파란 작업복에 지친 얼굴. 아쓰시는 어딘가 모르게 선장이라기보다 배의 기관실에서 일하는 수리공을 연상케 한다고 생각했다. 그래도 선장이라고 하니, 이 배에서 가장 높은 사람이겠지만.

"그럼 월스톤 선장, 어서 의뢰의 자세한 내용을 듣고 싶다만."

갑자기 맥 빠지는 전자음이 울렸다.

라멘 포장마차 같은 곳에서 울리는 호객음이었다.

"하아, 죄송합니다, 전화가 온 모양입니다." 선장이 품에서 휴대전화를 꺼냈다. "여보세요."

아쓰시는 선정의 지친 얼굴을 바라보았다. 꽤 별난 벨소리를 사용하는 사람이다. 라멘을 좋아하나?

"네, 그거야 물론입니다! 죄송합니다! 반드시 찾아내겠습니다……. 여러분에게 피해가 가지 않도록, 네, 알겠습니다!"

한바탕 뭔가를 사과한 뒤, 선장이 전화를 끊었다.

"아무래도 피차 걱정이 끊이지 않는 입장인 듯하군." 구니키다가 묘하게 동정이 간다는 듯한 말투로 말했다.

"지금…… 제 위에 커다란 구멍이 뚫린 느낌입니다." 선장이 숨이 끊어질 듯한 목소리로 그렇게 중얼거렸다.

"그래서, 하아…… 실례했습니다. 여러분이 머무실 숙소를 잡아 두었습니다. 바로 근처이니…… 하아, 길을 안내하면서 의뢰에 관해 설명드리겠습니다."

"하아…… 그래서 말입니다."

이국적인 거리를 빠져나가면서 월스톤 선장이 말했다.

"의뢰는 어떤 귀중한 물건을 훔치려고 하는 도적들을 퇴치해 주십사 하는…… 하아, 그런 종류입니다."

"도적……. 어떤 녀석들인가요?" 아쓰시가 물었다.

"원래 이 섬은 상륙하는 사람의 신분을 엄격하게 체크합니다. 게다가 부유층 대상의 리조트이기 때문에 그에 상응하는 보안도 이루어지고 있어…… 일부 귀중품을 이 섬에 보관하는 분도 많이 계십니다."

"그걸 도적이 노리고 있다는 것인가." 구니키다가 고개를 끄덕였다. "그래, 그 귀중품이라는 게 뭐지?"

구니키다의 질문에 월스톤 선장은 천천히 고개를 끄덕이며 말했다.

"'음식'입니다."

"음식?"

"세계에서 가장 값비싼 음식 재료라고 하는 유럽의 화이트 트러플. 같은 무게의 금보다 4배나 가격이 나가는 환상의 음식 재료입니다. 지금 저희가 보관하고 있는 것은 역대 최고의 값이 매겨질 것으로 생각되는 '보석'이라는 이름을 지닌 트러플로, 암시장에서는 가격이 100만 유로에 달할 것이라는 말이 돌 정도입니다."

"그렇군. 음식 재료는 먹으면 사라지는 특성상, 그림이나 보석과 비교해 밀매를 해도 구매자가 쉽게 나타나지. 게다가 음식 재료는 수집품보다도 가치를 알아보는 사람이 절대적으로 더 많아. 도적 입장에서는 확실히 위험이 없는 먹잇감이라고 할 수 있다." 구니키다는 수첩에 내용을 적으면서 말했다. "그 보석 트러플을 지키는 것이 우리가 해야 할 일이라는 거군."

"네. 런던 경찰국 스코틀랜드 야드에서 그 물건을 노리는 3인조 도적이 활동하고 있다는 정보를 받고 이렇게 여러분께 의뢰를 드린 것입니다."

그 말까지 들었을 때, 아쓰시의 마음에 무언가 걸리는 것이 있었다.

"저어, 죄송합니다." 아쓰시가 머뭇거리며 물었다. "도적 퇴치라는 건 알겠는데……. 그럼 이 인원수는 너무 많지 않나요?"

이번 의뢰로 파견된 탐정사 사원은 모두 일곱 명. 기본적으로는 2인조로 일하는 탐정사 사원이라는 점을 생각해 보면 상당히 많은 인원이다.

"아쓰시의 말에도 확실히 일리가 있다." 구니키다가 고개를 갸웃했다. "선장, 어떤가? 그쪽에 관해서는 무언가 비밀 사정이라도 있는 건가?"

"비, 비비비, 비밀 말씀입니까? 그런 것이 있을 리가 없지 않습니까!" 윌스톤 선장은 갑자기 긴장한 듯이 그렇게 말했다. "여러분을 모신 이유는 그그그, 그냥 물건이 완벽하게 무사하길 바라는 마음, 그뿐, 정말로 그뿐입니다!"

아쓰시와 구니키다가 서로 얼굴을 마주 보았다.

"으으음, 저어…… 보십시오. 숙소에 도착했습니다. 이쪽입니다!"

선장이 가리킨 곳을 보니, 그 말대로 4층짜리 목조 건물이 보였다. 현대의 숙박 시설이라기보다는, 판타지 소설에 나올 법한 그런 숙소처럼 보였다.

"자 자, 어서 들어오시지요. 이 섬의 숙소 중에서도 많은 분들이 취소가 되기만을 호시탐탐 노릴 정도로 인기가 많은 숙소입니다. 일단은 여행의 피로를 푸시고…… 어, 정말로 아무것도, 여러분이 걱정하실 만한 일은 절대로 일어나지 않습니다!"

거기까지 빠르게 말을 이어간 뒤, 선장은 덧붙이듯이 작게 한숨을 내쉬었다.

"……하아."

아쓰시는 호텔의 한 방에서 여행 가방을 풀었다.

호텔도 오래전의 런던을 연상케 하는 그런 곳이었다. 가스등을 모방한 램프가 실내를 비췄고, 침대에는 정밀한 덩굴과 꽃문양이 새겨져 있었다. 그리고 벽에는 세계에서 가장 오래된 증기기관차의 흑백 사진이 걸려 있었다.

"구니키다 씨, 그 선장의 의뢰, 조금 마음에 걸리지 않나요?"

아쓰시가 묻자, 세면대에서 비품의 수를 확인하던 구니키다가 돌아보았다.

"조금이고 뭐고, 마음에 걸리는 것투성이다." 구니키다는 표정을 바꾸지 않은 채 그렇게 말했다. "하지만 그래도 의뢰는 의뢰다. 의뢰인이 뭐 하나 숨기는 것 없는 순수한 성인(聖人)만 있지 않다는 것 정도야 이미 알고 있는 사실이다. 우리는 사장님이 명령한 일을 완수하면 그만이야."

구니키다는 수첩에 긴급 피난 경로를 베껴 쓰면서 아쓰시 옆으로 돌아왔다.

"오히려 신경이 쓰이는 것은 사장님이 이번 의뢰를 받아들인 이유다. 이렇게 많은 조사원을 파견한 것도, 란포 씨를 섬에 보내지 않은 것도 모두 사장님의 결정이다. 내 생각엔──."

"생각엔?"

"사장님을 설득한 누군가가 있다." 구니키다 씨가 그렇게 단언했다. "사장님이 회사 밖에서 누군가와 이야기를 나눈 뒤 바로 사원 모두에게 지령을 내리셨다. 누군가가 사장님을 움직인 거지. 그렇게 생각하는 게 자연스럽다. ——그런데 아쓰시."

구니키다가 갑자기 이름을 불러 아쓰시는 고개를 들었다.

"유난히 큰 여행 가방을 들고 온다 싶었는데—— 그게 대체 뭐지?"

구니키다의 시선을 따라 아쓰시는 자신의 여행 가방을 바라보았다.

"뭐냐니요—— 짐인데요. 이 섬에서 잠을 자면서 일을 해야 하니까요……. 저어, 전 별로 여행 외박을 해 본 적이 없어서, 준비는 면밀히 하는 게 좋겠다는 생각을 했어요."

"그 마음가짐은 매우 훌륭하다. 하나, 구체적으로 그건 뭐냐?"

아쓰시는 자신의 짐을 하나하나 침대 위에 늘어놓기 시작했다.

"도시락. 휴대용 우산. 물통. 타월. 반창고. 돗자리. 귤. 코코아 가루. 그리고……."

구니키다가 천천히 자리에서 일어서더니, 가만히 아쓰시를 바라보았다.

"……나는 '소풍이 아니다'라는 말을 하고 싶은 거다."

아쓰시는 당황해서 양손을 저었다.

"앗, 아니, 죄송합니다. 전 이런 외박이 처음이라서, 조금 뭐라고 해야 하지? 마음을 진정하기가 힘들었거든요……. 하지만 일을 하러 온 거라는 사실은 절대 잊지 않았어요! 만에 하나를 대비한 준비는 확실합니다!"

"호오?"

"예를 들면 이런 거예요. 화투, 주사위 놀이, 트럼프, 베개 던지기용 베개."

"수학여행이냐?!"

구니키다가 소리쳤다.

"아무리 생각해도 밤이 되면 떠들썩하게 놀 생각으로 가득 차 있는 것 같다만?"

"죄, 죄송합니다."

아쓰시는 깜짝 놀라 사과했다.

"저…… 저어, 전 지금까지 이렇게 멋진 숙박 시설에서 잠을 잔 적이 없어요. 고아원 시절에는 외박을 해도 대부분은 더러운 바닥 위에서 잠을 잤거든요……. 전 친구도 없고, 저어, 그래서 그만…… 죄송합니다."

구니키다는 아쓰시를 노려보았다.

그리고 천천히 숨을 들이쉬었다.

구니키다가 숨을 내쉬며 말했다.

"……………………늦어도 2시에는 소등할 테니 그렇게 알아라."

아쓰시는 혼자 돌바닥 인도를 걸었다.

그 뒤로 숙박 준비를 끝내고 앞으로의 예정에 대해 간단히 회의한 다음, 구니키다는 아쓰시에게 선장에게 가 보라고 지시를 내렸다.

　구니키다는 나중에 뒤따라오기로 했다. 절차에 실수가 있었는지, 아니면 누군가의 조작인지는 모르겠지만, 다니자키와 여동생인 나오미의 숙박실이 같은 방으로 처리된 모양이었다. 안색이 바뀌어 '그건 아무리 그래도 역시 문제다'라고 말을 하면서, 구니키다는 숙박 수속 수정을 위해 달려갔다.

　아쓰시는 두리번거리며 주변을 둘러보았다. 슬레이트 기와지붕이 올라가고 벽이 회반죽으로 발린 집도, 하늘을 노려본 채멈춰 있는 가고일 석상도, 정밀하게 처마 안쪽이 장식된 흰 도서관도, 눈에 들어오는 것은 하나도 빠짐없이 매우 신선했다. 자신이 태어난 곳에서는 볼 수 없었던, 책이나 사진을 통해서밖에 본 적 없는 오래된 런던의 풍경이었다.

　마치 정말로 외국에 온 것 같다고 아쓰시는 생각했다. 아쓰시는 해외로 나가 본 경험이 없었다. 그래서 이 배가 어떤 의미에서는 첫 해외 경험이라고 할 수 있었다.

　아쓰시는 마치 자신이 옛날이야기의 등장인물이 된 것 같은기분이었다. 뒷골목에는 요정이 있고, 성에는 임금님과 왕비님이 있고, 어둑어둑한 지하에는 잭 더 리퍼가 불길한 웃음을 지으며 나이프를 갈고 있지 않을까―― 숨을 들이쉬니, 그런 공상이 폐의 안쪽까지 가득 퍼지는 듯했다.

　아쓰시가 두리번거리며 풍경을 바라보는데, 무언가 앞쪽에서시끄러운 소리가 들려왔다.

　"도망쳤다, 쫓아라!"

시끌시끌 소란스러운 소리에 섞여 누군가의 목소리가 아쓰시의 귀에 분명히 전해졌다. 매우 바쁘게 어른들이 이리저리 달렸다. 무슨 소동이지? 아쓰시는 목을 길게 빼고 바라보았다.

"경비팀을 불러라!", "얼굴은 봤나?!", "도둑맞은 것이 뭔지 확인해라!"

'도둑맞았다'라는 단어를 듣고 아쓰시의 귀가 쫑긋하고 반응했다. 도난 소동. 누군가가 무언가를 훔쳤다.

——의뢰는 섬에 있는 도적을 잡는 것.

구니키다의 말이 떠올랐다.

아쓰시는 거의 반사적으로 달리기 시작했다.

소동은 부두 근처의 화물 보관 구역에서 일어난 듯했다. 아쓰시 일행이 섬에 들어올 때 통과했던 곳과는 다른 곳으로, 사람이 아니라 화물이 반입되는 구역이었다. 주변에는 벽돌로 만든 창고가 늘어선 모습이 보였다.

섬의 직원으로 보이는 파란 제복 차림의 남자들이 몇 명, 런던 석벽이 늘어선 골목에서 달려 나왔다.

"자네, 이 근처에서 검은 머리카락에 키가 큰 남자를 못 봤나?"

갑자기 직원 한 명이 말을 걸었다. 아쓰시는 어쩔 줄을 몰라 했다.

"네? 아, 저어…… 못 봤는데요." 아쓰시는 그렇게 대답하는 것이 고작이었다.

"혹시 보게 되면 관리국에 보고해 주게!"

직원은 그렇게 말을 하고 다시 달리기 시작했다.

"저, 저어!" 아쓰시는 달려가는 직원의 뒷모습을 향해 크게 외쳤다. "뭐가 도둑맞았다고 들었는데…… 무슨 일이죠?"

"밀입도다!" 직원은 그렇게 소리를 친 뒤, 골목길을 달려 어느새 모습이 보이지 않았다.

밀입도? 아쓰시는 머릿속으로 글자의 뜻을 떠올려 보았다. 이 섬에…… 밀입국했다, 그런 의미인가? 허가를 받지 않은 인물이. 그런데 대체 뭘 위해서?

그때, 어딘가에서 목소리가 들려왔다.

"아쓰시. 잠깐, 아쓰시."

오싹한 느낌에 아쓰시가 주변을 둘러보았다. 떠들썩하게 떠들던 사람들이 멀리 가 버려서, 지금은 주변에 아무도 없었다.

"아쓰시. 우후후후후, 그런 곳에서 뭘 하는 건가? 이쪽이야, 이쪽."

이 목소리는…….

아쓰시는 소리가 난 곳을 찾아 시선을 움직였다. 그러다 문득 골목길 한쪽 구석에 시선이 고정되었다.

눈이 멈춘 곳은 함석으로 만들어진 쓰레기통이었다. 영국 시내의 경관을 말끔하게 유지하기 위해 눈에 띄지 않는 회색으로 칠해진 쓰레기통이었다. 높이는 아쓰시의 허리 정도일까. 쓰레기통은 역시 원형 함석으로 만든 뚜껑으로 덮여 있었다.

그 쓰레기통이 덜컥거리며 흔들렸다.

아쓰시는 어리둥절한 표정을 지으며 그 쓰레기통으로 다가갔다. 그리고 조심스럽게 뚜껑에 손을 대고, 힘껏 열었다.

"파앗!"

"우와아!"

아쓰시는 너무 놀란 나머지 뚜껑을 든 채로 엉덩방아를 찧었다.

쓰레기통 안에는 다자이가 들어가 있었다.

푸석푸석하고 덥수룩한 머리카락, 베이지색 코트. 목에는 흰
붕대. 내면을 읽을 수 없는 생글생글 웃는 얼굴.

"이런 곳에서 만나다니 참 우연이군."

"아니…… . 뭐 하세요, 다자이 씨. 그런 곳에서?!"

아쓰시가 외쳤다. 구니키다의 설명에 따르면, 다자이는 분명
히 집합 장소에 두고 왔다고 했는데.

그런데 왜 섬 안에, 그것도 쓰레기통 안에 있는 거지?

── '자네, 이 근처에서 검은 머리카락에 키가 큰 남자를 못
봤나?'

……설마…… .

"밀입도라니…… 혹시 다자이 씨……?"

"좋군, 아쓰시. 마치 탐정 같은 추리야. 부하의 성장이 빨라
아주 기뻐."

다자이가 기쁘다는 듯이 웃었다. 아쓰시는 다자이가 하는 말
의 절반도 이해할 수 없었다.

다자이는 탐정사의 선배로 아쓰시를 탐정사로 들어오도록 이
끈 장본인이었다. 아쓰시에게는 선배이자, 상사이자, 자신을
구해 준 은인이기도 했다.

그렇기는 했는데…… .

"이거 참. 순조롭게 섬에 들어온 것까지는 좋았는데, 도중에 직원에게 들켜서 말이지. 순간적으로 이 쓰레기통에 숨어 위기를 벗어났네. 안의 쓰레기를 꺼낼 틈도 없어서, 지금 내 몸은 악취가 진동해. 하지만 무의미한 쓰레기가 된 것 같아 아주 기분이 멋지군. 여기서 살까?"

아쓰시 입장에서는 "하아……." 하는 말밖에 나오지 않았다.

탐정사에 다자이의 행동을 예측할 수 있는 사람은 아무도 없다. 다자이와 함께 콤비로 일할 때가 많은 구니키다는 그래서 매번 속 쓰린 경험을 한다.

하지만 다자이가 손댄 사건은 결국 최종적으로는 반드시 이상적인 형태로 해결되었다. 매번 그 모습을 지켜보는 아쓰시도 대체 다자이가 뭘 어떻게 사건을 해결하는 것인지 잘 파악이 안 됐다.

"그런데 다자이 씨. 굳이 그렇게 고생해서 밀입도를 할 필요 없이, 저희들이랑 연락선을 타고 오셨으면 됐잖아요."

"그 질문에 대한 답은 세 가지가 있네." 다자이는 쯧쯧쯧 하고 손가락을 흔들며 말했다. "먼저 첫 번째. 모처럼 이렇게 기묘한 섬에 오는 것이니 무대의 이면이 어떻게 되어 있는지 한번 보고 싶었기 때문이야. 두 번째. 요즘 구니키다가 내 행동에 익숙해져서 반응이 평범해졌거든. 그래서 일부러 의외성을 노렸네. 세 번째. 이래 봬도 엄연히 일하는 중이야. 어떤 다른 명령을 받고 밀입도 방법을 조사 중인 거지."

"네에……. 그런데 다른 명령이라니, 다자이 씨의 일은 도적 퇴치가 아닌가요?"

"도적 퇴치는 이 섬에서 일어나고 있는 재앙의 일부에 지나지 않아."

다자이가 갑자기 웃음을 그치고 말했다.

그것만으로도 주변의 기온이 몇 도는 떨어진 듯한 느낌이었다.

"재앙, 이라니……." 아쓰시는 목에서 간신히 목소리를 쥐어짜냈다.

"그래. ……목에 카메라를 걸고 검은 아타셰케이스를 든 정장 차림의 남자. 그 녀석을 발견하면 나중에 나에게 보고하게. 아, 잡으려고 애쓰지 않는 편이 좋아. 아주 위험한 이능력자거든. 자칫 손을 잘못 대면, 이 요코하마가 통째로 날아가 버릴 수도 있어."

"……네?"

갑자기 현기증이 나서 아쓰시는 눈썹을 찌푸렸다. 이 요코하마가 통째로 날아가 버릴 수도 있다고?

"그게 대체 무슨 말씀인지."

"자세한 사항은 아직 조사 중이야. 아무튼, 자네들은 일단 도적 퇴치에 집중해 주게. 그쪽이 끝나지 않으면 이쪽도 일을 진행시키기가 어려우니까. 아, 잠깐 그 뚜껑 좀 주워 주겠나?"

다자이가 다시 웃으며 아쓰시의 발밑에 떨어진 뚜껑을 가리켰다. 다자이가 들어가 있는 쓰레기통의 뚜껑이었다. 아쓰시는 당혹스러워하면서도 뚜껑을 다자이에게 건네주었다.

"고맙네." 다자이는 뚜껑을 받으면서 문득 생각났다는 듯이 말했다. "아, 깜빡할 뻔했군. 이곳에 오는 도중에 알게 된 건데,

이 섬에는 지금 포트 마피아의 구성원이 몇 명 정도 들어온 모양이야. 누군지는 모르겠지만, 일단 조심하도록."

"포트 마피아, 요?"

아쓰시는 얼굴을 찡그렸다. 포트 마피아와 얽히면 항상 나쁜 일이 벌어진다. 포트 마피아는 요코하마에서 활동하는 비합법 조직으로, 탐정사와는 몇 번이나 충돌했을 만큼 질긴 인연이 있는 상대다.

"그렇게 무서운 표정은 안 지어도 돼." 다자이가 아쓰시에게 부드럽게 말했다. "포트 마피아도 사람들이 많은 곳에서는 쉽게 습격해 오지 않을 테니까. 무슨 일이 벌어진다고 해도 아쓰시는 발이 빠르니, 도망치면 아무도 쫓아가지 못할 거야." 다자이는 다정하게 미소 지었다.

"그럼 나는 이만. 자네들의 일이 성공하기를 비네."

다자이는 그렇게 말하더니, 고개를 내리고 쓰레기통 안으로 들어간 뒤, 스스로 뚜껑을 덮었다.

가벼운 소리와 함께 쓰레기통이 통통 튀어, 옆으로 쓰러졌다.

그리고 그대로 골목의 안쪽, 내리막길이 있는 곳으로 계속 굴러갔다.

"Bon Voyage!(즐거운 여행이 되길!)"

유난히 밝은 목소리를 남기고, 다자이는 쓰레기통에 들어간 채 데굴데굴 굴렀다.

언덕길을 구르던 쓰레기통이 어느새인가 더 이상 보이지 않았다.

혼자 오도카니 남은 아쓰시는 멍하니 그 자리에 서 있을 뿐이었다.

"저 사람에게 익숙해지다니…… 구니키다 씨, 정말 대단하네요……."

같은 날.

거슬러 올라가길── 불과 16분 전.

대형 해상 부동 도시 '스탠더드'의 부두에 관광객 두 명이 도착했다.

한 사람은 태양빛을 싫어하는 듯, 온몸을 검은 외투로 두른 남자. 그 남자는 얼굴을 감추듯이 검은 천을 입 주변에 두르고 있었다. 유일하게 밖으로 드러난 눈빛은 이상하다고 해도 과언이 아닐 만큼 날카로웠다.

또 한 사람은 안경을 쓰고, 벌꿀색 머리카락을 어깨까지 내린 젊은 여성. 안경을 쓰고 검은 정장을 입은 그 모습은 젊고 우수한 여성 회사원 같았다.

"무사히 입도했네요." 젊은 여성이 말했다.

"당연하다. 요코하마의 바닷바람이 닿는 곳 중에 우리가 들어갈 수 없는 장소가 있을 리가 없지. 그게 우리 포트 마피아다." 검은 외투를 입은 남자가 대답했다.

입도(入島)할 때에 그들의 신분은 일반 관광객. 하지만 그 절차는 교묘하게 위조된 것이었다. 경력을 바꾸고, 사진을 위조하고, 몇 겹이나 되는 신분 확인 절차를 돈으로, 또는 폭력을 암시하며 통과했다. 모두 포트 마피아의 조직력이 있었기 때문에 가능한 일이었다.

눈빛이 날카로운 남자의 이름은 아쿠타가와. 포트 마피아의 유격대를 이끄는 이능력자.

벌꿀색 머리카락을 지닌 젊은 여성의 이름은 히구치. 아쿠타가와를 보좌하는 역할의 부관(副官)이었다.

"적의 수는?" 아쿠타가와가 눈을 가늘게 뜨며 물었다.

"네 명으로 추정됩니다." 히구치가 사무적인 목소리로 대답했다. "배신자는 어젯밤, 포트 마피아의 입김이 닿은 은행 지점에 침입. 대여 금고를 억지로 열어 금품을 훔치려고 했습니다. 하지만 침입을 들켜 도주. 도주할 때, 우리 구성원이자 은행의 관리를 맡고 있는 회계사를 한 명 살해했습니다."

"반역자인가." 아쿠타가와는 희미하게 웃었다. 피처럼 붉은 입안이 살짝 엿보였다. "우리를 배반하는 자는 그게 설사 착각이나 우연에 근거한 것이라 하더라도, 며칠이면 말 못하는 시체가 되지. 그게 우리다. 우리가 존재하는 이유다."

"말씀하신 대로입니다." 히구치가 고개를 끄덕였다. "은행 강도가 포트 마피아 산하의 은행이라는 사실을 알고 그곳에 침입했을 거라고는 생각하기 힘듭니다. 그 증거로, 살해당한 회계사의 신분을 확인한 순간, 그들은 빼앗은 돈도 제대로 챙기지 않은 채 이 섬으로 도망쳤습니다. 치외법권인 이 섬이라면, 포트 마피아의 복수가 미치지 않을 거라고 생각한 거겠죠."

"몽매한 녀석들 같으니라고." 아쿠타가와의 웃음은 뱀처럼 차가웠고, 내뿜는 숨결은 악귀처럼 무시무시했다. "그러나, 우리는 그런 어리석음을 축복한다. 포트 마피아의 넓은 활동 범위와 가열한 복수를 증명하는 큰 역할을 녀석들이 떠맡았으니까. 찢겨 나가는 오장육부와 길고 어두운 그 비명을 통해서 말이지."

"아쿠타가와 선배의 이능력에 대항할 적은 아무도 없습니다."

히구치는 진심으로 열정을 담아 말했다.

아쿠타가와는 살짝 턱을 움직이며 고개를 끄덕였다.

"가자, 히구치."

"네." 히구치는 아쿠타가와를 쫓아 걸으면서 말했다.

"아, 그런데 선배."

"뭐지?"

"이 섬은 세계 최고급 리조트로 명성이 높습니다. 그리고 몸의 피로를 쌓아 두지 않는 것도 중요한 임무라 생각합니다. 임무가 끝난 후, 해변을 관광하는 것이 어떠신가요? 저와 둘이서."

"필요 없다."

터덕터덕 걸어가는 아쿠타가와.

"선배. 밤에는 중앙 광장에서 가면무도회가 열린다고 합니다. 참가하시겠습니까? 저와 둘이서."

"필요 없다."

돌아보지도 않고, 성큼성큼 걸어가는 아쿠타가와.

"선배. 임무를 시작하기 전에, 거점을 마련할 필요가 있습니다. 실은 섬에서도 최고급 호텔에 가명으로 방을 확보해 두었습니다. 방이 하나뿐이지만요. 그쪽에서 일단 휴식을."

"거기에 무슨 의미가 있는지 모르겠다만."

아쿠타가와는 전혀 속도를 줄이지 않은 채, 똑바로 돌바닥을 걸어 나갔다.

히구치는 깨달음을 얻은 듯한 표정으로 푸른 하늘을 올려다보았다.

"……그렇겠지요……?"

다자이와 헤어진 후, 아쓰시는 섬의 기관구(機關區)라고 하는 구역을 향해 갔다.

섬은 크게 나눠 거주구, 실험구, 관광구, 기관구로 분할되어 있었다.

주거구는 섬의 관리 직원이 사는 구획. 실험구는 발전 항해의 실험 시설이기도 한 이 섬에서 각종 테스트를 하기 위한 구획. 관광구는 음악 강당이나 숙박 시설, 해수욕장, 상점가가 늘어선 지구. 그리고 기관구는 섬이 '배'로서 항해를 하기 위해 필요한 시설이 늘어서 있는 구획이었다.

아쓰시 일행이 지키는 '보석 트러플'은 그 기관실의 더욱 안쪽에 위치한 금고실에 보관되어 있다고 한다.

아쓰시는 자신의 경비 담당 지구로 가기 위해, 근대 베를린을 모방한 건물이 늘어선 거리를 걸었다.

거리 너머에서 보이는 시계탑에는 영국 측에서 본 것과는 다른 모양으로 디자인 된 시계가 걸려 있었다. 멀리서도 잘 보이는 시계의 시간은 11시 27분.

아쓰시는 시계탑에서 시선을 내려 주변의 거리를 바라보았다.

"흐~응. 이 근처의 건물은 조금 전과는 분위기가 또 다르네……." 아쓰시는 거리를 두리번거리며 그렇게 중얼거렸다. "건물 벽도 뼈대도 각이 져서 꼭 나무 블록을 쌓아 놓은 것 같아. 아, 저 매점의 소시지, 맛있을 것 같네. ……응?"

아쓰시는 걸음을 멈췄다. 넓은 인도 너머, 건물의 안쪽 그늘 부분에 관광객 세 사람이 앉아서 이야기를 나누는 모습이 보였다.

묘한 3인조였다. 관광을 즐기는 것도 아니고, 지도인가 뭔가를 확인하는 것도 아니고, 그냥 벽 쪽에서 머리를 맞대고 셋이서 무언가 대화를 나누는 중이다. 아쓰시는 거리가 꽤 멀리 떨어져 있었기 때문에 무슨 말을 하는지 듣지는 못했지만, "잊었다.", "왜 이렇게 중요할 때에", "어쩌죠?" 하는 단어가 바람을 타고 들려왔다.

아쓰시는 고개를 갸웃했다. 물건을 잃어버린 관광객인 걸까? 적어도 섬의 직원은 아닌 모양이었다.

한 사람은 머리카락이 없는 거한. 또 한 사람은 후줄근한 양복 차림의 회사원, 또 한 사람은 아쓰시보다도 어려 보이는 소년이었다. 말투로 봐서는 굉장히 다급한 듯했다.

지도라도 떨어뜨린 건가? 혹시 길을 잃어버린 사람이라면 도와주는 편이 좋을지도 모른다.

아쓰시는 그 세 사람이 자신의 예상과는 조금 다른 이유로 난처해하고 있다는 사실을 그 세 사람 쪽으로 걸어가는 도중에야 깨달았다. 가까이 다가감에 따라 조금씩 세 사람의 대화가 확실히 들리기 시작했기 때문이다.

"그렇게 어려운 이야기가 아니라고 말씀하신 분은 보스 아니십니까. '기껏해야 12자리 숫자를 기억하는 것뿐이다, 나는 지금까지 잔 여자의 이름을 전부 기억하고 있다'라고 하시면서요."

난처하다는 듯 말한 사람은 후줄근한 양복을 입은 중년이었다. 머리숱은 적고, 몸은 조금 운동 부족인 것으로 보이는 사람이었다. 20년 정도 월급을 받고 중간 관리직을 해 온 남자, 같은 느낌이다. 얼굴은 동정을 부를 정도로 난처한 표정.

"말했지. 분명히 그렇게 말했다. 그게 뭐 잘못됐나?"

불평을 듣고도 태연한 표정으로 가슴을 편 사람은 기골이 장대한 스킨헤드 남자였다. 아쓰시보다 머리가 세 개 정도는 더 큰 남자였다. 탐정사에서 가장 키가 큰 구니키다보다도 키가 크지 않을까.

"내가 이 도적단의 보스다. 그러니 너희들은 보스의 행동을 최대한 서포트할 필요가 있다! 보스가 12자리의 해제 코드를 잊어버렸으면, 너희가 어떻게 해서든 기합으로 커버를 해야지!"

아쓰시는 어리둥절한 표정을 지으며 걸음을 멈췄다. 12자리의 숫자를 잊어버렸다는 스킨헤드 남자가 너무나도 당당하게 행동했기 때문이 아니었다. 물론 그 남자의 대사에 들어 있던 '도적단'이라는 단어를 들었기 때문이었다.

——런던 경찰국에서 그 물건을 노리는 3인조 도적이 활동하고 있다는 정보를 받고——.

보석 트러플 이야기를 할 때, 선장이 했던 그 말이 머릿속에 떠올랐다.

"멋집니다, 보스! 대단해요! 우리는 무슨 일이 있어도 보스를 따를 거예요!"

쓸데없이 밝은 목소리로 그렇게 말한 사람은 그 세 명 중 소년이었다. 가난해 보이는 옷차림과는 달리 얼굴은 밝은 그 소년은 보스라고 불린 남자를 전적으로 신뢰하며 눈을 반짝였다. 나이는 아쓰시보다 두세 살 정도 아래로 보였다.

"후하하핫! 착하구나, 꼬마야. 더 칭찬해도 좋다! 나는 이 도적단의 보스이자, 괴도 아르센 뤼팽의 재림이니까 말이다!"

찢어지는 게 아닐까 할 만큼 가슴 근육을 활짝 펴며 크게 웃는 보스.

"물론 보스의 위광에는 눈이 멀지 않을까 할 정도입니다, 그럼요." 회사원처럼 보이는 중년 남자가 피곤한 기색을 보이며 꾸벅꾸벅 고개를 숙였다. "하지만 아무리 제가 땅에다 머리를 대고 보스를 찬미한들, 그 12자리의 해제 코드가 없는 한 감시 카메라는 멈출 수 없습니다."

"감시 카메라라고? 그런 거야 기합으로 어떻게든 좀 해 봐!"

"못 합니다! 그래서 제가 이렇게 울상인 것 아닙니까!" 중년 남자는 비통한 목소리로 그렇게 말했다.

"아니면 그걸 사용하면 되지 않나. 네놈이 자주 들고 있던 둥근…… 이런 모양의, 뭐였더라?"

"마우스."

"그래, 마우스. 그걸 이렇게 딸각 눌러서……."

"클릭."

"그래, 클릭이다! 잘 알고 있지 않나. 얼른 해 봐!"

"대단합니다, 보스! 그걸로 가죠!" 눈부시다는 듯 눈을 반짝이는 소년.

"올해로 벌써 마흔셋인데, 사람들 앞에서 울어도 될까요?" 고개를 숙인 중년 남성.

이젠 정말 확실하다. 아쓰시는 재빨리 인도 옆의 가로수에 몸을 숨기고, 품에서 휴대전화를 꺼냈다.

"구니키다 씨." 상대의 응답을 기다리지 않고 아쓰시는 전화에 대고 작게 속삭였다. "아쓰시예요. 도적으로 보이는 사람 세 명을 발견했습니다."

〈뭐라고?!〉 휴대전화 너머에서 구니키다가 마른침을 삼키는 소리가 들려왔다. 〈지금 어디지?〉

"어~." 아쓰시는 주변을 두리번거리면서 풍경을 살폈다.

"기관구 근처에 있는 하얀 미술관 옆이에요."

〈모습은?〉

"굉장히 잘난 척을 많이 하는 보스랑, 유난히 보스의 기를 살려 주려고 노력하는 남자아이랑, 조금 남이라고 생각하기 어려울 정도로 가여워 보이는 중년 아저씨예요."

〈가여워 보이는…… 뭐?〉 구니키다가 당혹스럽다는 듯이 되물었다.

"아니요, 저어…… 뭔가 감시 카메라를 무력화하겠다고 논의 중인 것 같아요."

〈감시 카메라를 무력화해?〉 휴대전화 너머에서 구니키다가 수첩의 페이지를 넘기는 소리가 들렸다. 〈분명히 그 미술관에는 지하 통로가 있는데, 그 지하 통로가 섬의 시설과 연결되어 있다. 그렇다면…….〉

구니키다의 말소리와 동시에 세 사람 쪽에서도 목소리가 들렸다.

"에에잇! 헷갈리잖나!" 보스가 부하 두 사람에게 외쳤다. "감시 카메라에 찍혀 봐야 내 위광이 비칠 뿐 아니냐! 보고 싶은 녀석은 얼마든지 보라지!"

"어?! 저어, 보스, 잠깐만요!!"

"가자. 훔칠 시간이다!"

세 사람은 자리에서 일어서 성큼성큼 건물 옆의 어둠 속으로 사라졌다.

"구니키다 씨, 녀석들이 움직일 생각인가 봐요!"

〈놓치지 마라!〉 구니키다는 재빨리 아쓰시에게 명령했다. 〈멀찍이서 계속 감시해라. 경비 인원을 모아 타이밍을 맞춰 포위할 거다. 나도 곧 가겠다!〉

아쓰시는 발소리가 나지 않도록 조심하면서 3인조가 사라진 방향으로 달렸다.

　이윽고 세 사람은 미술관의 뒤뜰 쪽으로 나갔다. 주변에는 잔디가 깔려 있었고, 지면의 살수기가 나른한 듯 물을 뿌리는 중이었다.

　3인조는 갑자기 길을 벗어나, 건물의 뒷문으로 보이는 쪽으로 꺾어 들어가더니 아쓰시의 시야에서 사라졌다. 한 번도 아쓰시를 돌아보지 않았고, 각도를 꺾을 때도 아쓰시를 눈치챈 것처럼은 보이지 않았다. 행운이라고 할 수 있었다. 아쓰시는 도적들이 꺾어 들어간 길로 서둘러 가 보았다.

　하지만 아쓰시의 행운은 거기까지였다.

　"——?!"

　그곳은 막다른 곳이었다.

　그리고 그곳에는 아무도 없었다.

　그곳은 건물의 외벽이 움푹 들어간 곳이었다. 좌우는 흰 벽. 앞쪽도 벽. 벽은 완벽한 평면으로, 창문은 물론 송수관 같은 것조차도 없었다.

　아쓰시는 떨리는 손으로 휴대전화를 붙잡은 뒤, 수화기에 대고 말했다.

　"구니키다 씨."

　〈왜 그러지?〉

　"……놓쳤어요."

　〈뭐?!〉

　이상하다. 자신이 도적을 놓친 시간은 기껏해야 2~3초 정도다. 벽은 4층 건물 정도의 높이였다. 아무리 신체 능력이 뛰어나도 손을 걸 수 있는 곳도 없는 벽을 순식간에 올라가기란 불가능했다. 특수 능력이 있지 않고서야…….

"……설마."

아쓰지는 지면에 양손을 대고 얼굴을 확 숙여 땅을 살펴보았다. 지면에는 부드러운 잔디가 가득 나 있어 비교적 발자국이 남기 쉬웠다. 그 때문인지 아쓰시의 발자국까지 확실하게 보였다.

──있다.

세 사람의 발자국이. 어른 발자국이 둘, 어린아이의 발자국이 하나. 도적 3인조의 발자국이었다. 발자국은 벽 앞에 와서도 발걸음을 늦추지 않고 계속되었다. 그리고──.

벽 안으로 사라졌다.

"구니키다 씨." 아쓰시는 휴대전화를 향해 말했다. "상대는 이미 미술관에 침입한 모양이에요."

〈뭐? 놓쳤다고 했는데, 다시 발견한 건가?〉

"아니요. 하지만 그 사람들의 발자국이 앞이 막힌 벽을 향해 똑바로 나 있다가 사라졌어요. 자세한 사항은 알 수 없지만──."

거기서 아쓰시는 일단 맘을 멈췄다가 숨을 한 번 내쉰 뒤 말했다. "무언가 이능력을 사용한 게 아닐까 합니다."

〈이능력이라고……?〉 구니키다가 휴대전화 너머에서 마른침을 삼켰다. 〈어떤 이능력인지는 대충 예상이 가나?〉

"확실하지는 않지만." 아쓰시는 조금 생각한 뒤 말했다. "발자국의 느낌으로 봤을 때, 벽을 통과하는 이능력──이 아닐까

합니다."

〈벽을 통과하는 도적인가……!〉 구니키다가 혀를 찼다.

〈젠장. 그게 정말이라면, 경비 계획을 전면적으로 다시 짜야 한다! 우리도 바로 가겠지만, 도착하려면 빨라도 5분 이상 걸린다. 네가 가장 가까이에 있으니, 어떻게든 건물 안으로 들어가 도적들을 쫓아라!〉

"………네!"

아쓰시는 벽을 올려다보았다.

건물의 입구는 바깥쪽에 있다. 하지만 한 번 입구까지 돌아갈 시간이 없었다.

벽은 4층 높이였고, 어딘가 손을 짚을 곳도 없었다. 이런 곳을 몇 초 만에 올라가기란 불가능하다. ——그래, 특수한 힘을 사용하지 않고는.

아쓰시는 눈을 감고 호흡을 가다듬었다.

그리고 호랑이의 모습을 떠올렸다.

흰 호랑이다. 사람을 단번에 삼킬 수 있을 정도로 거대한 입. 강철을 구부릴 수 있을 정도로 강인한 사지(四肢). 그 앞다리는 거목을 부러뜨리고, 그 도약력은 계곡도 뛰어넘는 것이 가능했다. 약한 자신과는 정반대의 포학한 백호(白虎). 밤이 대지를 식히듯이, 자신 안의 약한 모습이 계속 축적되어 자란 그 사악한 흉포함.

호랑이는 이 세상 어디에서도 찾아볼 수 없었다. 단지, 자신의 내면에 존재할 뿐이었다. 거만한 자와 겁쟁이. 자존심과 수치심. 자신의 약함을 감추려고 하면 할수록, 그것은 이면으로 숨어들었다가 겉으로 드러난다.

아쓰시의 다리털이 곤두섰다. 피부가 물결치고, 뼈가 마구 성장하는 소리를 냈다. 다리의 근육이 연동하면서 뻗었고, 신발과 옷을 끌어들이며 더욱 길어졌다. 흰 털이 살아 있는 생물처럼 다리를 뒤덮어 갔다.

아쓰시의 목에서 짐승 같은 소리가 흘러나왔다.

그것은 틀림없이 호랑이의 다리였다. 고양잇과 동물 특유의 다리가 휜 자세. 스프링처럼 휘는 긴 하퇴골. 발돋움을 한 것과 비슷한 자세로 지면을 꽉 움켜쥔 발톱.

아쓰시는 크게 뛰어올랐다.

단번에 벽의 중턱까지 도약한 아쓰시는 건물의 흰 벽에 옆으로 착지한 뒤, 벽이 부서질 정도로 발톱을 벽에 강하게 맞대며 재도약. 반대편 벽에 착지한 뒤, 더욱 위로. 그렇게 아쓰시는 호랑이 다리로 벽을 지그재그로 차면서, 수직으로 뻗은 벽을 뛰어올랐다.

보통 사람이라면 눈이 쫓아가지 못할 정도의 고속으로 벽을 타고 올라간 아쓰시는 마지막에 한층 더 높이 도약해 공중에서 반회전을 한 다음, 건물 옥상에 착지했다. 충격으로 바닥에 사방으로 금이 갔다.

"……후우……!"

아쓰시가 멈추고 있던 숨을 토해 냈다.

호랑이 다리의 힘을 사용해 순식간에 옥상으로 올라온 아쓰시는 주변을 재빨리 둘러보았다. 옥상은 풍력 발전을 위한 풍차가 늘어서 있는 것 외에는 특별히 아무것도 없이 그저 평평했다. 아쓰시는 이제 이곳에서 아래로 내려갈 수 있는 길을 찾아야 했다.

아쓰시는 곧장 딱 좋은 것을 발견했다. 옥상에서 1층까지 쭉 뚫려 있는 거대한 전시 홀. 천장에 그곳으로 이어지는 구멍이 있었다. 그리고 옥상 가장자리 쪽에 미술관의 전시 품목을 적어 놓은 현수막이 몇 개인가 지상까지 내걸려 있었다.

아쓰시는 난간을 넘어 뛰어내렸다.

금세 중력이 아쓰시의 몸을 압박했다. 아쓰시는 공중에서 아래로 뚝 떨어졌다. 떨어지는 아쓰시를 눈치챈 1층의 관광객들이 웅성거림인지 비명인지 모를 소리를 냈다.

아쓰시는 공중에서 몸을 비틀어 현수막 하나를 붙잡았다. 그 직후, 손목 끝이 호랑이의 강한 팔로 모습을 바꾸었다.

호랑이 발톱이 파직파직 귀에 거슬리는 소리를 내면서 현수막을 세로로 찢었다.

천을 찢는 힘을 브레이크 삼아, 아쓰시는 1층 바닥에 착지했다. 그리고 곧장 금방 무릎과 어깨를 대고 구르면서 충격을 분산시켰다.

고개를 들어 보니, 경악한 표정으로 이쪽을 바라보는 관광객들이 보였다.

"아하하…… 시끄럽게 해서 죄송합니다."

어색함을 얼버무리듯 아쓰시는 쓴웃음을 지었다. 그리고 바로 일어서 도적들이 있는 곳을 향해 달렸다.

그때 휴대전화가 울렸다. 구니키다였다.

〈런던과 연락했다.〉 구니키다의 목소리에도 조금 초조함이 깃들어 있었다. 〈도적이 사용한 이능력이 뭔지 알아냈다.〉

"정말인가요?!"

〈런던 경찰국의 이능력 범죄과에 정보가 등록되어 있었다. 도적의 이름은 일명 '네모'. 스킨헤드의 거한으로 전 세계에서 도둑질을 한 탓에 지명수배된 인물이다.〉

아쓰시는 재빨리 도적들의 인상을 머리에 떠올렸다. 아마 '보스'라고 불린 그 쓸데없이 낙관적인 거한이다.

〈그 녀석의 이능력은 네 예상대로다. 벽을 통과하는 능력. 그것도 통과할 때 닿은 것—— 기재나 동료들도 모두 벽을 통과할 수 있다. 단지, 두께가 5센티미터 이상인 벽은 통과하지 못한다. 그 정보라면 침입 경로를 어느 정도 좁힐 수 있을 거라 생각한다.〉

아쓰시는 알겠다고 대답한 뒤, 다시 앞으로 시선을 돌렸다.

아쓰시는 달리면서 어금니를 꽉 깨물었다. 역시 상대는 이능력자였던 건가.

도적 '네모'. 굉장히 허술한 언동에 속아 넘어갔지만, 얕볼 수 없는 상대였다.

아쓰시는 계단이 아니라, 당구 반사를 하듯 벽을 차며 내려가 십수 초 만에 지하 2층에 도착했다. 다른 통로로 이어지는 통로가 지하 2층에 있다는 사실은 이미 확인한 상태였다. 이제는 도적을 발견하면 그만이다.

그런데 발견할 필요도 없었다.

갑자기 눈앞에 도적들이 튀어나왔기 때문이었다.

아쓰시도 놀랐지만, 도적들은 그보다도 더욱 놀란 듯했다. 갑자기 눈앞에 나타난 초고속 미성년자를 보고 모두가 입을 떡 벌렸다.

아쓰시는 멈추려고 했지만 실패해, 그대로 바닥을 굴러 벽에 부딪쳤다.

아쓰시의 시야에 불꽃이 튀었다.

"오오!" 도적의 보스가 잘 울리는 목소리로 말했다. "정말 재미있는 섬이야. 봐라, 가브. 갑자기 소년이 튀어 나왔다."

"굉장해요, 보스!" 가브라고 불린 소년이 생기 넘치는 목소리로 말했다. "보스 주변에는 언제나 엄청난 일이 벌어지네요?!"

아쓰시는 바로 움직일 수 없었다. 벽에 격돌한 충격도 충격이지만, 너무나도 빠른 만남에 순간 반응을 할 수 없었던 것이다.

"이봐, 소년. 참 재미있는 녀석이구나. 관광객인가? 방금 그건 어떻게 한 거지? 한 번 더 해 봐라."

"아니아니, 보스. 아무리 봐도 수상합니다만." 양복을 입은 중년 남성이 끼어들었다. "방금 그건 사람이 낼 수 있는 속도가 아닙니다. 경비원이 아닌지……."

아쓰시는 몸이 굳었다. 큰일이야.

"이 멍청아! 이렇게 궁해 보이는 소년을 경비원으로 쓰는 조직이 어디 있겠냐? 그런 녀석은 본 적이 없어. 얼핏 보니, 미술관의 전시품에 있던 대포에 잘못 들어갔다가 발사되어 튀어나온 것 같군!"

"그런 녀석이야말로 본 적이 없습니다만……." 중년 남성이 작은 목소리로 말했다.

아쓰시는 비틀거리는 다리를 손으로 지탱하면서 일어섰다.

구니키다 일행이 지원을 오기까지 시간을 벌어야 한다.

전투로 이길 가능성이 없다고 한다면, 어떻게 해서든 대화로 세 사람의 다리를 묶어 놓을 수밖에 없다.

"저…… 저어."

"으음?"

아쓰시가 간신히 한마디를 하자, 보스가 반응을 보였다.

"저어……." 아쓰시는 머리를 고속으로 회전시켰다. 어떻게 해서든 세 사람의 흥미를 끌어야 한다. 뭐든 좋다. 돌아가라 머리, 움직여라 입.

"뭐…… 뭘 떨어뜨린 것 같아요!"

아쓰시가 외쳤다.

"으응?"

보스가 고개를 갸웃했다.

"저, 저는 아무런 특징도 없는 아주 평범한 관광객이지만, 여러분이 뭔가를 떨어뜨리신 것 같아서 서둘러 쫓아온 거예요." 아쓰시의 머리가 덜걱거리며 흔들렸다. 스스로도 뭐가 뭔지 알 수가 없었다.

중년 남자가 의심스럽다는 듯이 아쓰시를 바라보았다.

"보스…… 보세요. 아무리 봐도 수상하지 않습니까."

"으음. 하지만 위대한 대괴도는 겨우 이 정도의 수상한 느낌으로 상대를 경솔하게 판단하지 않아." 보스가 바위 같은 얼굴을 아쓰시에게로 돌렸다. "그런데 소년, 떨어뜨린 물건이란 게 뭐지?"

"네?" 아무것도 생각하지 않았던 아쓰시는 무심코 어리둥절한 표정을 지었다.

"아니, 그러니까 떨어뜨린 물건이 뭐냐고."

"앗, 어?" 아쓰시는 갑작스러운 애드리브에 약하다. 생각하는 것과 연기하는 것과 말하는 것을 동시에 하려고 하면, 뇌가 허용량을 초과해 버린다. 결과적으로 말하는 것 이외에는 모든 것이 정지하고 만다.

"그…… 그건 여러분이 가장 잘 알고 있지 않나요?!"

"으응?"

"으응?"

"으응?"

세 사람이 동시에 고개를 갸웃했다. 아쓰시는 조금 죽고 싶어졌다.

하지만 이제는 멈추고 싶어도 멈출 수 없었다.

아무튼 시간을 벌어야 한다. 될 대로 되라.

"여러분이 어느새인가 떨어뜨린 것……. 그것은 결코 바로 눈치챌 수 있는 것은 아니지만, 분명히 이전에는 여러분도 그것을 가지고 있었습니다." 아쓰시는 부끄러워서 죽을 것 같은 머리를 억지로 회전시키며 말을 계속했다. 그 길이 지옥으로 이어져 있다는 것을 알면서도, 한번 선택한 길인 이상 계속 내달릴 수밖에 없었다. "그런데 어떻게 된 걸까요? 그렇게 소중하게 생각했던 그것을 여러분은 어느새인가 잃어버리고 말았습니다!"

아쓰시는 말을 하긴 했지만 거의 기절하기 직전이었다. 뭐가 뭔지 알 수가 없었다. 제발 부탁이니까, 누가 좀 말려 줘. 부끄러워서 죽을 것 같아. 아니, 차라리 그냥 누가 좀 날 죽여 줘!

하지만 보스의 반응은 아쓰시의 폭주를 훨씬 능가했다.

"오오오!" 아쓰시의 혼란은 갑자기 통곡을 시작한 보스의 외침에 순식간에 지워졌다. "네 말대로다 소년! 나는 예전에 위대한 대괴도가 되기 위해 모든 인생을 도둑질하는 데 바쳐 왔다! 그런데 지금은……!"

호들갑스럽게 한탄하는 보스를 보고, 아쓰시는 아주 조금 냉정을 되찾았다.

"보스! 진정하세요, 보스!" 중년 남자가 당황해하며 보스를 흔들었다. "보스는 지금도 충분히, 절망적일 정도로 도둑질만 생각하고 계시잖아요! 이제는 제발 분위기에 휩쓸려 말하는 습관 좀 버리세요!"

"오오…… 오?" 보스의 통곡이 딱 멈췄다. "그러고 보니…… 그런 것 같기도."

"야야, 거기 꼬맹이!" 부하인 소년이 콧김을 거칠게 내뿜으며 아쓰시에게 다가왔다. "우리 위대한 보스를 속이려고 하다니, 미친 거 아냐?! 꽁꽁 묶어서 바닷속으로 던져 줄까? 이 흰머리 자식아!"

아쓰시의 땀이 순식간에 식었다.

왜 그렇게 된 건지는 전혀 모르겠지만, 아무래도 상대가 자신을 경계하기 시작한 모양이었다.

"나는 위대한 대괴도의 수제자! 질풍의 가브라고 한다! 이 단도, 피할 수 있으면 피해 봐라!"

소년이 품에서 꺼낸 것은 푸르게 빛나는 강철 칼날. 품에 넣기 위해 만든, 칼집이 있는 단도였다.

날붙이를 보자, 아쓰시의 머릿속의 경고등이 붉게 반짝였다.

"자, 잠깐만." 아쓰시는 무심코 한 걸음 뒤로 물러섰다. "한 번 더 이야기를 해 보자."

"이야기는 무슨!"

허리 정도 높이로 단도를 들고 소년이 아쓰시에게로 돌진했다.

싸울 수밖에 없다.

아쓰시는 호랑이의 힘을 양팔에 흘렸다. 그러자 곧장 팔의 근육이 폭발적으로 부풀어 올랐다. 옷과 손등을 집어삼키며 호랑이의 털이 뿜어져 나왔고, 거목이 비틀리는 듯한 소리를 내며 다섯 손가락이 거대한 호랑이 발톱으로 변했다.

호랑이의 털은 총알도 칼도 뚫지 못했다. 이 팔로 단도를 막으면 어떻게든 승기를——.

아쓰시가 생각을 채 끝내기도 전에, 비단을 찢는 듯한 비명이 울려 퍼졌다.

"끄아아아아아아아아아아아! 그거 뭐야? 무서워! 무섭다고!"

소년이 엉덩방아를 찧으며 뒤로 물러섰다.

"……네?"

"그거 뭐야 팔 우와 그만해 이쪽으로 오지 마! 그거 뭐야……
뭐냐고?! 털이 엄청나게 났잖아! 끄아아아아아 무서워! 소름끼
쳐! 보스, 죄송해요, 그냥 돌아가면 안 될까요?!"

일어서지도 못할 정도로 놀라며 절규하는 소년을 보고 아쓰시
까지 깜짝 놀라 움직일 수가 없었다.

"아아아, 그래서 말씀드렸지 않았습니까, 보스." 중년 남자가
못 말린다는 듯한 얼굴로 말했다. "가브는 데리고 오지 말았어
야 한다고……. 보다시피 가브는 우수하긴 하지만, 죽을 만큼
담력이 약합니다! 수제자가 된 것도, 그냥 다른 제자들이 모두
그만두었기 때문이기도 하고요."

"응?"

그래?

아쓰시의 눈이 점처럼 변했다. 그냥 무임승차?

"으음, 그럼 어쩔 수 없지. 네가 가라, 비르고."

"제제제, 제가요? 모모, 못 갑니다! 저는 그냥 기술자니까요!
감시 카메라를 무력화하거나 비밀번호를 빼내거나 할 수 있을
뿐인 기술 서포터입니다, 저는! 전투는 계약에 없던 내용이잖
아요!" 비르고라는 중년 남자가 작은 동물처럼 고개를 숙이고
뒤로 물러섰다.

"……뭔가……."

아쓰시는 호랑이로 변한 양팔을 들고 외쳤다.

"뭐, 뭔가 상상한 거랑 달라!!"

영혼의 외침이었다.

그때—— 복도 안쪽에서 목소리가 들렸다.

"아무리 상상한 것과 다르더라도, 의뢰를 완수할 수만 있으면 아무런 문제도 없다." 낮고 잘 울리는 목소리가 복도에 반사되었다. "아주 잘했다, 아쓰시."

"구니키다 씨!" 아쓰시가 외쳤다.

무장한 섬의 경비원들이 구니키다를 뒤따라 달려왔다.

"연속 절도단의 대장, 네모." 구니키다가 수첩을 보면서 말했다. "벽을 통과할 수 있는 강력한 이능력을 지니고 있으면서도, 너무나도 허술하고 앞뒤 생각하지 않는 계획 탓에 강도짓은 매번 거의 실패. 부하도 모두 정나미가 떨어져 떠나고 남은 사람이라고는 초보에 솜털이 난 듯한 녀석들뿐. 실패와 체포당하길 반복하면서도, 특기를 살려 벽을 뚫고 나가는 탈옥을 반복. 그 탈옥 횟수는 무려 89회. 대괴도는 어렵지만, 탈옥왕이라고는 지금 당장에라도 내세울 수 있겠군."

"크…… 크으윽." 보스의 얼굴이 잔뜩 굳었다. "이봐, 너희! 어떻게 좀 해 봐라!"

"죄, 죄송해요, 보스. 전 방금 다리에 힘이 풀려서……."

"저는 그냥 보잘것없는 기술자. 자수할 테니 부디 정상 참작을 부탁합니다."

흐늘거리며 바닥을 기는 소년과 얼른 구니키다에게 양손을 들고 투항하는 중년 남자.

아쓰시는 겨우 무슨 상황인지 이해가 되었다.

아무래도 아쓰시가 처음에 생각했던 것보다 대충 100배 정도는 김빠지는 도적단이었던 모양이었다.

"아쓰시. 의뢰인—— 선장에게 연락해라. 의뢰를 완수했다고 말이다." 구니키다는 눈을 가늘게 떴다. "유쾌한 도적단과의 즐거운 추격극도 이걸로 끝이다."

구니키다가 한 걸음 앞으로 나섰다. 경비원들의 포위망도 그에 맞춰 더욱 좁아졌다.

"보스…… 보스! 죄송합니다……. 여기는 제가 막겠습니다! 그러니까…… 보스만이라도 도망가 주세요!"

소년의 가느다란 목소리를 듣고도 보스는 대답하지 않았다.

단지 그 두꺼운 다리로 가만히 서서 주변을 흘겨볼 뿐이었다.

"나만이라도, 라고?"

그 목소리에는 궁지에 내몰렸을 때의 초조한 느낌이 전혀 없었다.

"내 목표인 대도적 뤼팽은 이능력도 부하도 없었다. 그래도 나보다 훨씬 어려운 도둑질을 하여 사람들의 마음에 남았지. 그에게 이길 수 없다는 것 정도는 이미 잘 알고 있다."

보스의 눈은 조용히 공중 어딘가를 향해 고정되었다. 그 시선은 이곳에는 없는 머나먼 무언가를 포착한 듯했다.

"나는 대도적 뤼팽과는 다르다. 그렇기에 그에게 없는 것에 매달리고, 구애받으며, 대도적이 되기 위한 초석으로 삼아야 한다."

아쓰시는 문득 깨달았다. 보스는 조금 전보다 조금 앞으로 몸을 숙인 상태였다. 바위 같은 얼굴이 천장의 형광등에서 떨어지는 빛을 받아 그늘졌다.

"내 이능력은 『두께 5센티미터 이하의 물체를 통과하는』 능력——. 즉, 반대로 말하면 어느 정도 두께가 있는 물체라면 육체에 간섭받지 않고 겹친 상태로 지낼 수 있다는 말이다."

아쓰시는 봤다.

보스의 두꺼운 가슴판에서 무언가가—— 보스의 육체가 마치 존재하지 않는 것처럼, 소리도 없이 무언가가 떨어져 내렸다. 그것은 두께가 5센티미터 정도. 폭은 책 정도의 사각형 금속판이었다.

보스의 몸을 통과해 빠져나왔다. 그 사실에 놀라 아쓰시는 반응이 한 박자 느렸다.

"나는 절대 부하를 그냥 내버리지 않는다."

"포——." 구니키다가 외쳤다. "폭탄이다! 엎드려라!"

섬광이 복도를 가득 채웠다.

아쓰시는 호랑이의 반사 신경을 이용해 순간적으로 뒤로 뛰어 물러섰다. 구니키다는 경비원들을 감싸듯이 밀어서 쓰러뜨리며, 같이 바닥에 엎드렸다. 그 위를 맹렬한 연기와 바람이 빠져나갔다.

"콜록…… 콜록!" 자욱한 연기 안, 아쓰시가 기침했다. 귀가 아주 크게 울렸다. 강력한 폭발음이 귀를 관통해 뇌의 중심까지 꿰뚫은 듯한 느낌이었다. 흰 연기 탓에 복도의 모습이 전혀 보이지 않았다.

그 보스는 벽을 통과하는 이능력을 응용했다. 몸이 벽을 통과하는 능력—— 그것을 반대로 이용해 폭탄을 몸 안에 투과시켜 체내에 감췄다. 체내에 폭탄을 감춰서는 아무리 관찰하고 감시한들 발견할 수 있을 리가 없다. 아마 같은 방법으로 일할 때 필요한 도구를 섬에 가져왔을 거란 추정도 가능했다.

그건 그렇고—— 몸에 큰 상처나 통증이 없었다.

아쓰시는 자신의 몸을 재빨리 점검했다. 그 어디에서도 피가 나지 않았다. 살상용 폭탄이 그렇게 가까운 곳에서 터졌다면, 이 정도로 피해가 끝났을 리 없다.

"젠장…… 눈속임이다!" 연기 저편에서 구니키다가 외쳤다. "녀석이 도망갔다! 아마 벽 너머다!"

구니키다의 말대로였다. 조금 전까지 도적들이 있던 장소로 다가가 찾아봤지만 아무도 없었다. 차가운 바닥이 있을 뿐이었다.

놓쳤다.

"쫓아가겠습니다!" 아쓰시는 구니키다에게 외쳤다.

아쓰시는 연기로 차단된 시야 속에서 손으로 벽을 찾았다. 지하의 벽은 두껍다. 부하 두 사람을 데리고 도망가기 위해 두께가 5센티미터 이하인 벽을 미리 점찍어 뒀을 게 분명하다.

아쓰시가 손을 더듬어 찾아 곧장 그런 벽을 발견했다. 양쪽으로 열리는 자동문이었다. 벽과 똑같은 색으로 칠해진 탄탄해 보이는 문이지만, 두드려 보니 두께는 5센티미터보다 얇은 듯했다. 이 문 너머로 도망갔을 가능성이 높았다.

하지만 문은 잠겨 있는지, 밀어도 당겨도 열리지 않았다.

"구니키다 씨! 이 문 너머에 있을지도 몰라요!" 조금 열어진 연기 너머를 향해 아쓰시가 외쳤다. "문을 여는 방법을 가르쳐 주세요!"

"아마 인증식 기밀문이다." 구니키다가 잔달음으로 다가왔다. "문의 인증판에 은화를 가까이 대 봐라."

아쓰시는 섬에 들어올 때 받았던 은화가 생각났다. 분명히 그 은화에는 인식 발신기가 내장되어 있어서, 관광객이 지닌 동화로는 들어갈 수 없는 장소에도 들어갈 수 있다고 했었다.

아쓰시는 서둘러 품에서 은화를 꺼내 가까이에 대 보았다.

하지만 둔탁한 전자음이 날 뿐, 문은 전혀 열릴 생각을 하지 않았다.

"잠깐 확인해 보지." 이미 거의 사라진 연기를 뚫고 구니키다가 문에 가까이 다가왔다. "……이상하군. 내 은화로도 안 열린다."

"비켜 주십시오." 갑자기 경비원 한 명이 다가왔다. "허가 가 없이는 그 문으로 들어갈 수 없습니다."

"……뭐라?" 구니키다가 돌아보며 눈썹을 모았다. "그게 무슨 의미지?"

"이 앞은 특별 기밀 구역입니다. 허가를 받은 사람 이외에는 들어갈 수 없습니다. 물러나 주십시오."

"물러나라고?" 구니키다의 눈이 분노로 가늘어졌다. "이 봐……. 우리는 이 앞으로 도망간 도적을 붙잡기 위해 고용된 사람들이다. 기밀이고 허가고 필요한가? 도적만 붙잡으면 바로 나올 테니 어서 열어라."

"저희 경비원도 이 안으로 들어갈 권한이 없습니다."

아무래도 돌아가는 형세가 수상해졌다.

당초 설명으로는 아쓰시를 비롯한 탐정사가 들어갈 수 없는 구역이 있다는 이야기가 전혀 없었다. 만약 있었다고 하더라도, 도적이 도망간 이상, 그런 상황에 구애되고 있을 때가 아니다.

"너희와는 이야기가 안 통하겠군! 아쓰시, 선장에게 연락해라! 서둘러 이 문을 열고 안으로 들어가야 한다!"

"선장에게도 권한이 없습니다." 경비원은 무표정한 얼굴로 말했다. "하지만 확인이 필요하다면 얼마든지 전화하셔도 좋습니다."

아쓰시는 휴대전화를 꺼냈다. 지하이긴 했지만 간신히 전파가 닿았다. 아쓰시는 사전에 등록해 둔 선장의 연락처를 눌렀다.

——하지만.

"구니키다 씨." 아쓰시는 휴대전화를 귀에 댄 채 말했다. "선장과 연결이 되지 않습니다."

"뭐?"

아무리 기다려도 의뢰인인 선장이 전화를 받지 않았다. 전화를 받기는커녕.

"이봐. 무슨 소리 안 들리나?"

구니키다가 주변을 둘러보며 말했다. 아쓰시의 귀에도 곧장 그 소리가 들려왔다.

얼빠진 듯한 전자음——라멘 포장마차에서 울리는 호객음.

"선장의…… 전화 호출음이네요."

"문 너머에선가……?" 구니키다는 벽에 손을 대면서 말했다.

그때, 갑자기 아무런 예고도 없이, 자동으로 문이 열렸다.

"우엇?!" 구니키다가 깜짝 놀라 뒤로 물러섰다.

문 너머에는 병사가 있었다.

하지만 평범한 병사가 아니었다. 대형 자동 소총을 들고 방탄 장비로 몸을 두른, 완전 무장한 보병들이었다. 수는 열 명이 넘었다. 방탄 마스크로 얼굴을 가리고 있어서 표정은 보이지 않았다.

"이 앞은 진입 금지 구획이다. 즉시 물러나라."

병사들은 기밀 구역으로 들어가는 것을 막듯이 선 채, 언제든 소총을 쏠 수 있도록 가볍게 앞을 겨누었다.

"뭐라고?"

"물러나라. 경고는 한 번뿐이다. 지시를 따르지 않을 경우, 적의가 있다고 판단해 화기의 사용도 배제하지 않겠다."

들어 올린 자동 소총. 그 검은 총구가 둔탁하게 빛났다. 열 명 이상이나 되는 완전 무장한 병사가 구니키다를 향해 언제든 총을 쏠 수 있도록 겨누었다. 그 병사들이 내뿜는 위압감은 사자가 벌린 입 사이로 얼굴을 넣고 있을 때에 필적했다.

하지만 구니키다는 물러서기는커녕, 평소와 다름없는 목소리로 말했다.

"나야말로 경고는 단 한 번뿐이다. 침입자를 비롯해 모두 비켜라. 우리는 의뢰인의 명령으로 도적을 쫓는 탐정사 사원이다. 설사 이곳이 치외법권이라고 하더라도, 내가 보는 앞에서 일반인에게 총구를 겨누며 협박한다? 그런 불법이 벌어지는 모습을 그냥 두고 볼 수는 없다."

구니키다의 온몸에서 살기가 폭발했다. 아무래도 악인을 붙잡을 수 있는 기회를 이해할 수 없는 이유로 방해받아 상당히 화가 난 모양이었다.

무장 병사들과 구니키다는 열린 문을 사이에 두고 잠시 서로를 노려보았다.

"호오. 꽤나 기개가 있는 손님이군." 갑자기 병사들 뒤에서 목소리가 들렸다. "모두 경계를 해제하라. 총을 내려라. 이분들은 아무리 총으로 위협해도 소용없다."

쉰 목소리가 그렇게 명령하자마자, 병사들이 사악 총을 내렸다. 기계처럼 일사불란한 움직임이었다.

병사들이 길을 트자, 안에서 군복으로 몸을 두른 노인이 나타났다.

몸집이 작은 노인이었다. 강건해 보이는 병사들에게 둘러싸여 있으니, 그 작은 몸이 더욱 눈에 띄었다. 표정은 온화하고, 주름진 얼굴 위에는 하늘하늘한 흰머리가 올라가 있었다. 군복을 입고 있지 않으면 어디 시골의 교사로 잘못 봤을지도 모른다.

"당신이 이 무장 병사들의 대장인가?" 구니키다가 불만스러운 목소리로 물었다. "우리는 악인들을 쫓고 있다. 기밀 구역에 들어갈 수 있도록 허가해 주길 바란다."

"흐음. 꽤나 기백이 넘치는 젊은이군. 우리 부대에서 훈련하면 아주 훌륭한 병사가 될 수 있을 걸세." 노인은 교사 같은 눈으로 부드럽게 웃었다. "하나—— 들어오도록 허가해 줄 수는 없다. 금화를 지니고 있지 않은 자는 안으로 들여보낼 수 없으니 말이네."

"금화라고?"

"자네들이 소지하고 있는 것은 일반 직원용 은화겠지. 이 섬에는 그보다 등급이 높은 금화가 아니면 들어갈 수 없는 구역이 있네. 만약 금화를 가지고 있지 않은 자가 이곳에 들어왔을 경우, 또는 구역 내에서 얻은 정보를 외부에 발설할 경우에는 그를 즉각 사살해도 상관없지. 그것이 이 섬의 절대적인 규범이니 말일세. 자네들 나라의 정상도 동의서에 서명한 상태야."

아쓰시는 자신이 손에 든 은화를 바라보았다. 분명히 일반 관광객은 동화를 건네받는다. 즉, 동화, 은화, 금화 순으로 들어갈 수 있는 구획이 늘어난다——라는 말인가.

"하나, 자네의 정의감을 봐서 특별히 가르쳐 주지. 도적은 이미 잡았네."

"그런가?" 구니키다가 의외라는 듯이 말했다.

"이 기밀 구역 안은 감시 영상으로 엄중히 경비되고 있지. 그리고 기밀 구역 내의 경비병들은 바깥과는 비교도 할 수 없이 완벽하게 훈련된 상태네. 안심하게."

구니키다는 몇 초 정도 노인을 노려본 뒤, 천천히 말했다.

"좋다. 그쪽이 그렇게 주장한다면 나중에 의뢰인을 경유하여 확인해 보지. 이름을 가르쳐 줄 수 있나?"

"굳이 밝혀야 할 정도의 이름은 아니야. 이곳에서는 모두 대령이라고 부르네."

"대령…… 역시 군속인가."

아쓰시는 노인의 얼굴을 새삼 바라보았다. 학교의 교사 같은 행동과 표정이지만, 자세하게 보니 확실히 노인의 얼굴에는 거의 사라져 가는 오래된 상처가 몇 개인가 나 있었다. 작은 몸집이지만 어깨가 넓기도 하고, 아마 옛날에는 상당히 단련했을 것이라고 추정할 수 있었다.

그때, 문득 바람을 타고—— 희미한 냄새가 났다.

호랑이가 되는 이능력을 쓴 뒤에는 오감(五感)이 예민해진다. 평소에는 눈치채지 못하는 소리나 냄새도 포착할 수 있게 된다. 신체 감각에 호랑이가 남아 있기 때문이다.

그 호랑이의 코가 어떤 냄새를 맡았다. 탐정사에 들어온 뒤로 몇 번이나 맡았던 냄새. 그러면서도 결코 익숙해지지 않는 냄새. 불쾌하게 코를 찌르는 이 냄새는——.

"설마."

아쓰시는 생각을 하기도 전에 뛰어들었다. 병사들이 막고 있는 기밀 지역 입구를 향해 억지로 목을 내밀었다.

"이봐, 이 자식! 뭘 하는 거냐?!"

외치는 병사들을 무시하고 아쓰시는 기밀 구역을 둘러보았다. 입구 너머에는 또 다른 복도가 이어져 있었다. 지금 있는 장소의 내부 구조와 거의 차이가 없었다.

"문에서 떨어져라! 사살당하고 싶은가?!"

병사의 경고도 아쓰시의 귀에는 거의 들어오지 않았다.

아쓰시의 눈이 그 색을 포착했다.

기밀 구역의 안쪽에 있는 붉은색을.

복도에 딱 달라붙어 펼쳐진 붉은색. 벽에서 천장까지 그 붉은색이 튀어 있었다. 불쾌한 냄새의 출처는 틀림없이 저기다.

"저건——!"

아쓰시는 눈을 번쩍 떴다. 잘못 볼 리가 없었다. 흰 벽에서 보이는 선명한 붉은색. 그리고 그 중심에 누워 있는 몸.

피와 시체다.

"물러나라!"

병사가 힘으로 아쓰시를 밀어냈다. 총대로 억지로 몸을 밀어 아쓰시는 비틀거리며 엉덩방아를 찧었다.

구니키다가 옆으로 달려왔다.

"이봐, 아쓰시. 괜찮나?"

"……구니키다 씨."

아쓰시는 멍하니 말했다. 아주 잠깐 눈에 들어왔을 뿐이지만, 잘못 봤을 리가 없었다.

"시체가…… 있었어요."

"뭐라고?" 구니키다가 눈을 크게 떴다. "설마, 도적단의 시체인가."

아쓰시도 피 냄새를 맡았을 때에는 순간 그런 생각을 했었다. 하지만——.

"······아니에요."

아쓰시는 비틀거리며 고개를 들었다. 아주 잠깐 본 광경이 머릿속에 고스란히 새겨져 있었다.

"흐음······ 보고 만 것인가, 소년." 대령이라고 자신의 신분을 밝힌 노인이 떨떠름한 표정을 지었다. "조금 전에도 말했지만 이 기밀 구역 내의 정보는 그게 어떤 것이든 간에, 밖으로 발설해서는 안 된다. 미안하지만 자네들을 쉽게 밖으로 내보내 줄 수는 없을 듯하군."

"뭐? 이봐, 아쓰시. 대체 뭘 본 거지?"

수리공이 입는 것과 비슷한 파란 작업복. 지친 얼굴. 라멘 포장마차의 호객음.

아쓰시는 잠긴 목소리로 말했다.

"의뢰인이······ 선장이 죽었어요."

감시 영상, 카메라 번호 15B.

촬영 구획, 지하 2층의 기밀 구획 서쪽 복도.

촬영 시간, 오전 11시 28분, 15초에서 28초 사이, 13초간.

감시 영상이 비춘 곳은 삭막한 흰 복도였다. 오른쪽 앞에서 왼쪽 안쪽을 향해 직선상으로 뻗은 곳.

이 구획에 들어오는 사람 자체는 매우 적기 때문에, 바닥도 매우 깨끗한 편이었다. 마치 죽은 것처럼 청결했다.

이 영상의 오른쪽 앞에서 인물 한 명이 나타났다.

안절부절못하고 주변을 경계하면서, 지친 발걸음으로 걸어가는 파란 작업복 차림의 남성. 아쓰시 일행을 섬으로 불러들인 의뢰인. 월스톤 선장이었다.

감시 영상에는 소리가 없었다. 하지만 어깨를 축 늘어뜨린 뒷모습을 통해, 선장이 평소와 마찬가지로 한숨을 내쉬었다는 사실을 알 수 있었다.

선장은 카메라의 중앙에 도달하기 바로 직전에 멈춰 서서 앞을 바라보았다. 그 시선의 앞에는 어느새인가 사람 그림자 하나가 나타났다.

선장이 무언가를 말하려고 하는데, 사람 그림자가 갑자기 권총을 꺼내 선장을 향해 쏘았다.

선장에게 놀라거나 도망갈 여유를 주지 않고, 사람 그림자가 발포. 섬광이 복도를 몇 번이나 물들였다.

선장은 피보라를 복도에 흩뿌리며, 충격으로 춤을 추듯 공중을 헤매다가 쓰러졌다.

그 사람 그림자는 선장에게 더욱 가까이 다가가, 쓰러져서 축 늘어져 있는 선장을 향해 총을 또 발사했다. 두 발, 세 발.

이윽고 선장은 완전히 움직이지 않았다. 이 세상에서 사람의 목숨이 하나 또 사라진 것이다.

벽도 바닥도, 마치 페인트를 흩뿌린 것처럼 붉게 물들이고 복도에 서 있던 사람이 카메라를 바라보았다.

그 사람은 목에 카메라를 건 정장 차림의 남자였다. 얼굴로 봐서는 영국인. 회색 펠트 모자를 썼기 때문에 머리카락의 색이나 얼굴의 형태까지는 알기 어려웠지만, 아마도 나이는 20~30살 정도다. 지금 막 사람 한 명을 무참하게 살해했으면서도, 그 남자의 눈에는 아무런 감정도 떠올라 있지 않았다. 잔물결 하나 없는 호수의 수면처럼 고요한 푸른 눈동자가 똑바로 감시 카메라를 바라보았다.

갑자기 남자가 권총을 겨누고 카메라를 향해 발포했다.

충격과 함께 영상이 끊어지고, 그 뒤로는 흑백의 모래 폭풍만이 남았다.

──거기서 영상이 끝났다.

아쓰시와 구니키다는 화면에 비친 영상을 아무 말 없이 응시했다.

선장이 살해당한 영상. 그 자초지종을 본 것이다. 의심의 여지 없이 양복을 입은 영국인이 선장을 살해했다.

"……이상이 감시 영상에 남은 선장 살해 현장이다."

영상 단말의 전원을 끄면서 대령이 말했다.

아쓰시와 구니키다가 구속되어 있는 곳은 좁은 감금실이었다. 방 중앙에 있는 금속 책상과 의자가 바닥에 쇠잠금쇠로 고정되어 있는 그런 곳이었다. 창문은 없고, 유일하게 출입할 수 있는 금속문에는 철격자가 끼워져 있었다. 방에 있는 것이라고는 수신 전용 고정 전화와 천장의 한가운데에 있는 환기구, 그리고 방구석에 있는 커다란 쓰레기통뿐. 그 외에는 아무것도 없었다.

아쓰시와 구니키다는 나란히 금속 의자에 앉아 있었다. 양손에는 튼튼한 철제 수갑이 채워졌고, 쇠사슬은 책상의 중앙에 있는 금속구로 고정되었다. 도망은커녕, 스스로 코를 긁는 것조차 어려웠다. 두 사람의 맞은편에는 자신을 대령이라고 소개한 초로의 군인이 엷은 웃음을 지으며 앉아, 장정본 정도의 크기인 영상 단말을 안고 있었다.

"대령이라고 했었나?" 구니키다가 말했다. "반복하지만 우리는 정규 의뢰 절차를 밟고 이 섬에 온 민간인 탐정업자다. 일본 정부가 발행한 허가증도 있지. 그쪽의 의향을 최대한 존중할 의사도 있다. 이런 부당한 구속은 즉각 해제해 주길 바란다."

대령은 똑같은 웃음을 계속 지으며 구니키다의 말을 마지막까지 들은 뒤, 조금 뜸을 들였다가 "그런가." 하고 말했다.

그리고 침묵.

아주 멀리서 섬의 기관부가 낮게 윙윙거리는 것 외에는 아무런 소리도 나지 않았다. 그대로 10초, 20초가 지났다.

"……이봐."

30초가 지났을 때, 구니키다가 입을 열었다.

"이 침묵은 뭐지?"

"알고 있나, 젊은이." 대령이 부드러운 목소리로 말했다.

"이 섬은 바다 위에서 움직인다."

"당연하다." 구니키다가 즉시 대답했다. "이런 상황에서 그걸 모를 리가 없다."

"그래. 그럼 바다 위를 움직이는 섬이라는 것이, 이것 외에 또 있는가?"

"없다." 구니키다가 또 즉각 대답했다. "있다면 내 수첩에 적혀 있었겠지. 이곳이 세계에서 유일하게 움직이는 섬이다."

"그렇다." 대령이 더욱 짙게 미소를 지었다. "이곳은 세계에서 둘도 없는 섬. 육지의 상식은 통하지 않는다. 정부의 허가증도, 구속의 부당성도, 자네들이 생각하는 논리와 상식은 이곳에서는 모두 아이들의 망상에 가까운 거지."

"그렇다고 하더라도! 사람으로서 최저한의……." 눈에 분노를 담아 구니키다가 그렇게 외쳤지만, 말을 하는 도중에 감정의 말고삐를 쥔 것처럼 말을 끊었다. 그리고 천천히 입을 열었다. "좋다. 일단 그쪽의 논리를 들어 보겠다. 우리에게 감시 영상을 보여준 이유도 말이다. 반론은 그때까지 기다리지."

"그래, 그래. 아주 좋은 마음가짐이네. 그럼 들어 주게."

벽 쪽에 대기하고 있던 부하에게 영상 단말을 넘기고 대령이 말을 하기 시작했다.

"우리는 이 섬의 기밀 구역을 감시하는 프랑스의 정규군이다. 그리고 우리로서는 어떻게 해서든 살인범을 체포해야만 하지."

"그야 당연하다." 구니키다가 동의했다. "섬의 중요 인물이 기밀 구역에서 살해당했으니 말이다."

"그뿐만이 아니다." 대령은 기묘하게 속뜻이 있다는 듯한 말투로 말했다. "실은 말이지, 살인범의 신분은 거의 판명이 된 상태다. 본국의 데이터베이스와 일치하더군. 녀석은 국제 지명수배를 받고 있는 테러리스트다."

"테러리스트, 라고?" 구니키다가 깜짝 놀라 말했다.

"………." 아쓰시는 계속 침묵을 지켰다.

아쓰시는—— 놀라지 않았다.

표정만큼은 최선을 다해 바꾸지 않으려고 노력하는 중이었지만—— 내심, 역시 그렇구나, 하고 생각했다.

짚이는 곳이 있었기 때문이다.

영상에 비친 살인범—— 카메라를 들고 있던 정장 차림의 영국인.

다자이가 했던 말이 떠올랐다.

——도적 퇴치는 이 섬에서 일어나고 있는 재앙의 일부에 지나지 않아.

——목에 카메라를 걸고 검은 아타셰케이스를 든 정장 차림의 남자. 그 녀석을 발견하면 나중에 나에게 보고하게.

검은 아타셰케이스를 들고 있지는 않았지만, 그 이외의 특징은 일치했다. 즉, 다자이는 그 인물을 알고 있다는 말이었다. 그 녀석이 위험한 인물이라는 것도, 도적 소동 같은 것보다도 훨씬 큰 문제를 그 녀석이 일으킬 거라는 것도.

테러리스트, 인가.

이 섬에서 일어나고 있는 재앙. 다자이는 그렇게 말했다. 선장

살해를 말한 것일까? 아니면 무언가, 또 다른——.

"아주 위험한 이능력자다. 세계에서 일어나는 대부분의 중대 사건 및 사고에는 항상 이 녀석의 그림자가 존재한다고 할 정도지. 때문에 각국의 첩보 기관의 블랙리스트에 단골로 올라간다. 당연히 각 정부는 눈에 핏발을 세우고 이 녀석을 찾고 있는데……."

"들어 본 적이 없군." 구니키다가 미간을 찌푸리며 말했다. "물론 우리 나라가 테러리스트와는 연이 없는 것은 기뻐할 만한 일이다만. 그래서? 그 테러리스트와 우리가 구속된 일 사이에 무슨 관련이 있는 건가?"

"녀석은 벌써 10년 이상이나 정부의 추적을 피해 왔다. 아마 무언가 이능력이 있을 것이라고 추정은 되지만, 자세한 사항은 잘 몰라. 추적자의 움직임을 예측하고 있는 듯한 모습을 통해 붙은 별명이 '미래를 아는 남자'다. ——애당초, 녀석 정도의 요주의 인물을 이렇게 감시 카메라로 찍을 수 있었다는 것 자체가 기적에 가깝지. 그리고 이 섬은 출입용 배를 쉽게 조달할 수 없다. 이른바 거대한 밀실. 그리고 우리는 예기치 않게 희대의 테러리스트를 섬에 가두는 데 성공했다. ……이번 사건을 내가 정부에 보고했을 때, 대외 치안 총국(DGSE)의 장관의 혈압이 얼마나 올랐을지, 상상하기 어렵지 않지."

아쓰시는 작게 신음소리를 흘렸다. 선장의 죽음은 비극이지만, 분명히 이것은 테러리스트를 잡을 수 있는 둘도 없는 호기였다.

"자…… 이것으로 전제가 되는 정보는 다 말했네. 신출귀몰한 테러리스트. 목적 불명의 살인." 대령은 거기서 말을 일단 끊고 아쓰시와 구니키다를 가만히 바라보았다. "그리고…… 어째서인지 현장 바로 근처에 있었던, 외국의 민간 탐정업자."

"이봐." 구니키다가 단단히 화가 난 목소리로 말했다. "설마 하니, 우리를 의심하는 건가?"

"글쎄, 과연 어떨까?"

"정말 어처구니가 없군!" 구니키다가 책상을 두드리며 외쳤다. "우리는 정식으로 의뢰를 받고 이 섬에 온 탐정이다. 무장 탐정사에 대해서 일본 정부에 문의해 봐라!"

"그래, 무장 탐정사는 실제로 존재한다." 대령은 감정 없는 목소리로 말했다. "단, 자네의 말대로라고 하면 참 기묘하지. 그 무장 탐정사가 의뢰를 받고 이 섬에 왔다는 기록이 어디에도 없기 때문이다."

아쓰시와 구니키다의 호흡이 멈췄다.

"뭐…… 뭐라고?"

"아무도 자네들에게 의뢰를 하지 않았단 말이네. 물론 죽은 월스톤 선장도! 그는 본국에도 섬의 집행부에도 탐정을 이 섬으로 불렀다고 보고하지 않았네. 의뢰비를 입금한 흔적도 없고 말일세. 자네들이 가지고 있던 은화는 부식된 외장 탓에 도장공에게 보낸 것으로 되어 있었지만, 물론 현재 수리가 필요한 동전의 외장은 존재하지 않아."

"말도 안 돼!" 구니키다가 그렇게 외치며 벌떡 일어났다. 팔의 쇠사슬이 잘그락거리는 소리를 냈다. "하나, 실제로 우리는 이렇게 섬에 초대되어 정식 절차를 받고 입도한 상태다!"

"그럴지도 모르지. 하나, 그것을 어떻게 증명할 텐가? 의뢰인인 선장은 이미 죽었네. 그리고 자네들은 우연히도 그 테러리스트——'미래를 아는 남자'가 선장을 살해했을 때, 벽 하나를 둔 너머까지 다가왔다. 게다가 거의 모두가 엄청난 실력의 이능력자……. 이렇게까지 증거가 모였는데 자네들을 의심하지 않을 사람이 어디 있을까?"

"그럼 다니자키 씨나 요사노 씨 일행은." 아쓰시가 몸을 앞으로 내밀며 말했다.

"그 사람들도 이곳이 아닌 다른 장소에 구속했네." 대령은 턱을 쓰다듬으면서 말했다.

"그럴 수가……. 우리가 테러리스트와 한편이라고?"

"녀석의 협력자가 자네들이라고 한다면, 나는 어떻게 해서든 정보를 캐내야 하지. '미래를 아는 남자'는 뭘 위해서 이런 장소에 왔나? 이제부터 뭐가 시작되는 거지?"

"그건……."

대령의 눈동자가 똑바로 아쓰시를 꿰뚫었다.

"녀석의 목적은 뭔가?"

전체의 그림이 보이지 않는 상태에서, 자신들은 이상한 사태에 말려들고 있었다.

"테러리스트의 목적은……."

파괴 활동. 위험한 이능력자. '미래를 아는 남자'.

아쓰시는 다자이의 말을 떠올렸다.

——잡으려고 애쓰지 않는 편이 좋아.

"뭔가 알고 있는 것 아닌가? 녀석은 이 섬에서——."

——자칫 손을 잘못 대면, 이 요코하마가 통째로——.

"요코하마가 통째로——날아가 버린다."

아쓰시는 무의식중에 그렇게 중얼거렸다.

구니키다가 깜짝 놀라 돌아보았다.

"아쓰시…… 너, 대체 무슨 말을……."

대령은 가슴 앞으로 팔짱을 끼고 씨익 미소를 지었다. "내 감이 맞은 듯하군."

"네?" 아쓰시가 당황했다. "아, 아니요, 방금 그건……."

"진심으로 덤비지 않으면 안 되겠군. 조금 기다리게. 자네들의 취급에 대한 본국의 허가를 받아 오지." 대령은 천천히 의자에서 일어섰다. "협력을 받기 위해서는 조금 거친 방법을 사용해야겠구먼."

태양이 쏟아지는 섬의 남쪽.

바닷바람이 기분 좋게 빠져나가고 바닷새가 춤을 추는 하늘 아래에 흰 수도원이 있었다.

쌓아 올려 만든 화강암 벽은 온화한 햇살을 반사해 새하얗게 빛났고, 아치형 기둥의 정교한 돌을새김이 눈길을 끌었다. 바닥은 연식을 느끼게 하는 설화 석고였다.

그 안을 회사원 네 사람이 걸었다.

"조금 전에 낸 입장료, 이따가 돌려줘. 호텔에 돌아가면 말이야."

회사원으로 보이는 네 사람은 모두 후줄근한 옷깃이 달린 셔츠를 입고 구두를 신었다. 그리고 어딘가 자포자기한 태도로 나란히 수도원을 걸었다.

"알았어. 24달러였나?"

"너 바보냐? 25달러 38센트잖아. 딱 맞춰서 돌려줘."

"알았어. ……참나. 여기는 하나하나 뭐가 이렇게 비싼 건지. 이렇게 낡고 폐허 같은 곳에 들어오는 데 24달러나 하다니."

"25달러 38센트라니까. 이 자식아. 빌어먹을. 부자는 참 좋겠다."

"우리도 부자가 될 수 있었는데……."

네 사람은 서로 불평을 늘어놓으며 걸었다. 어깨를 떨구고, 발밑을 바라보면서. 그들은 쭉 늘어선 기둥이 만들어 낸 빛과 그림자의 패턴 안을 풀이 잔뜩 죽은 모습으로 힘없이 걸었다.

그중 한 사람이 문득 자신의 신발 끝을 바라보았다.

"……? 뭐지, 이 천 조각은?"

그가 밟은 것은 검은 천이었다. 겉만 봐서는 어디에서나 볼 수 있는 검고 낡은 천일 뿐이었다. 하지만 그가 위화감을 느낀 이유는 두 가지가 있었다. 하나는 그 천이 묘하게 길고, 끝이 건물의 그림자까지 이어져 있었다는 것. 그리고 이곳이 청소가 말끔하게 되어 있는 관광 시설이라는 점이었다. 이렇게 커다란 쓰레기가 있다니, 아무리 생각해도 장소에 어울리지 않았다.

"야. 너희들 잠깐 기."

남자는 끝까지 말을 할 수 없었다.

남자의 몸이 순간적으로 건물의 그림자로 빨려 들어갔기 때문이다.

앞서 걷고 있던 나머지 세 남자가 뒤를 돌아보았다.

"……야?"

세 사람은 주변을 둘러보았다. 하지만 아무도 없었다. 그림자도, 형태도.

그들은 본능적으로 몸을 움츠렸다. 그들은 합법과 불법 사이에서 살아가는 사람들이라, 본능적으로 공포가 자신들의 몸을 지킨다는 사실을 잘 알았기 때문이다.

하지만 이번만큼은 공포만으로는 몸을 지킬 수 없었다.

세 사람의 머리 위에서 스르스륵 검은 천이 내려왔다. 소리도 없이, 기척도 없이, 먹잇감을 노리는 뱀처럼. 사람의 낌새만을 경계한 남자들은 그것을 눈치채지 못했다.

검은 천은 남자들의 머리 바로 위에서 딱 멈췄다. 그리고——.

"끄악?!"

남자 한 사람의 몸이 갑자기 공중으로 떠올랐다. 나머지 두 사람이 목소리를 듣고 돌아봤지만, 이미 그곳에는 아무도 없었다. 단지, 천장 근처의 어둠 속에서 무언가 눅눅한 소리가 울릴 뿐이었다.

"뭐…… 뭐지?! 어디로 간 거야? 대답해!"

급히 불러 봤지만, 돌아온 목소리는 어렴풋이 띄엄띄엄 들리는 천장의 비명뿐.

잠시 뒤, 영혼이 사라지는 듯한 절규가 들리더니, 천장에서 대량의 피가 쏟아졌다.

"……!!"

무슨 일이 벌어졌는지 확인하지도 않고, 두 사람은 그 자리에서 도망치려고 했다.

그들이 도망치는 곳 앞을, 사람의 검은 그림자가 조용히 가로막고 있었다.

"어디 가나?"

작은 몸집. 검은 머리카락에 검은 외투. 눈만이 밝고 날카로운 얼굴. 그 남자의 주변은 마치 태양이 무서워서 도망간 것처럼 어둠이 눌어붙어 있었다.

포트 마피아 소속, 재앙의 개. 아쿠타가와였다.

"이럴 수가……?! 포트 마피아의 자객은 이런 섬에까지 온단 말이야……?!" 남자가 뒤로 물러섰다.

"재잘거리지 마라. 귀에 거슬린다." 아쿠타가와는 체온이 전혀 느껴지지 않는 목소리로 말했다. "사냥개에게 쫓기는 염소는 결코 울지 않지. 너희들은 염소보다 못한 존재인가?!"

아쿠타가와의 검은 외투가 혼자서 굼실거렸다.

바람도 없는데 굼실거리는 외투는 모르는 사람이 보면 괴현상 그 이상도 그 이하도 아니었다. 외투 그 자체에 이빨 달린 짐승과 맹금류, 독벌레에 큰 뱀── 무수히 많은 사악한 생명체가 깃들어 있는 듯했다.

"하지만 너희도 칭찬받아 마땅한 점이 있다. 포트 마피아와 원수를 지자마자 꽁무니 빼고 도망갔다는 것이다. 그렇지 않았다면 너희들의 수명은 하루 정도 더 짧아졌겠지."

"당신…… 포트 마피아의 검은 악몽……!" 남자가 비명 섞인 목소리로 외쳤다. "젠장. 이런 곳에서 죽을 것 같아……?!"

남자 두 사람은 품에 숨겨 두었던 수납형 나이프를 꺼냈다. 그리고 아쿠타가와를 향해 나이프를 겨누었다.

"그거면 충분하다." 나이프를 보고도 아쿠타가와는 작게 웃을 뿐이었다. "우연이라고는 하지만 포트 마피아의 회계사를 죽였다는 무용담을 지니고 이 세상을 떠나는 것이니, 나에게 칼을 겨눌 정도의 용맹은 있어야지."

"죽어라!"

남자 두 사람이 아쿠타가와를 향해 발을 내디뎠다. ──하지만 내디딘 걸음은 딱 한 걸음뿐이었다.

검은 천이 바닥을 뚫고 분출되어 나왔기 때문이다.

검은 천은 남자들의 다리를 붙잡고, 그대로 뱀처럼 휘감아 들어 올렸다. 천은 남자들의 몸을 뒤덮듯이 늘어지더니, 양다리, 양팔, 목을 고정한 뒤, 천장까지 뚫고 올라갔다.

"크악……!"

"컥……! 이건 뭐지……?!"

공중에서 온몸을 휘감긴 남자 두 사람은 도망은커녕 팔 하나 조차 전혀 움직일 수 없었다. 간신히 얼굴이 반 정도 노출되어 있었지만, 그 외에는 철로 된 구속구보다 더 강하게 검은 천에 휘감겨 옴짝달싹도 못했다.

　검은 천이 남자들의 나이프를 빼앗아 얇은 종이를 접듯이 구부러뜨려 버렸다.

　"이제 끝이다." 아쿠타가와는 표정 하나 변하지 않은 채, 공중의 희생자 두 사람을 올려다보며 말했다. "네놈들은 이제 인생에서 해야 할 일이 딱 하나뿐이다. 그것은 될 수 있는 한 비참하고 음울한 비명을 지르며, 포트 마피아에게 대든 자가 어떤 말로를 맞이하는지 이 세상에 가르쳐 주는 것이다."

　"자…… 잠깐만!" 구속된 남자가 탄원하듯이 비명을 질렀다.

　"우리는 그냥 이 섬에 도망쳐 온 것이 아니다!"

　"그, 그래!" 또 다른 남자도 필사적으로 외쳤다. "이 섬에는 엄청난 보물이 있다!"

　"목숨을 구걸하는 것인가." 아쿠타가와는 눈썹 하나 움직이지 않았다. "예전에는 나도 목숨을 구걸하는 소리에 귀를 기울인 적이 있었지만── 요즘엔 너무나 헛소리와 거짓말이 많아, 더 이상 들어주지 않는다. 목숨 구걸은 지옥의 악귀를 위해 남겨 둬라."

　검은 천이 더욱 강하게 남자들을 압박했다. 옷과 그 안쪽의 육체가 삐걱거리는 소리를 냈다.

　"기다려…… 이건 진짜다! 우리가 온 이유는 이 섬에 숨겨진

'병기'를 찾아 당신들에게 넘겨주기 위해서였다!"

"이 녀석이 하는 말은 진짜다!" 또 다른 남자도 동의하며 그렇게 외쳤다. "거짓말이 아냐! 이야기만이라도 들어 줘!"

아쿠타가와는 아무런 표정 없이 두 사람을 바라보다가 이윽고 입을 열었다. "5초 주지. 단, 두 사람의 주장이 조금이라도 어긋날 경우, 즉각 죽이겠다."

"이…… 이 섬에는 엄청난 '병기'가 있다고 한다."

아쿠타가와의 표정은 전혀 변화가 없었다.

"그래. 유럽에서 비밀리에 활동하는 우리 동료 운반책이 한 말이다." 남자는 필사적으로 계속 말했다. "대전 말기에 유럽의 이능력 기술자가 만든 병기로, 테러리스트가 그 녀석을 빼앗아 이 섬에 가지고 왔다고 했다."

"테러리스트라고?" 아쿠타가와의 표정이 살짝 변했다.

"정확한 사양은 아무도 모르지만…… 이름은 안다. 개발 코드는 '셸'. 하지만 병기를 알고 있는 녀석들은 다르게 부른다고 한다." 남자는 거기서 일단 말을 끊고, 다음 말의 불길함에 몸을 떨 듯이 뜸을 들이다가 말했다. " '소멸 병기'."

"소멸 병기……?"

"주변 수십 킬로미터를 지워 버릴 수 있다고 했던가, 그랬다."

"호오."

아쿠타가와의 눈이 가늘어졌다. 만약 그 정도 규모의 병기가 이 섬에서 가동된다면, 효과 범위는 쉬이 요코하마에까지 닿는다. 그렇다면 그 병기를 지닌 테러리스트는 원한다면 지금이라도 당장, 포트 마피아의 활동 구역까지 날려 없앨 수 있다는 말이었다.

"일반적으로는 믿을 수 없는 이야기다. 우리도 믿지는 않아. 하지만 그 운반책은 요 며칠간 연락이 안 되고 있어. 병기를 옮긴 뒤 입막음을 위해 살해당한 게 아닌가 하는 소문이 돌고 있다."

"그래! 그렇게 엄청난 병기라면 포트 마피아가 비싼 값에 사 주지 않을까 생각한 거다! 그 돈으로 우린 용서를 받으려고……."

"……자신의 몸을 지키기 위해 막 내뱉은 이야기치고는 아주 정교하군." 아쿠타가와는 감탄하면서 말했다. "어떻게 생각하나, 히구치."

아쿠타가와가 그렇게 부르자마자 멀리 떨어진 기둥 뒤에서 부하 마피아—— 히구치가 나타났다. 남자들이 도주할 때를 대비해, 도망가는 길목을 막는 역할을 맡고 있었다.

"가능성은 있습니다." 히구치가 말했다. "유럽이라고 하면 이능력자들의 본고장. 대전 때에는 이능력 기술이 아니면 제조할 수 없는 특수한 전술 병기가 많이 개발되었다고 들었습니다. 범죄자가 그런 병기 하나를 보관 장소에서 훔쳤다고 한다면, 경찰 권력의 개입이 어려운 이 섬으로 가지고 왔어도 이상하지 않습니다."

"………." 아쿠타가와는 잠시 생각하는 듯한 표정을 지었다. "그 병기의 특징은?"

"운반책은 검은 아타셰케이스에 들어가 있다고 말했다. 안에 들어간 병기는 낡은 카메라와 그 외의 기폭 장치 같은 것으로 구성되어 있다, 라고……."

카메라—— 이능력자가 만든 이능력 병기라면 카메라도 겉모습과는 달리 무언가 이능력에 의해 생성된 특수한 물체일 가능성이 높았다. 이야기는 대충 앞뒤가 맞는다.

"네놈들의 이야기가 진실이라면." 아쿠타가와는 불쾌하다는 듯이 눈을 가늘게 떴다. "좀 거슬리는군. 폭죽놀이를 하며 자신들의 영토를 얼마나 날리든 말든 그건 녀석들의 자유다. 하나, 그게 요코하마의 앞바다라면 이야기가 다르지. 이 땅에서 펼쳐지는 폭력은, 이 땅에서 당기는 방아쇠는, 모두 포트 마피아의 관리하에 있어야 한다. 보스가 보관하지 않는 살육 병기가 요코하마의 바다에 있다니, 도저히 허용할 수 없다."

"그래, 그렇다! 당신들이라면 그렇게 말해 줄 줄 알았어!" 남자는 이때다 하고 변명하기 시작했다. "그 녀석을 찾아 당신들에게 주겠다. 그러니까 좀 살려 줘!"

"어떻게 할까요, 아쿠타가와 선배." 히구치가 아쿠타가와를 보고 말했다. "만약 병기를 포트 마피아가 손에 넣으면, 다른 조직에 대한 절호의 시위 무장이 될 겁니다. 만에 하나 감당하기 힘든 물건이라면 국내의 첩보 기관에 팔아 공적과 돈을 얻을 수도 있습니다. 어느 쪽이든 간에 손해는 없습니다."

"그래! 그러니까."

"부탁해!"

입을 모아 애원하는 남자들.

"흐음……."

아쿠타가와는 조용히 남자들을 올려다보고 말했다.

"원래라면 포트 마피아에 반역한 자는 죽어야 마땅하다. 생각할 수 있는 모든 고통과 고문을 가해 살아 있다는 것을 후회하며 죽게 하는 것이 내 주의이다. ……하지만 만약 지금 이야기가 사실이라면 너희 같은 피라미를 상대하고 있을 때가 아닌 것도 사실."

"! 그, 그러면……."

"그런데."

아쿠타가와는 갑자기 화제를 바꾸었다. "네놈들이 죽인 은행 회계사……. 그 사람은 오랫동안 조직에 헌신해 온 고참으로, 간부들의 신뢰도 두터운 사람이었다. 장례식에는 보스도 아마 참가할 거다. 나도 개인적으로 안면이 있는 사람이었다."

남자들을 구속한 검은 천이 더욱 꽈악 조여들었다. 강철보다도 단단한 검은 천이 남자들의 팔을, 몸을, 다리를, 꽈악 조였다.

"끄윽?!"

"아아악?!"

소리를 내면서 꿈틀거리는 검은 천이 삐걱거리는 소리를 내며 뼈를 부쉈다. 걸레를 짜듯이 온몸의 살과 뼈가 짓이겨져 갔지만, 온몸을 뒤덮은 검은 천이 살갗이 밖으로 튀는 것조차도 막아 버렸다.

"유익한 정보를 제공해 주었으니── 고통스럽지 않게 단숨에 죽여 주마."

남자들의 살과 뼈가 물리적인 한계를 넘어섰다.

천이 급격하게 비틀리면서 토마토라도 찌부러뜨린 듯이 살과 뼈가 분출되었다. 공중에서 흩뿌려진 살점이 사방으로 튀어 관광 시설의 바닥과 벽을 더럽혔다.

"히구치, 가자. 다음 임무다." 아쿠타가와는 스스로 만들어 낸 피웅덩이를 돌아보지도 않은 채, 등을 돌려 걷기 시작했다.

"그 거슬리는 병기인가 뭔가를 회수하러 가자."

"알겠습니다." 히구치 역시 방금 그 살육에도 안색 하나 바꾸지 않은 채, 조용히 아쿠타가와의 말을 받들었다.

히구치를 데리고 걷는 아쿠타가와의 눈은 이미 앞을 향해 있었다.

"이 땅의 바다는 포트 마피아의 바다." 아쿠타가와는 앞을 노려보면서 말했다. "세계의 왕인 척하는 백인 녀석들에게, 이 바다에서는 무엇 하나도 자신들의 뜻대로 되지 않는다는 사실을 가르쳐 주마."

"으음……."

"으으음……."

구니키다와 아쓰시가 감금실에서 고민스러운 목소리를 흘렸다.

수갑이 책상과 연결되어 있는 상태라, 두 사람은 실내를 걸어

다닐 수도 없었다. 감시병은 지금 밖으로 나가 방에는 없었지만, 언제 돌아와도 이상할 것이 없었다.

"우리는 앞으로 어떻게 될까요?"

"좋은 미래와 나쁜 미래가 있다." 구니키다가 담담한 목소리로 말했다. "나쁜 미래는 이 감금실에서 고문을 받아, 있는 얘기 없는 얘기를 다 뱉어 내는 것. 좋은 미래는 유럽 어딘가로 가서 첩보 기관의 전문가들에게 흠씬 두들겨 맞는 거다."

"양쪽 다 나쁜 미래잖아요!"

"나한테 화내지 마라. 테러리스트와 한편이라고 의심을 받고 있는 상황 아니냐. 가지고 있는 물건은 모두 몰수당한 상태다. 난 수첩 없이는 이능력도 사용할 수 없고. 게다가 왜 그 선장이 기록을 남기지 않고 우리에게 의뢰를 했는지, 솔직히 전혀 모르겠다. 그런 수수께끼가 있는 이상, 녀석들을 설득하기란 불가능해."

"불가능한가요?"

"불가능하다."

아쓰시는 천장을 올려다보았다.

어쩌면 좋지? 의뢰를 받은 도적 퇴치 임무는 어물어물하는 사이에 사라져 버렸고, 갑자기 뜬금없는 테러리스트 소동에 말려들어 감금되어 버렸다. 다른 탐정사 멤버도 구속되었다고 한다. 이대로는 이유도 원인도 모른 채 탐정사는 공중분해가 되어 버린다.

이런 상황에서도 뭔가 할 수 있는 일 없을까?

아쓰시와 구니키다가 눈앞이 캄캄하다는 듯이 숨을 내쉬었다
── 그때.

"우후후…… 우후후후후."

어디선가 들어 본 적이 있는 목소리가 들렸다.
"구니키다 씨, 무슨 말씀 하셨나요?"
"아니…….” 구니키다는 얼굴이 창백해졌다. "내가 아니다.
아니, 이미 어딘가 모르게 불길한 예감이…….”
아쓰시는 감금실 안을 둘러보았다. 물론 아쓰시와 구니키다
이외에는 아무도 없었다. 너무 살풍경해 숨을 수 있는 곳도 없
는 공간이었다. 있는 것이라고는 책상, 의자, 전화, 천장의 환
기구, 그리고 방 구석에 있는 커다란 쓰레기통뿐…….
──응?
아쓰시는 돌아보았다.
쓰레기통?!
"우후후…… 우후후후후훗."
금속으로 만들어진 둥근 쓰레기통이 살짝 덜컥거리며 흔들렸
다.
아쓰시와 구니키다는 얼굴을 서로 마주 보았다.
두 사람은 잠시 흔들리는 쓰레기통을 바라본 뒤, 수갑으로 구
속된 채 목을 어떻게든 움직여 쓰레기통에 얼굴을 가까이 내밀
고──.

"워엇! 난처한 듯하군, 제군! 이야기는 모두 이 다자이가 들었어어어어어아아야앗!"

구니키다가 쓰레기통을 발로 차서, 다자이는 벽 반대편까지 굴렀다.

"아야야……. 뭐 하는 건가, 구니키다! 결정적인 순간에 등장한 구세주를 갑자기 쓰레기통째로 찰 건 없지 않나!"

"닥쳐라 뭐가 구세주냐 이 안 타는 쓰레기야!" 구니키다가 외쳤다. "이런 긴급 사태에 너는 대체 뭐 하는 거냐?! 우리가 여기서 심문을 받고 있는 사이에 계속 그곳에 틀어박혀 있었던 건가?!"

"자네들의 위기를 감치하고 먼저 와 있었다고 말해 줬으면 한다만." 다자이가 굴러간 쓰레기통에 들어간 채 입을 삐죽였다. "지금까지 계속 감시병들이 방에서 나가길 기다린 거야. 그리고 지금, 때가 되어 자네들을 돕기 위해 씩씩하게…… 어라? 못 나가겠어."

"그대로 소각로까지 옮기면 되겠구나." 구니키다가 다자이를 노려보았다. "애초에, 너는 어떻게 우리가 이곳으로 끌려올 줄 알았던 거지?"

"자네들이 귀찮은 일에 말려들 것이란 사실을 대략 예상했기 때문이야." 다자이는 쓰레기통 안에서 의기양양하게 미소를 지었다. "자네들이 선장 살해 현장을 목격했을 때, 나도 근처에 있었거든."

"뭐라? 그 지하 복도에 말인가?"

"기밀 구역에는 차마 들어가지 못했지만, 자네들이 연행되는 모습은 봤어. 무엇보다 나는 범인을── 카메라를 목에 건 정장 차림의 영국인을 쫓고 있었으니까."

그 말을 듣고 아쓰시는 번쩍 고개를 들었다.

"그렇지." 아쓰시는 다급하게 물었다. "다자이 씨. 저한테 말씀하셨죠? '도적 퇴치는 이 섬에서 일어나고 있는 재앙의 일부에 지나지 않는다' 고요. 다자이 씨는 테러리스트 소동에 대해 알고 있었던 건가요?"

"뭐?" 구니키다의 표정이 바뀌었다. "다자이, 그런 건가?"

"그렇다고 한다면, 구니키다. 날 다시 볼 건가?"

"걱정하지 않아도 네놈의 평가는 항상 최저치 고정이다. 됐으니까, 빨리 말해라."

"확고하게 평가해 주어, 황송하군." 다자이는 미소를 지으며 말했다. "시간이 별로 없으니 간결하게 말하지……. 도적 퇴치는 탐정사 사원을 이 섬으로 모으기 위한 구실에 지나지 않아. 진짜 의뢰는."

다자이는 거기서 말을 끊고, 진지한 표정을 지으며 말했다.

"'미래를 아는 남자' 에 의한 이능력 병기가 요코하마 근해에서 기폭되는 사태를 막는 것."

"이능력 병기의 기폭……?!"

구니키다도 역시 깜짝 놀란 모양이었다.

"정부의 모 관계자의 의뢰야. 알다시피, 이 섬은 치외법권이라 타국 정부가 개입할 수 없거든. 그래서 선장에게 협력을 요청해 적당한 의뢰로 탐정사 사원을 될 수 있는 한 많이 이 섬으로 모은 거지. 한편 나는 별동대원으로서 이 섬에 침입하여, 테러리스트의 침입 경로를 파악하려고 노력했어. 섬에 체재할 때 필요한 동전을 훔치려고 하면서 말이야."

아쓰시는 문득 깨달았다.

섬에 침입해서…… 동전을 훔치려고…….

──경비팀을 불러라!

──도둑맞은 것이 뭔지 확인해라!

"혹시 밀입도하고, 뭔가를 훔치려고 해서 경비원에게 도망친 이유는……."

"그렇네! 엄연한 비밀 임무의 일부였다는 거지!" 다자이가 윙크를 하며 웃었다. "참고로 훔친 것은 섬의 동전이야. 어떻게 해서든 기밀 구역에 들어갈 수 있도록 금화를 훔치려고 했는데, 좀처럼 잘 안 되더라고."

"너…… 밀입도를 한 건가……?!" 구니키다가 현기증이 난다는 듯이 중얼거렸다.

"그런데 자네들이 이렇게 잡혀서 어쩔 수 없이 계획을 변경해 도와주러 왔다. 그거네. 테러리스트에게 감쪽같이 당했군."

"테러리스트에게 당했다니……. 우리가 이렇게 잡힌 건 나쁜 우연히 겹쳤기 때문으로."

"글쎄, 과연 그럴까?"

다자이가 문득 진지한 표정을 지으며 말했다.

아쓰시는 다자이를 바라보았다. 다자이는 어디라고 할 수 없는 공간을 가만히 응시했다.

"선장 살해라는 한 수만으로 상황이 역전되어 우리는 궁지에 내몰렸어. 선장이 사라진 지금, 현지 협력자가 없는 탐정사는 이 섬의 이단분자나 마찬가지야. 내 대처도 늦어져, 테러리스트는 그야말로 '추적에서 벗어난' 상황이 된 거지."

"설마…… 테러리스트는 일부러 노리고 이런 상황을 만든 건가요?"

감시 영상에 비쳤던 정장 차림의 영국인을 떠올렸다. 사람을 쏴 죽였는데도 아무런 감정의 흔들림이 없던 파란 눈동자를.

"아무튼, 상대는 각국의 첩보 기관을 오래도록 현혹한 엄청난 실력자 테러리스트니까. 게다가 별명이 '미래를 아는 남자' 잖아?──혹시 정말로 미래를 읽은 건가? 그렇다면."

그렇다면── 탐정사는 승산이 없다.

"다자이 씨, 뭔가 좋은 작전은 없나요?"

심각한 표정으로 그렇게 묻는 아쓰시를 다자이는 잠시 아무 말도 없이 바라보았지만── 이윽고 씨익 하고 의미심장하게 웃었다.

"없다고 생각해?"

그 미소를 보고, 아쓰시는 진심으로 안도했다.

다자이 씨가 이런 미소를 짓고 있는 한 괜찮다. 아무런 문제도 없다.

"가르쳐 주세요!"

"아주 간단한 수법이야." 다자이는 쓰레기통을 데굴데굴 굴려 방의 중앙 근처까지 다가왔다. "테러리스트의 동료라는 혐

의를 벗는 방법은 단 하나. 우리가 테러리스트를 잡으면 돼."

"——네?"

"천장에 환기구가 있지?" 쓰레기통에 들어간 채, 다자이는 쭈욱 긴 팔을 뻗었다. "이곳은 지하니까, 환기구는 수직으로 지상으로 연결되어 있어. 물론 구멍은 그다지 넓지 않은 데다, 측면은 미끌미끌한 금속이니, 평범한 사람이 올라가는 건 힘들지. 단——."

다자이는 영차 하고 소리를 내면서 다리를 쓰레기통 아래로 내밀었다. 아무래도 아래에 구멍을 뚫어 다리를 내밀 수 있도록 만든 모양이었다.

그리고 다자이는 쓰레기통 안을 부스럭거리며 뒤지더니, 안에서 짧은 철사를 꺼냈다. 서류를 끼우기 위한 클립 같았지만, 쓰레기로 버려서 그런지 거의 원형을 알아볼 수 없게 변형되어 있었다.

다자이는 그 철사를 이리저리 정교하게 구부려 모양을 정돈한 뒤, 손을 뻗어 아쓰시의 수갑에 꽂았다.

불과 1초도 되지 않아 철컥 하고 소리가 나며 아쓰시의 수갑이 풀렸다.

"아쓰시. 자네라면 몸집도 작으니, 호랑이 발톱을 사용해 저곳으로 올라갈 수 있어." 그렇게 말하며 다자이는 미소 지었다.

아쓰시는 마른침을 삼켰다.

"그럼…… 저 혼자서요?"

"나나 구니키다는 좁은 환기구를 빠져나갈 수 없거든. 게다가 자네가 도망친 사실을 들킨 뒤, 시간을 벌 사람이 필요하지 않나. 적재적소의 활용이야."

그거야 그렇겠지만…….

아쓰시는 천장을 올려다보았다. 저곳으로 올라가 탈출하는 것은 불가능하지 않다. 그리고 병사들의 추적을 뿌리치는 것도 그렇게 어려운 일이 아니다.

문제는 그다음으로, 어떻게 테러리스트를 발견하면 좋은가이다.

"걱정하지 않아도 다 방법을 생각해 뒀지." 아쓰시의 마음을 읽었다는 듯이 다자이가 미소 지었다. "아쓰시, 낚시해 본 적은?"

낚시?

없습니다. 아쓰시가 솔직하게 대답했다.

"이건 낚시랑 똑같아. 어장(漁場)에 가서 미끼를 내리고 기다리는 거지. 신출귀몰한 상대에게는 그게 제일이야. 자네는 '미래를 아는 남자'의 영상을 봤지? 뭔가 이상한 점 없었나?"

"이상한 점……?"

아쓰시는 감시 영상을 떠올렸다. 총으로 선장을 사살한 정장 차림의 영국인. 파란 눈을 지닌 남자. 불가사의하고 기묘한 남자였지만, 이상한 점이라…….

"아타셰케이스." 다자이는 비밀을 밝히듯이 윙크를 하며 말했다. "내가 말했잖나. 그 사람은 검은 아타셰케이스를 가지고 있을 거라고. 그런데 기록 영상이나 목격 증언을 봐도, 그 사람

이 이 섬에서 아타셰케이스를 들고 있다는 이야기는 듣지 못했어. 이게 무슨 의미인지 알겠나?"

"뜸 들이지 마라, 다자이." 구니키다가 옆에서 끼어들었다. "시간이 없지 않나. 빨리 결론을 말해라."

"뜸을 들이기 때문에 재미있는 건데." 다자이는 불만스러운 표정을 지었다. "내 조사에 따르면, 병기는 그 아타셰케이스에 들어 있어. 하지만 영상을 보는 한 테러리스트 본인은 그걸 들고 다니지 않았지. 그렇다면——."

"어딘가에 숨겨져 있다? 안전하고 다른 사람에게 빼앗길 걱정이 없는 장소에."

"그렇게 생각하는 것이 타당하겠지. 단, 지금부터 그 숨겨진 장소를 찾기는 매우 힘들어. 하지만 그것보다 간단한 방법이 있지."

그렇게 말한 뒤, 다자이가 발뒤꿈치를 툭툭 치며 소리를 냈다.

"이 섬의 중앙에는 시계탑이 있거든." 다자이가 말했다. "섬의 어디를 가도 보이는 높은 탑이지. 그곳은 배의 함교 역할도 하고 있는데—— 아무튼, 그곳의 최상층에 검은 아타셰케이스의 위조품을 놓아두었네."

"위조품?" 아쓰시는 고개를 갸웃했다. "진짜가 어디에 있는지도 모르는데요?"

"어디에 있는지 알 필요는 없어. 중요한 것은 진짜가 사람들 눈에 띄지 않는 곳에 보관되어 있다는 현실을 이용하는 거지. 먼저 탑까지 가서 함정에 걸린 테러리스트를 붙잡는 것이 아쓰시가 해야 할 일이야."

아쓰시는 감탄했다. 확실히 그렇게 하면 아쓰시와 테러리스트가 일대일로 대치해도 이길 가능성이 생긴다. 아니, 웬만큼 큰 실수를 하지 않는 한 확실히 붙잡을 수 있다.

역시 다자이는 보통 사람의 두 수, 세 수 앞을 내다본다. 아마도 지금 설명한 것보다 더 많은 계획을 이미 몇 가지나 실행했겠지.

"설명은 이상이야." 다자이는 구니키다의 수갑도 풀어 주면서 말했다. "미안하지만 통신으로 도와줄 수가 없어. 이제 곧 나도 잡힐 테니까. 나나 탐정사 사원이 누명을 벗고 자유의 몸이 될 수 있는가 없는가는 자네가 얼마나 힘내 주느냐에 달렸네. 할 수 있겠지?"

아쓰시는 알았다.

다자이는 상대가 할 수 있다는 확신이 있을 때에만 '할 수 있겠지?' 라고 묻는다.

"……네." 아쓰시는 굳은 표정으로 고개를 끄덕였다.

"좋아." 다자이는 선생님처럼 아쓰시를 보고 웃었다. "천장의 환기구까지는 거리가 있어. 구니키다의 머리를 발판처럼 밟고 올라가면……."

"아니요, 괜찮습니다."

아쓰시는 가볍게 발목을 돌리면서 천장까지의 거리를 재고, 허리를 낮춘 뒤 도약했다.

그리고 한 번의 도약으로 단번에 몇 미터나 되는 천장에 도달했다.

아쓰시는 호랑이로 변한 손으로 환기구의 철망을 걷어 내고, 다른 쪽 손으로 환기구의 입구에 손을 걸쳤다. 호랑이의 발톱을 꽂아서 체중을 버티면서, 아쓰시는 몸을 흔들듯이 환기구를 기어올랐다.

"오오~." 다자이가 기쁜 목소리로 말했다. "아쓰시, 이제는 꽤 하는걸?"

아쓰시가 무슨 말을 하려고 바닥을 봤을 때, 갑자기 감금실의 문이 소리를 내면서 열렸다.

"이봐! 방금 그 소리는 뭐냐?!"

여러 병사가 방에 몰려 들어오는 소리. 구니키다가 무언가 외치는 소리. 금속이 잇달아 부딪치는 거슬리는 소리.

"다자이 씨, 구니키다 씨?!"

아쓰시는 환기구 안에서 외쳤다.

"상관 말고 어서 가라!"

떠들썩한 소리가 들리는 가운데, 구니키다의 외침이 들려왔다.

돌아갈까 말까 망설였다. 감금실로 돌아가 도와줘야 하나 하고. 하지만 지금 자신이 잡히면 탐정사 사원을 해방할 희망이 사라진다. 게다가 아무리 강건한 병사라도 환기구를 기어올라 추격할 수는 없다.

이대로 탈출해 다자이의 작전을 실행할 수밖에 없다.

금방—— 돌아올게요!

결사적인 표정을 지으며 호랑이가 된 팔다리로 환기구를 달려 올라가는 아쓰시의 등 뒤로 소란스럽게 다투는 소리가 울렸지만, 이윽고 그 소리는 더 이상 들리지 않았다——.

　섬의 중심 지점. 그 탑은 어디에서나 보이는 장소에 서 있었다.
　관측 시설이자, 섬 안의 랜드마크이자, 시계탑이기도 한 그 탑
은 거대한 풍력 발전의 풍차들을 제외하면 섬에서 가장 높은 건
물이었다. 탑은 위로 가면 갈수록 좁아지는 삼각형으로, 세 면
은 각각 영국령, 프랑스령, 독일령 쪽을 바라보았다. 벽면은 각
나라의 건축 양식을 모방해 특징적인 디자인이었다.
　탑의 주변에는 손질이 잘된 인공림이 펼쳐져 있었고, 돌바닥
이 각각의 영지를 향해 방사상으로 이어져 있었다.
　아쓰시는 그 탑에 가까운 돌바닥까지 도착했다. 넓은 섬이긴
하지만, 호랑이 다리로 달리니 몇 분밖에 걸리지 않았다. 이곳
이 다자이가 준비한 '함정'의 땅이다.
　아쓰시는 그 시계를 올려다보았다. ——11시 54분.
　문득 아쓰시의 머리에 '다른 탐정사 사원을 구출해야 하는 것
이 아닌가' 하는 생각이 스쳐 지나갔다.
　구니키다나 자신과 마찬가지로 다니자키나 겐지 같은 다른 탐
정사 사원들도 이 섬의 어딘가에 감금되어 있을 게 분명하다.
혼자서 전설급 테러리스트와 싸우는 것은 너무나도 겁이 났다.
　하지만 아쓰시의 생각은 갑작스럽게 중단되었다. 뺨을 한 대
얻어맞은 듯한 충격이 아쓰시를 덮쳤기 때문이다.

녀석이다.

영국령 돌바닥을 조금 빠른 걸음으로 걷는 모습이 보였다. 탑
으로 향해 가는 모양이었다. 틀림없다. 이쪽에 등을 보이고 있
다. 아직 눈치채지 못한 듯했다.

아쓰시는 재빨리 나무들 사이로 숨었다. 어떻게 된 거지? 서
로의 거리는 15미터 정도. 아쓰시의 호랑이 눈은 평범한 사람
보다 훨씬 시력이 뛰어나다. 상대보다도 먼저 접근할 수 있었던
것은 그 눈의 힘이 컸다.

이렇게 된 이상 동료를 찾을 시간은 없다.

혼자서 해결할 수밖에 없다.

아쓰시는 테러리스트를 쫓아 시계탑으로 발을 들였다.

탑의 1층은 일반인에게도 개방된 자료실이었다. 높은 천장과
깔끔하게 닦인 바닥. 벽면에는 새의 역사나 내부의 구조 등의
전시품이 장식되어 있었고, 시간이 있는 관광객 몇 명이 느긋하
게 그 장식품들을 구경하며 걸었다.

아쓰시는 그 관광객들에 섞여 전시품을 구경하는 척하면서,
표적을 곁눈질하며 뒤쫓았다. 테러리스트는 전시실 안쪽의 직
원용 엘리베이터로 빠르게 들어가 똑바로 시계탑의 최상층으
로 올라갔다. 기분 탓인지는 몰라도 서두르고 있는 것처럼 보였
다. 아쓰시는 좋은 징조다, 라고 생각했다. 상대는 가짜 아타세

케이스에 속아 초조해하고 있는지도 모른다. 누군가에게 빼앗기기 전에 아타셰케이스를 확보하고 싶어 서두르는 것일 수도 있다.

아쓰시는 상대가 내린 층을 확인한 뒤, 뒤를 쫓아 엘리베이터를 탔다.

만약을 위해 아쓰시는 목적지인 최상층의 한 층 아래에서 내린 뒤, 계단으로 꼭대기층까지 올라가기로 했다.

엘리베이터에서 내려 발소리를 죽이고 걸었다. 실내는 무인 레이더 처리실로, 회색 계측기가 바닥을 가득 채우듯이 쭉 늘어서 있었다. 다자이가 이 탑을 '함교의 역할을 하는 곳'이라고 말했던 것이 떠올랐다. 아무래도 배로서 항해할 때 필요한 관측 기기나 전파 탐지기 등이 이곳에 있는 것 같았다.

그 안을 아쓰시는 조용히 빠져나가 기척을 찾으며 계단을 올랐다.

그 녀석은 최상층에 있었다.

목에 건 카메라. 정장과 펠트 모자. 다만 이곳에서는 선장을 저격해 죽였을 때에 보여 줬던 그 푸른 눈이 보이지 않았다. 녀석은 빠른 발걸음으로 무언가를 찾듯이 시선을 좌우로 움직이며 걷고 있었다.

그곳은 섬 전체를 한 바퀴 돌면서 조망할 수 있는 관측실이었다. 벽면은 모두 유리라서 섬과 저 너머의 수평선까지 내려다볼 수 있었다. 북쪽 바다 쪽에서 수평선에 붙어 있는 것 같은 요코하마의 육지가 보였다.

정장 차림의 남자는 이윽고 측량 책상 위에 있는 아타셰케이스를 향해 고개를 돌렸다. 발견한 모양이었다. 아타셰케이스에 손을 대면 자동으로 함정이 발동한다. 그 후에는 천천히 적을 붙잡으면 그만이었다.

하지만 정장 차림의 남자는 곧장 아타셰케이스에 접근하려고 하지 않았다.

조금 거리를 두고 서서 가만히 아타셰케이스를 바라보았다.

아쓰시는 초조했다. 왜 그러지? 테러리스트라면 저 아타셰케이스를 곧바로 회수하고 싶을 텐데. 설마 뭔가를 의심하는 건가?

그렇다면── 지금 달려들 수밖에 없다. 아쓰시가 다리에 힘을 주었다.

정장 차림의 남자는 권총을 꺼냈다.

그리고 아타셰케이스를 쏘았다.

테러리스트는 밉살스러운 상대를 쏘듯이, 몇 발이나, 몇 발이나 총을 계속 쏘았다. 충격으로 아타셰케이스가 튕겨 나가 내부의 구조가 부서지는 둔탁한 금속음이 들렸다.

"아니⋯⋯?!"

아쓰시가 경악해서 그런 목소리를 흘렸다.

"! 누구냐?!"

테러리스트가 아쓰시를 눈치채고 그렇게 외쳤다. 상상보다 훨씬 높은, 소년 같은 목소리였다.

뛰쳐나간 아쓰시는 착지에 실패해 바닥에 굴렀다. 그런 아쓰시를 향해 테러리스트는 재빨리 총구를 겨누었다. 그 총구가 똑바로 아쓰시를 향했다.

피할 수 없다.

치명적인 방심.

하지만 테러리스트는 아쓰시를 쏘지 않았다. 대신 사악 총구를 들더니, "여기서 뭐 하나?!" 하고 외쳤다.

"이곳에 '셸'을 놓아둔 사람이 너인가?!" 갑자기 테러리스트가 아쓰시에게 물었다. "너는 이게 얼마나 위험한 물건인지 알고——."

그때.

섬 전체가 흔들렸다.

아타셰케이스는 조명을 낮춘 어둑어둑한 방에 놓여 있었다.

뚜껑이 열려 내부 기구가 겉으로 드러난 모습으로.

내부는 간소한 기계와 회로가 있을 뿐이었다. 그리고 그곳에는 충격 흡수용 수지로 둘러싸인 고풍스러운 카메라가 배치되어 있었고, 카메라에서 뻗어 나온 회로선 몇 개는 고대 문자가 적힌 양피지에 꽂혀 있었다.

그 아타셰케이스에 흰 손가락이 닿았다.

손가락은 케이스의 바깥쪽을 문지르고, 내부 회로를 확인하듯이 매만진 다음, 회로의 몇몇 배선 조합을 바꾸었다. 그리고 마지막으로 잠시 시간을 둔 뒤, 카메라의 셔터를 천천히 눌렀다.

아타셰케이스가 살짝 진동하기 시작했다.

주변의 공중에 붉은 마법진이 그려졌다. 몇몇 마법진이 입체적으로 겹치자, 그 방에 있던 유일한 인물이 떠올랐다.

"………. ………."

방의 인물이 무언가를 중얼거렸다.

하지만 그 목소리는 다른 소리에 묻혔다.

방 그 자체가, 섬 그 자체가 진동하는 귀에 거슬리는 소리에.

바다가 흔들렸다.

마치 무언가가 무서워 벌벌 떨듯이.

하늘이 붉게 물들었다.

"이건……?!"

아쓰시가 바깥 경치를 보고 깜짝 놀라 외쳤다.

붉었다. 모든 것이. 바다도, 섬도, 수평선 너머의 요코하마도.

이유는 금방 알아챘다.

하늘이다. 하늘이 사라졌다. 방금까지 하늘이 있던 장소를 붉게 불타는 막 같은 것이 뒤덮었다. 하늘이 감추어졌다── 아니, 초거대 홍련의 막이 섬을 중심으로 주변 일대를 완전히 뒤덮었다.

"시작됐어······!" 테러리스트가 피를 토하는 듯한 감정을 내비치며 말했다. "역시 이건 위조품이었던 건가?! 그렇다면 진짜는······."

"뭐지? 이건 대체 뭐지······?!" 아쓰시는 자신이 보고 있는 것이 아직도 믿기지 않았다.

"이게 '셸'이다." 테러리스트는 빠르게 아쓰시에게 다가갔다. "멸망을 일으키는 홍련의 천구(天球)다. ······가자, 소년. 죽고 싶지 않으면."

테러리스트가 아쓰시의 손목을 잡았다. 아쓰시는 그제야 제정신을 차렸다.

"다······ 당신은 대체."

"나는 이것의 발동을 막으러 왔다." 테러리스트는 자신의 얼굴 피부를 손톱으로 긁었다.

그리고 얼굴을 단숨에 뜯어냈다.

"······!"

피부라고 생각했던 것은 정교하게 만들어진 가짜 피부였다. 뺨과 코, 눈썹을 뒤덮었던 그것을 뜯어내고, 모자를 벗자──안에서 나타난 사람은 금발의 여성이었다.

"내 이름은 H · G · 웰스. 이 재앙을 막으러 왔다." 여성은 긴 머리카락을 흔들면서 말했다. "소년. 미래를 짊어질 각오는 됐는가?"

구면 껍질이 바다를 뒤덮었다.

껍질의 반경은 35킬로미터. 해상의 섬 스탠더드를 중심으로 요코하마의 육지 대부분을 집어삼켰다. 홍련의 구면 껍질은 작은 태양이 지상에 낙하한 것처럼 불타며, 한없는 열량을 안에 가두었다.

그 홍련의 구면 껍질이 급격하게 축소되었다.

내부를 향해 그 열량이 쇄도한 것이다.

붉은 열에 닿은 건물이 순식간에 용해되었다. 고층 빌딩이, 고가 도로가, 녹은 버터처럼 소멸했다.

첫 5초 만에 50만 명의 사람이 탄화되어 죽었다. 산림은 불타지조차 못하고 순식간에 흰 재가 되었다. 대지조차도 녹는점을 넘어 녹아, 끓듯이 붉은 진흙이 되었다. 그것은 이미 '불탄다'라고 하는 상태 변화를 훨씬 뛰어넘은 것이었다. 엄청난 고온의 열이 휩쓸고 지나간 뒤에 남은 것은 플라즈마화한 분자가 남긴 영혼의 잔상 같은 흰 연기뿐.

구면 껍질의 밖으로는 희미한 온풍 정도의 열도 새어 나가지 않았다. 하지만 내부의 도시는 신화의 세계에서밖에 보지 못했을 정도의 초열지옥으로 변했다.

포트 마피아 본부 빌딩 최상층에서 조직의 정점인 모리 오가이가 중얼거렸다.

"……이건, 참 큰일이군……."

창밖으로 보이는 불꽃 지옥을 보면서 쓴웃음을 지은 뒤, 모리 오가이는 그대로 검은 숯이 되었다.

무장 탐정사 사무실의 사장실. 사장인 후쿠자와 유키치가 창문으로 밖을 바라보았다.

"……늦은 건가."

초조해하지도 않고 살짝 눈을 감은 채, 후쿠자와 유키치는 용해된 건물의 진창에 먹혀 사라졌다.

무수히 많은 사람들이.

무수히 많은 인생과 함께.

그 불꽃 막에 불타, 추억, 후회, 유대, 생활, 약속, 기억, 집착, 야망, 사랑을 그대로 남긴 채, 그러면서도 그 수많은 인생이 처음부터 이 세상에 존재하지 않았던 것처럼── 희고 검은 재가 되어 모든 것이 소멸했다.

구니키다와 다자이는 섬의 돌바닥을 달리던 도중에 그 광경을 목격했다.

"뭐지, 저건……!" 감금실에서 날뛴 끝에 탈출한 구니키다는 아직 손목에 부서진 수갑을 매달고 있었다.

"저게 '이능력 병기' 야." 다자이는 기묘하게 조용한 목소리로 말했다. "결국 늦고 만 모양이군."

"저게…… 이능력이라고? 말도 안 돼. 저건 이능력의 규모를 훨씬 뛰어넘었어!"

축소되는 홍련의 구면 껍질이 두 사람 근처까지 도달했다.

섬을 끝에서부터 태우면서, 구면 껍질은 모든 것을 녹였다. 바닷물조차도 펄펄 끓어 증발했고, 그것도 모자란다는 듯이 플라즈마화해 버렸다. 수천 도의 온도를 지닌 플라즈마 수증기가 두 사람을 날렸고, 두 사람은 뼈까지 탄화되었다. 다자이가 지닌 이능력 무효화로도 부차적으로 발생한 플라즈마 수증기까지는 무효화하지 못했다. 두 사람은 그림자가 되어 돌바닥에 눌어붙었지만, 그 돌바닥조차도 금방 용해되었다.

소멸하는 순간, 다자이가 무언가를 중얼거렸다. 하지만 그 목소리를 전달해 주어야 하는 공기마저도 플라즈마화해, 목소리는 그 어디로도 전달되지 않은 채 지워졌다.

"뭐…… 뭐죠, 이건?! 대체 어떻게 이런 짓을……!"

아쓰시는 눈 아래의 광경을 보고 그렇게 외쳤다. 모든 것이 완벽하게 불탔다. 섬도, 바다도, 요코하마도.

그리고 열파는 섬의 중심지를 향해 확실히 다가오고 있었다. 거대한 열 껍질이, 폭심지를 향해 축소됐다. 그리고 이제 곧 아쓰시가 있는 지점에 도착한다.

"소년, 이쪽이다!"

웰스라고 자신을 소개한 테러리스트── 금발 여성이 창가에서 외쳤다. 그리고 여성은 기둥 하나에 와이어를 두르고, 허리의 도르래에 묶었다.

여성이 창문에 총알을 쏘았다. 이어서 사방으로 금이 간 유리에 가차 없이 발길질을 했다.

유리가 바깥을 향해 깨져 무수히 많은 파편이 지상으로 떨어졌다.

"왜 가만히 있나?!" 웰스가 손짓을 했다.

"하지만……!"

아쓰시는 망설였다. 상대의 의도를 전혀 알 수 없었기 때문이다. 믿어도 되는 상대인지 어떤지도 알 수 없었다. 게다가 뭘 어떻게 해도 다가오는 열파에서 도망칠 방법이 있을 거라고는 생각하기 힘들었다.

"너는 동료를 구하고 싶나?"

나의 동료.

탐정사 멤버의 얼굴이 떠올랐다. 이 열파의 어딘가에 있을 동료들. 나를 받아들여 준 사람들.

아쓰시는 달렸다. 그리고 웰스의 손을 잡았다.

"뛰어내리겠다!"

깨진 창문을 넘어 웰스와 아쓰시는 공중으로 뛰쳐나갔다.

탑의 최상층에서 지상으로 향해 낙하했다. 빙글빙글 도는 시야에는 하늘을 뒤덮으며 다가오는 홍련의 껍질이 보였다. 펄펄 끓는 바다. 곧장 열파가 아쓰시의 목을 태웠다. 급격하게 기화되어 팽창한 바닷물이 충격파를 낳아 구면 껍질보다도 먼저 이곳까지 도달한 것이다.

그것은 세계가 끝나는 광경이었다.

웰스는 와이어를 공중에서 허리에서 떼어 낸 뒤, 금발을 휘날리며 지상에 착지했다. 이어서 아쓰시도 팔다리를 호랑이로 바꾸어 짐승이 된 모습으로 착지했다.

"눈 앞에 있는 숲에 지하실로 통하는 입구가 있다! 그곳까지 달려라!"

착지하자마자 웰스가 손을 흔들며 지시했다. 아쓰시는 아무말 없이 달렸다.

지하실로 가는 입구는 지면에 묻힌 거대한 양쪽으로 여는 철문이었다. 문은 중앙에 거대한 자물쇠가 걸린 것도 모자라 쇠사슬로 꽉 묶여 있었다.

"열파가 도착하기까지 이제 10초도 안 남았다! 열쇠로 자물쇠를 열 시간이 없어. 그냥 힘으로 열겠다!"

웰스는 옷 안쪽에서 군용 나이프를 꺼냈다. 그리고 그 칼끝을 쇠사슬 사이에 끼우고 지렛대 원리를 이용해 문을 열기 시작했다.

이렇게 된 이상 어쩔 수 없다.

"비켜 주세요!"

아쓰시는 웰스를 밀치듯이 앞으로 나섰다. 그리고 양팔을 호랑이로 변하게 하고 발톱으로 쇠사슬을 찍었다. 두 번, 세 번 찍자, 쇠사슬의 약한 부분이 부서지고 자물쇠가 나타났다.

아쓰시는 호랑이 팔로 자물쇠를 붙잡았다.

"우오오오오아아아아아아아아아아아아!"

호랑이 팔이 급속히 팽창했다. 아쓰시의 얼굴 정도나 되는 주철 자물쇠가 호랑이의 완력에 삐걱거리더니, 용접된 부분이 튕겨 나갔다.

그리고 결국 아쓰시의 힘을 버티지 못하고 비명을 지르듯이 자물쇠가 두 개로 찢어졌다. 웰스가 재빨리 철문에 달라붙어 온 힘을 다해 문을 열었다.

"뛰어들어라."

말할 것도 없었다. 이미 열파가 눈썹을 태우고 있었기 때문이다.

아쓰시는 밑도 확인하지 않고 어두운 구멍 안으로 몸을 내던졌다.

"히구치! 어디 있나?! 대답해라!"

숲 안에서 아쿠타가와가 외쳤다.

열파가 눈썹을 태웠다. 주변의 나무들이 열풍에 견디지 못하고 자연 발화하기 시작했다.

"이게 '소멸 병기'……." 아쿠타가와가 열파 안에서 말했다. 밀어닥치는 열띤 수증기가 목을 태워 이제는 잠긴 목소리밖에 나오지 않았다.

열파에 피부가 불탔고, 눈알의 수분이 증발해 무언가에 찔린 것처럼 아팠다. 하지만 아쿠타가와는 작게 미소를 지었다.

"그런가, 이게 종언……. 나의 결말인가." 불타는 숲속이었지만 아쿠타가와의 표정은 평온했다. "상상과는 많이 다르지만…… 의외로 이런 것일지도 모르겠군."

열파가 더욱 격렬해지며 다가왔다.

아쿠타가와의 검은 천이 굼실거리며 차원이 일그러진 것처럼 입체적인 모양이 되었다. 나타난 것은 외투의 검은색이 그대로 깃든 거대한 낫이었다.

검은 낫이 아쿠타가와 앞의 공간을 휩쓸었다. 그러자 금세 바다에서 밀려온 열파가 차단되어 아쿠타가와에게는 닿지 않았다.

공간의 단열(斷裂). 아쿠타가와의 이능력 『라쇼몽(羅生門)』은 모든 것을 찢고 절단한다. 설사 그것이 '공간 그 자체'라 할지라도. 절단된 불연속면을 드러낸 공간은 만물의 통과를 저지한다. 설사 그것이 세계를 멸망시키는 열파라도.

"……하지만……."

아쿠타가와가 중얼거렸다. 공간은 단열이 닫히고 다시 열파가 밀려왔다.

공간의 불연속면은 몇 초면 닫힌다. 아무리 아쿠타가와라도 끝없이 밀려오는 죽음의 열파를 영원히 막을 수는 없다.

아쿠타가와는 숲 안을 걸었다.

단열을 잇달아 발생시켜 자신의 주변을 셸터처럼 둘러싸면서.

열파가, 불타는 나무들이, 녹은 건물의 물보라마저도, 아쿠타가와를 덮쳤다. 그 모든 것을 공간 단열로 절단하고 단열이 소멸하면 또 새로운 단열을 만들면서 아쿠타가와는 계속 걸었다.

하지만 그것에도 종언이 찾아왔다. 섬이 지닌 부력이 한계를 넘어 침하하기 시작한 것이다. 대지의 진동 때문에 더 이상 서 있을 수도 없었다. 아쿠타가와는 무릎을 꿇었다.

"멸망의 바람을 한 몸에 받으며, 자신이 누구인지조차 모른 채, 전별도 없이, 그저 큰 바다의 거품으로 사라지더라도." 아쿠타가와는 시를 읊는 것처럼 하늘을 보고 중얼거렸다. "마음은 조금도 움직이지 않는구나……. 그 사람도 모르게 떠나는 쓸쓸함에 비교하면."

열 껍질 본체가 바로 코앞에까지 다가왔다. 이미 밀려오는 열파는 섭씨 수백 도를 넘었다. 공간의 단열 틈새로 새어 나오는 열만으로도 피부가 거품을 내며 탈 정도였다.

그래도 아쿠타가와는 미소를 지었다.

"지금은…… 그것만이 섭섭할 뿐이구나."

아무에게도 도달하지 않는 미소만을 남기고 아쿠타가와의 몸은 불꽃 속으로 사라졌다.

아쓰시는 어두운 지하에 웅크리고 있었다.

"아야야야……."

철문에서 떨어진 곳은 거대한 지하실이었다. 겉으로 드러난 돌바닥에 떨어졌을 때, 순간적으로 땅에 댄 팔다리가 얼얼하고 아팠다.

"이제 정신이 들었나?"

방 중앙에서 목소리가 들렸다.

어둑어둑한 방의 중앙에는 책상이 하나 있었고, 그 옆에는 금발 여성이 서 있었다.

기묘한 공간이었다.

벽도 바닥도 천장도, 모든 것이 다 겉으로 드러난 돌로 만든 사각형 방. 유일한 광원은 중앙 책상에 놓아둔 무언가뿐.

기묘한 위화감을 느꼈던 아쓰시는 그 이유를 금방 깨달았다. 뜨겁지 않았던 것이다. 바로 위의 입구는 머리카락이 탈 듯이 뜨거운 열풍이 불어 닥치고 있을 텐데도. 아무리 지하라고는 하지만, 섬에 이렇게 선선한 장소가 있을 리 없었다.

게다가—— 이곳에는 소리도 없었다. 지상에서는 지금도 열 껍질이 섬을 불태우고 있는데. 건물이 붕괴되고, 섬 그 자체가 파괴되어 가는 굉음이 들려야 한다. 그런데 이 방에는 그런 소리가 없었다.

"이곳은?" 아쓰시는 자문을 하듯이 중얼거렸다. "다른 장소…… 섬 밖으로 날아온 건가요?"

"아니. 안타깝지만 아직 섬 안이다." 방의 중앙에 서서 웰스가 그렇게 말했다. 여성다움을 억누른 듯한 담담한 목소리가 방의 벽에 몇 번이고 반사되었다. "이 방도 곧 소멸된다. 단, 내 능력으로 시간을 길게 늘어뜨려 밖의 영향이 닥치는 시간을 늦추고 있을 뿐이다."

웰스가 손을 광원에 올렸다. 눈이 익숙해진 덕택에 아쓰시에게도 겨우 그 광원이 무엇인지 알았다.

카메라였다. 웰스가 항상 목에 걸고 있던 카메라—— 지금은 책상 위에 두고 섬광 전구의 창백한 빛으로 방을 밝히는 중이었다.

아쓰시는 주변을 둘러본 뒤, 위를 바라보았다. 머리 위에는 자신들이 뛰어내린 철문이 보여야 했다. 하지만 그곳에는 아무것도 없었다. 철문이 있어야 할 장소는 어디라고 할 것 없이 가만히 다가온 어둠에 뒤덮여 검게 녹아 있었다.

"시간이 없으니 간단하게 말하지." 웰스는 갑자기 그렇게 말했다. "병기가 기동되어 이 섬과 주변의 대지는 소멸했다. 범위는 반경 35킬로미터. 병기가 만든 뜨거운 구면 껍질의 최고 온도는 약 6000도. 미리 계산해 본 결과 타 죽은 사람의 총 수는 약 400만 명이다."

"사백……?!" 아쓰시는 할 말을 잃었다. 400만 명이면, 요코하마에 사는 사람들이 거의 다 희생되었다는 말이다.

"원인은 대전(大戰) 말기에 개발된 '소멸 병기', 또는 '셸'이라고 불리는 병기 때문이다. 누군가가 이 섬에 그 병기를 가져와 기폭시켰다. 나는 그 기폭을 저지하기 위해 섬에 잠입했다. 하지만 저지에 실패해서……. 나머진 알고 있는 대로다."

"자…… 잠깐만요." 아쓰시는 중간에 끼어들며 말했다. "테러리스트가 아니었나요……? 그런 것보다 어떻게 그 병기를 알고 있는 거죠?"

"간단하다. 내가 병기를 개발했기 때문이다."

"!"

할 말을 잃은 아쓰시에게 웰스는 담담하게 말했다.

"14년 전의 대전 때, 유럽 국가들은 이능력자를 전쟁에 투입했다. 위고, 괴테, 셰익스피어……. '초월자'라고 불리는 이능력자들이 격돌하여, 일찍이 없었던 엄청난 전쟁 피해가 발생했지."

아쓰시는 아무런 말도 할 수 없었다. 대전에 대해서는 알았지만, 그 이면에서 이능력자들이 활동했다는 이야기는 처음 들었기 때문이다.

"나는 영국의 기술자로서, 이능력 병기의 개발을 담당했다." 웰스는 조용히 말을 계속했다. "그때 영국에서는 '이능력의 특이점'을 의도적으로 일으켜, 그것을 병기에 포함시키는 연구가 이루어졌다. ……이능력의 특이점은 알고 있나?"

모른다, 라고 아쓰시는 대답했다.

"이능력의 특이점이란, 복수의 이능력이 서로 간섭하여 결국엔 어느 쪽의 이능력과도 다른 제3의 결과를 만들어 내는 상황을 말한다. 상대를 반드시 속이는 이능력과 진실을 반드시 꿰뚫어 보는 이능력이 맞부딪치면 어떻게 되는가. 에너지를 한곳에 집중시키는 이능력과 에너지를 분산시키는 이능력을 동시에 발동시키면 어떻게 되는가. 대부분은 둘 중 하나의 이능력이 승리하지. 하지만 가끔 이능력이 상호 작용을 일으켜 보통의 이능력 범위로는 불가능한 엄청난 결과를 만들어 내기도 하는데, 그것이 '이능력의 특이점'이다."

"그럼…… 저 거대한 열 천구도 그 '특이점'이 사용된 건가요……?"

웰스는 금발을 흔들며 고개를 끄덕였다. "그래. 내 이능력은 국소적으로 시간을 조절하는 능력이다. 그리고 내 이능력과 다양한 마법적 효과를—— 이 경우에는 부적을 공중에 그려 뜨거운 구면 껍질을 발생시키는 이능력을 뒤섞었지. 그렇게 두 이능력을 섞어 '특이점'을 발생시키고, 이능력의 한계를 깼다."

웰스는 걸으면서 이야기하기 시작했다.

"불확정성의 원리라고 아나?"

"불확정성의 원리……?"

"이능력과는 관계없이, 이 세계에는 시간과 에너지의 사이에 불확정성이 존재한다. 아주 단시간인 $\triangle t$에 발생하는 에너지 $\triangle E$의 곱, $\triangle t \cdot \triangle E$는 플랑크 상수 h에 비례한 일정한 수치밖에 얻지 못한다. 곱이 일정하니, $\triangle t$가 일정치에 수렴하면 $\triangle E$는 발산하여 폭넓은 수치를 얻고, 반대로 $\triangle E$를 일정치로 수렴시키려고 하면 $\triangle t$는 폭넓은 수치를 지니게 되지. 그게 불확정성이다."

"저어." 아쓰시는 민망하다는 듯이 말했다. "정말 죄송하지만…… 전혀 모르겠어요."

"그런가." 웰스는 특별히 신경 쓰지 않는 다는 듯이 고개를 끄덕였다. "아주 간단히 말하면…… 우리가 흔히 볼 수 있는 성냥불. 그런 것도 1초의 1조분의 1의 또 1조분의 1, 또 1조분의 1, 그리고 또 1조분의 1…… 그런 극히 짧은 시간이라면 지구를 불태울 수 있을 정도의 고에너지를 지닐 수 있다. 이른바 에너지의 '파동(Fluctuation)'이다. 단, 에너지가 크면 클수록 아주 짧은 시간밖에 존재할 수 없기 때문에 바깥에 영향을 주는 일은 결코 없지."

아쓰시는 어떻게든 이야기를 따라가 보려고 머리를 열심히 굴렸다. 엄청나게 짧은 시간에만 발생하는 엄청나게 큰 에너지.

그리고── '시간'을 조작하는 능력과 특이점.

"아……!"

"눈치챘나?"

"혹시 그 짧은 시간에만 발생하는 고에너지를…… 이능력을 이용해 억지로, 그 거대 화구(火球)가 되도록 조절한 건가요?"

"대충 그런 거다." 웰스가 고개를 끄덕였다. "시간 조작 이능력을 관장하는 기계── 이 카메라를 조정하여 $\triangle t$를 늘림으로, 불확정성의 원리를 깬 거대한 열 화구를 현실 세계에 고정시켰다. 물론 말로는 간단하지만──."

웰스는 그 이상은 말하지 않고, 말로 하지 않은 대사의 여운을 공중에 떠돌게 했다.

아쓰시는 조금 생각한 뒤 말했다.

"그리고 그 엄청난 병기를 누군가가── 당신이 아닌 누군가가 이 섬에서 기동한 거군요."

"그렇다." 웰스는 작게 얼굴을 찌푸렸다. "그 녀석의 정체도 목적도 아직 모른다. 하지만 병기가 있는 장소는 거의 확실히 알았다. 이 섬의 최심부, 최고 기밀구의 최하층인 지하 5층이다. 어느 방에 있는지까지는 모르겠지만 말이지."

그리고 웰스는 한 박자 쉬고, 아쓰시의 입장에서는 의외인 말을 했다.

"그리고 너는 지금부터 과거로 되돌아가 범인을 찾아 병기를 빼앗아 줘야겠다."

아쓰시는 어안이 벙벙한 표정을 지었다.
"………. ………네?"
"미안하지만, 납득할 때까지 기다릴 시간이 없다. 싫어도 가야 한다."
"저기, 잠깐만요." 아쓰시가 당황해서 말했다. "과거로 되돌아가요? 병기를 빼앗아요? 대체 무슨 의미인지……."
"조금 전에 설명한 대로다." 웰스가 한쪽 손을 위로 들어 올렸다. "존재의 불확정성. 즉, 시간 $\triangle t$의 폭이 작을수록 에너지 $\triangle E$가 커지는 것과 마찬가지로, 작은 에너지이면 존재의 시간은 과거에서 미래로 확산되어 간다. 딱 이런 식으로."
책상 위에 있는 카메라 렌즈에서 방사상으로 빛이 퍼졌다. 빛은 아무것도 없는 공간에 파란 빛의 도형을 그렸다.
"시간을 한 줄기로 흐르는 강이라고 하면, 에너지…… 즉, 이 세계의 수많은 물질은 조용한 강의 수면에서 발생한 파문 같은 것이다. 우리는 파문의 발생원을 중심으로 동심원상으로 퍼져 존재하지. '존재'라는 것은 어떤 시간축의 한 점에만 존재한다고 생각하기 쉽지만, 실제로는 파문처럼 어느 정도의 폭을 지니고 존재한다. 강의 상류── 과거에서 강의 하류── 미래까지, 폭넓게 존재하지. 물론 중심에서 멀어질수록 파문의 흔들림은 작아지고, 언젠간 사라진다. 그리고 조금 전에도 말했듯이 큰 에너지일수록 시간의 폭—— 즉, 파문은 작아진다. 작은 에너지일 경우엔 파문이 크다. 따라서 과거에서 미래까지 더욱 폭이 넓게 존재한다. 내 이능력 『타임머신』은 그 파문의 진폭을 이용해 에너지의 중심, 즉, '존재'가 과거에 있는 것처럼 세계를 속이는 능력이다."

카메라에서 발생한 입체 영상이 하류로 흐르는 한 줄기의 조용한 강을 비췄다.

그 강의 한가운데에 작은 파문이 일었다.

"이 파문이 너다." 웰스는 손으로 가리키며 말했다. "사람 한 명이 지닌 에너지는 방대하기 때문에 보는 대로 파문은 매우 좁다. 현재를 중심으로 미래로 수 초, 과거로 수 초 정도의 넓이밖에 가지고 있지 못하지. 만약 내 이능력으로 몇 십 분이나 너를 과거로 날리려고 하면, 더 작은 에너지가 될 필요가 있다. 조금 전에 든 예로 설명하자면, $\triangle t \cdot \triangle E$가 일정한 이상 시간의 증폭 $\triangle t$를 크게 하기 위해서는 에너지 $\triangle E$를 작게 가져갈 수밖에 없다."

웰스가 손가락을 흔들자 강의 수면의 파문이 커지더니, 이윽고 느릿하면서도 크게 퍼지는 파문이 되었다.

"몇십 분 전으로 날아가기 위해서는 에너지를 작게 가져가야 할 필요가 있다는 말은 알겠습니다." 아쓰시는 그렇게 말했다. "하지만, 대체 어떻게 하면 에너지를 작게 할 수 있는 거죠?"

"간단하다. 사람이기를 포기하면 된다." 웰스가 태연하게 말했다.

"……네?"

"사람 한 명을 그대로 과거로 날리는 것이 아니라, 그 극히 일부만 날리는 것이지. 그렇게 하면 꽤 오래 전 과거로 날아갈 수 있다. 병기의 기동을 저지할 수 있는 거지."

"하지만…… 극히 일부라면, 구체적으로 어떤 것을……."

"간단하다." 웰스는 자신의 머리를 가리켰다. "기억 신호만을 과거로 보내는 거다."

바로는 의미를 이해할 수 없었다.

"기억 신호……?"

"사람의 사고와 감정을 비롯한 모든 것은 뇌신경 세포의 발화에 지나지 않는다. 기억은 그 전기 신호로 뇌세포에 정착한 이른바 데이터라고 할 수 있지. 그 기억 신호만이라면 아주 미약한 에너지만 있어도 된다."

웰스가 또 손가락을 흔들었다. 그러자 영상이 바뀌었다.

"60킬로그램의 인간이 지닌 에너지는 질량과 에너지의 변환식 $E=mc^2$를 적용했을 때, 약 5,400,000,000,000,000,000줄 (Joule). 너무 커서 과거로 보낼 수 없다. 하지만 신경 발화 에너지는 수십 밀리볼트의 전위차에서도 이동하는 나트륨의 전기 퍼텐셜에 지나지 않는다. 시간 조작 이능력과 일률적으로 비교할 수는 없지만, 태양과 재채기 정도의 에너지의 차이가 있다."

알 것도 같고, 모를 것도 같은 설명이었다. 하지만 거짓말을 하는 것 같지는 않았다. 그리고 이능력을 사용해 사람이 아니라 기억을 과거로 날린다―― 그런 작전이 있는 것은 확실한 것 같았다.

문득 웰스가 방의 천장을 올려다보았다.

"슬슬 한계인가."

아쓰시도 따라서 위를 보니, 천장에서 조금씩 모래가 떨어지고 있었다. 방의 시간이 바깥을 따라잡기 시작한 듯했다.

"뇌의 기억 신호를 과거로 보낼 경우, 안전하게 보낼 수 있는 한계는 약 3300초. 즉, 55분이다. 그게 너의 '두 번째'의 개시 지점이 된다."

아쓰시는 문득 깨달았다. 카메라의 빛이 점점 강해지고 있다는 사실을. 어둑어둑했던 방이 지금은 대낮처럼 밝았다.

"너에게 의지하는 이유는 내가 과거로 돌아갈 수 없기 때문이다. 내 이능력은 한번 대상이 됐던 사람의 시간을 다시 과거로 되돌릴 수 없다. 그리고 나는 이미 전쟁터에서 한 번, 자신을 과거로 돌린 경험이 있다." 웰스의 목소리가 빛에 먹혀들어 가는 것처럼 멀어져 갔다. "나는 지금까지 수많은 사건과 사고가 닥쳤을 때, 이 이능력으로 위기를 헤쳐 왔다. 내가 가는 곳마다 너무 사고가 많이 일어나서 테러리스트 취급을 받을 정도지."

빛이 눈을 뜨고 있을 수 없을 정도로 밝아졌다. 아쓰시는 얼굴을 손으로 감싸, 눈부신 빛을 막으려고 했다. 하지만 어찌된 일인지, 아무리 눈을 감아도, 손을 들어도, 눈부심을 막을 수가 없었다.

"조금 전에는 '싫어도 가야 한다'고 말했지만…… 될 수 있으면 너의 의지를 확인하고 싶다. 병기의 기동을 멈춰 너희 나라의 사람들, 그리고 동료를 구할 마음은 있나?"

현기증이 나는 빛의 홍수 속에서도 그 질문은 아쓰시의 가슴까지 확실하게 닿았다.

설명을 듣던 도중에, 아쓰시의 대답은 이미 확고해졌다.

"있습니다."

아쓰시는 힘차게 말했다.

"좋다." 웰스는 진지한 표정을 살짝 누그러뜨렸다. "한 가지 충고하지. 네가 알고 있는 미래에 대해 아무에게도 말하지 마라. 될 수 있으면 다른 사람의 협력 없이 혼자서 움직여라. 동료가 대규모로 움직이면 다른 사람도 영향을 받는다. 좁은 섬이니, 언젠가 그 움직임이 범인의 귀에 도달할지도 몰라. ……이번에, 병기 기동 시간은 딱 정오, 12시였다. 하지만 네 동료의 행동이 변하면 범인의 마음도 바뀌어서 정오보다 병기 기동을 빨리 시킬 가능성이 높다."

빛이 압력을 느낄 정도로 강해졌다. 대답하려고 입을 열었지만, 자신의 목소리조차 빛에 지워졌다.

더 이상 빛의 압력을 버티고 서 있기도 힘들었다.

아쓰시는 겨우 깨달았다. 이건 빛이 아니었다. 카메라에서 발산된 이능력의 힘이 빛의 형태로 주변을 향해 분출되고 있는 것이었다.

"부탁한다."

빛 속에서도, 어떻게 된 일인지 웰스의 서늘한 목소리만큼은 확실히 귀에 들렸다.

그 직후, 방을 뒤덮은 시간 제어가 소멸. 지하실의 시간축이

지상을 따라잡아 작열하는 열풍이 지하를 휩쓸었다.

　섭씨 수백 도에 달하는 초열(焦熱)의 폭풍이 모든 것을 부수었고, 모든 것이 붉은 선풍(旋風) 안에 먹혀 들어갔다.

　마지막에는 열 껍질이 내려와 방의 모든 것을 증발시켰다.

　웰스도 카메라도 녹아서 사라졌다── 그 순간의 직전에, 하늘에서 무언가 검은 사람의 그림자가 내려온 듯한 기분이 들었다.

　확인할 수는 없었다. 그게 아쓰시가 본 마지막 광경이었기 때문이다.

　모든 것이 날아가 버리고, 시야가 어두워지고, 육체가 사라지고, 의식마저도 지워진 그 순간──.

　"이봐, 아쓰시! 뱃머리에 서 있다가 바다에 떨어지면 어쩌려고 그러나?!"

　갑작스럽게 들리는 목소리에 아쓰시의 심장이 크게 뛰었다.

　너무 놀란 나머지 호흡도, 고동도, 혈액도, 모든 것이 멈춘 것 같은 기분이 들었다.

　말이 나오지 않았다. 머리가 새하얘져서, 상황이 이해되지 않았다.

　눈앞에는 바다. 고속정이 파도를 가르며 흩날린 물보라가 아쓰시에게까지 튀었다.

"아…… 으……."

아쓰시는 입을 빼끔거리는 수밖에 없었다.

"? 이봐. 아쓰시, 왜 그러지? 뭘 그렇게 멍하니 있나? 그렇게 굴러 떨어지고 싶은가?"

구니키다의 목소리가 들렸지만 돌아볼 수도 없었다.

"구니키다…… 씨."

떨리는 목소리로 간신히 그 말만을 했다.

바다는 한없이 푸르렀다. 아쓰시의 머리 위에서 괭이갈매기가 울었다. 아무런 위험이 없는 바다 위였다. 열 껍질도, 열풍도, 아무것도——.

"오늘의 기상 상황은 강수 확률 0퍼센트다. 바람은 남풍 뒤 남동풍으로, 파도 높이는 1미터 후 1.5미터. 그리고——."

"구니키다 씨."

아쓰시가 겨우 돌아보며 말했다.

"지금…… 몇 시인가요?"

"뭐어? 11시 05분이다만, 왜 그러지?"

정오의——55분 전.

"그런 것보다 선실로 들어와라. 이 배에 무슨 소풍을 가려고 탄 줄 아나? 일 때문에 회의를 해야 한다."

구니키다가 수첩을 닫으면서 말했다.

아쓰시는 비틀거리며 구니키다의 뒤를 따라갔다.

구니키다의 뒤를 쫓아 선실 안으로 들어가 보니, 안에는 탐정 사의 조사원들이 있었다.

다니자키, 나오미, 요사노, 겐지. 각각 따로 행동하며 배 안에 서의 시간을 때우는 중이었다.

아쓰시에게는 그 광경이 눈에 잘 들어오지 않았다. 시야에는 물론 들어왔지만, 뇌의 표면을 쓸고 지나갈 뿐 머릿속까지는 들 어오지 않았다. 아쓰시의 시야는 배 안이 아니라 체험을 했었던 기억 속에 있었다.

──타 죽은 사람의 총 수는 약 400만 명이다.

──너는 지금부터 과거로 되돌아가 범인을 찾아 병기를 빼 앗아 줘야겠다.

"지금부터 회의를 시작하겠다. 모두 주목!"

구니키다가 그렇게 외쳤지만, 아무도 반응을 보이지 않았다. 다니자키는 고개를 숙이고 있었고, 요사노는 사진 선별에 푹 빠 져 있었고, 겐지는 잤고, 나오미는 오빠 이외에는 신경도 쓰지 않았다.

아쓰시도 구니키다의 목소리가 귀에 들어오지 않았다.

만약 그것이 망상이 아니라, 현실에서도 일어날 일이라고 한 다면──.

남은 시간은 55분. 겨우 55분이었다.

"아쓰시, 뭘 그렇게 멍하니 있나?"

갑자기 구니키다가 말을 걸어, 아쓰시는 정신이 번쩍 들었다.

"아…… 예. 죄송합니다." 아쓰시는 당황해서 말했다.

"무슨 이야기였죠?"

"어이, 이봐." 구니키다가 눈썹을 찌푸렸다. "제발 부탁이다. 소풍 온 기분이면 곤란해."

"죄송합니다." 아쓰시는 기어들어 가는 목소리로 말했다.

"저어, 구니키다 씨. 실은……."

──네가 알고 있는 미래에 대해 아무에게도 말하지 마라.

──네 동료의 행동이 변하면 범인의 마음도 바뀌어서 정오보다 병기 기동을 빨리 시킬 가능성이 높다.

"저어…… 아니요." 아쓰시는 말을 하려다가 억지로 말을 집어삼켰다. "아무것도 아니에요."

"이거 참……. 불안하기 짝이 없군. 우리가 의뢰받은 일은 섬에 있는 도적을 붙잡는 것이다. 이 연락선이 곧 도착할 '섬'에 의뢰인이 있다."

"네." 아쓰시가 고개를 끄덕였다. 물론 아쓰시는 아주 잘 알았다. 도적 퇴치의 결말이 어떻게 될 것인가도.

"경찰이 아니라 우리 같은 민간 탐정 업자에게 의뢰가 온 이유는 이제 도착하게 될 섬의 특수성 때문이다." 구니키다는 수첩을 펼치면서 말했다. "대형 해상 부동 도시 '스탠더드'. 독일·영국·프랑스. 유럽의 세 나라가 공동으로 설계한 '항해하는 섬'이다. 조타에 의한 자립 항행 능력을 지니고 있으며──."

한 번 들은 적이 있는 구니키다의 설명도 아쓰시의 머리에는 거의 들어오지 않았다.

설명을 멀리서 들리는 파도소리처럼 들으면서, 아쓰시는 생각했다. 병기의 기동을 저지하는 것은 생각처럼 쉽지 않다. 일단 병기가 어디에 있는지 모른다. 웰스는 '최고 기밀구', 즉, 금화 구역의 어딘가라고 말했지만, 문제는 아쓰시 일행이 금화를 가지고 있지 않아 병기에 가까이 다가갈 수조차 없다는 것이었다. 금화 구역에 가까이 다가가기가 얼마나 어려운지는 '지난번'에 도적과 대결했을 때, 뼈저리게 느꼈다. 완전 무장한 병사들과 감시 카메라. 그것을 어떻게 하지 않는 한, 잠입하여 병기를 찾는 것은 매우 힘들다.

"이봐, 아쓰시. 듣고 있나?"

정보가 부족했다. 조사해야만 하는 일이 너무 많지만, 55분 사이에 모든 것을 조사하기는 불가능하지 않을까?

어떻게 해서든 웰스와 합류할 수 없을까? 하지만 그 사람은 일단 테러리스트라는 입장이라 몸을 숨기고 행동하는 중이었다. 게다가 그 사람은 '나는 과거로 되돌아갈 수 없다'고 말했다. 즉, 아쓰시가 과거로 되돌아온 사람이라는 사실을 모른다. 그런 상황에서 그 사람을 이쪽에서 찾아 접촉하려면 굉장히 헤매야 하는데——.

"아쓰시, 왜 그러지? 관광지에 소풍을 간다는 생각에 말이 머리에 안 들어오는 건가?"

바로 옆에서 구니키다의 목소리가 들려 아쓰시는 정신이 번뜩 들었다.

"관광을 가는 기분이어서는 곤란하다. 일에 관한 정보는 잘 들었나? 그 섬은——."

구니키다가 수첩을 펼쳐 읽는 것보다도 먼저 아쓰시가 말했다.

"그 섬은 관광지인 동시에 독일 · 영국 · 프랑스, 세 나라가 공동 설계한 인공섬이며, 동시에 세 나라가 공동 통치하는 영토로서의 측면도 있죠?"

자신이 읽었어야 할 대사를 아쓰시가 정확하게 말하자, 구니키다가 어쩔 줄을 몰라 했다.

"으, 으음…… 확실히 그렇다만."

"그에 더해 섬의 내부에는 일반인이 들어갈 수 없는 구역을 식별 신호 발신 기능이 있는 동전으로 구분하고 있어요. 관광객이라도 들어갈 수 있는 동화 구역, 직원밖에 못 들어가는 은화 구역. 그리고 선택된 극히 일부 사람만이 들어갈 수 있는 기밀 구역인 금화 구역도 있고요."

"금화 구역이라고?" 수첩을 넘기던 구니키다의 손이 멈췄다. "그런 이야기는 내 수첩에 적혀 있지 않다!"

"하지만 진짜예요."

구니키다는 잠시 수첩을 노려본 채 멈춰 있다가, 이윽고 쥐어짜듯 말했다.

"으음…… 뭐냐. 네가 정확히 예습을 할 만큼 일에 열심히 참가하려고 하는 것은 잘 알겠다. 아주 훌륭하다……. 앞으로도 그런 자세로 임하도록."

"네."

아쓰시가 문득 시선을 들어 보니, 고속정의 진행 방향에 목적지인 섬이 보였다.

섬이라기보다는 바다에 떠 있는 기계라고 불러야 더 어울리는 거대한 외관. 멀리서 봐도 보이는 풍력 발전 풍차와 섬 중앙의 함교.

"드디어 상륙이네요." 아쓰시가 구니키다를 보고 말했다.

"……왜 그러세요?"

구니키다는 의자에 깊숙이 기대고 앉아 머리를 벼처럼 숙이고 있었다. 옆에서 표정을 보니, 완전히 연소된 재처럼 생기가 없었다.

"내 수첩에…… 적혀 있지 않은 일이 있었, 다고……? 그런데 그걸 아쓰시는 알고 있었다……? 더 이상은 못 버텨…… 죽을 것 같아…….."

시체처럼 그렇게 중얼거린 뒤, 구니키다는 의자에서 축 늘어지며 쓰러졌다.

생기를 잃은 구니키다를 간신히 일으킨 탐정사 일행은 배에서 내려 섬 안으로 들어갔다.

섬으로 들어가자 옛 런던의 거리가 일행을 환영해 주었다. 벽돌로 만든 집에 돌바닥. 이리저리 오가는 마차. 하지만 그런 광경도 아쓰시에게는 빛이 바랜 따분한 기호처럼 보였다.

"일단 모두에게 이것을 나누어 주겠다."

겨우 부활한 구니키다가 품에서 신분증이라 할 수 있는 은화를 꺼냈다. 구니키다는 그것을 모두에게 나누어 주었고, 당연히 아쓰시도 건네받았다.

은화가 태양빛을 받아 둔탁하게 빛났다.

금화를 손에 넣는 방법은 없을까? 이런 때이니 조금 거친 방법이라도 상관없다. 누가 금화를 가지고 있는지 알아내서, 그 사람에게 억지로 빼앗으면, 기밀 구역에 들어갈 수 있다.

아니── 안 된다. 아쓰시는 고개를 저었다. 그래서는 기밀 구역에 들어가는 게 고작이다. 내부의 병사나 감시 카메라를 무력화하지 않고서 도저히 무언가를 찾을 수는 없었다.

그렇다면 금화를 가지고 있는 인물을 찾아내 그 사람에게 협력을 구해야 한다. 병기가 기동되어 섬이 멸망될 거라고 말해서── 하지만 누가 금화를 가지고 있는지 모른다. 다자이조차 훔치는 데 실패했다고 했었다. 그리고 설사 설득이 가능하더라도, 그 사람의 행동에 따라서는 미래가 바뀔 수도 있다. 그리고 그 협력을 의뢰한 인물이 정작 범인이기라도 하면 사태는 더욱 걷잡을 수 없어진다.

만약 55분이라는 시간 제약만 없다면. 그리고 웰스가 말한 '동료에게도 협력을 부탁하지 말고 혼자서 움직여라' 라는 조건만 없었어도──.

그때 포장을 씌운 마차 한 대가 달그닥달그닥 거리는 소리를 내며 아쓰시 일행 앞으로 다가왔다.

"하아……. 무장 탐정사 일행이십니까?"

호들갑스러운 한숨과 함께 들린 그 목소리에, 아쓰시는 오싹한 심정으로 고개를 돌렸다.

그래, 왜 잊어버린 거지? 이 사람과 이곳에서 만날 거란 사실은 이미 알고 있었잖아.

파란 작업복을 입은 청년. 나이는 서른 전후. 여전히 나이 들어 보이는 인상이었다. 하지만 아쓰시에게는 그 표정이 전혀 다르게 보였다.

감시 영상 안의 권총.

벽을 물들인 피보라.

"저는 이 섬, 스탠더드의 선장을…… 하아, 맡고 있는, 선장 월스톤이라고 합니다. 여러분을 이곳으로 모신, 하아…… 의뢰인입니다. 부디 잘 부탁드립니다."

"당신이 선장인가." 구니키다가 한 발 앞으로 나섰다. "맞이해 줘서 고맙다. 그런데…… 상당히 지쳐 보이는데 괜찮은 건가?"

"하아…… 걱정해 주셔서, 감사합니다. 하지만 이게…… 하아, 저의 평소 근무 태도이니…… 하아, 걱정하지 않으셔도 됩니다."

"그럼 월스톤 선장, 어서 의뢰의 자세한 내용을 듣고 싶다만."

그때 마침, 맥 빠지는 전자음이 울렸다.

들은 적이 있는 라멘 포장마차의 호객음. 선장의 전화 벨소리다.

"네, 그거야 물론입니다! 죄송합니다! 반드시 찾아내겠습니다……. 여러분에게 피해가 가지 않도록, 네, 알겠습니다!" 선장은 전화를 향해 필사적으로 사과했다.

아쓰시는 선장을 관찰하면서 생각했다.

지금까지는 깊이 생각하지 않았지만…… 선장은 왜 살해당한 거지?

선장을 살해한 사람은 정장 차림의 테러리스트, 즉, 웰스다. 그 사람은 권총으로 선장을 쏘아 죽였다. 왜지? 그 사람의 목적은 병기의 발견과 탈취지, 섬의 관계자를 죽이고 돌아다는 것이 아니었다.

감시 영상에 찍힌 웰스의 감정 없는 눈동자.

대답은 바로 나왔다.

선장이 '용의자'였기 때문이다.

그 사람은 선장을 범인 중 한 명이 아닌가 하고 의심했다. 그렇다기보다── 나름 정확한 정보를 근거로 선장이 병기를 소유하고 있다고 생각했다. 그래서 선장을 죽여 대량 학살을 막으려고 했다.

하지만 아니었다.

선장을 죽였는데도 병기의 기동은 막을 수 없었다. 범인은 따로 있었던 것이다.

웰스 자신은 과거로 돌아가 범인 찾기를 다시 할 수 없다. 즉, 그 사람은 '첫 번째'였다. 그렇기 때문에 범인에 대해 자세한 정보를 얻을 수 없었다고 추측할 수 있다.

하지만 뒤집어 생각하면 그것은 즉──.

"자자, 어서 들어오시지요. 이 섬의 숙소 중에서도 많은 분들이 취소가 되기만을 호시탐탐 노릴 정도로 인기가 많은 숙소입니다. 일단은 여행의 피로를 푸시고……."

숙소로 안내하려고 하는 선장에게 아쓰시가 작은 목소리로 물었다.

"선장님. 혹시…… 선장님은 '금화'를 가지고 계신가요?"

"네에?!" 갑자기 선장이 몸을 뒤로 젖혔다. "어…… 어디서 그런 얘기를?!"

"이봐, 아쓰시. 왜 그러지? 방에 안 들어갈 건가?" 호텔로 가면서 구니키다가 말했다.

"죄송해요. 먼저 들어가 주세요! 저도 바로 쫓아갈 테니까요!" 아쓰시는 구니키다를 향해 그렇게 외쳤다. 구니키다는 될수 있으면 '첫 번째'와 다른 이야기를 듣게 하고 싶지 않았다.

"저, 금화 얘기는 어디서 들으셨습니까?" 선장이 머뭇거리며 물었다.

"어~." 아쓰시는 사전에 생각해 두었던 변명을 했다. "탐정사가 사전에 조사했어요. 이 섬에는 기밀 구역이 있는데, 그곳에는 식별 신호 발신 기능이 있는 금화가 없으면 못 들어간다고요……. 그런데 선장님은 이 섬에서도 높으신 분이시니, 가지고 계시지 않을까 생각한 거예요."

선장은 금화를 가지고 있을 게 분명했다.

웰스가 선장을 '용의자'라고 생각했다는 것은 적어도 선장이 금화를 가지고 있는 위치라는 말이다. 그렇지 않고서야, 웰스가 생각하는 범인상에서 너무 멀리 떨어져 버리고 만다.

"아, 으음, 저어…… 가지고야 있긴, 합니다만."

우물거리며 변명을 하는 선장.

문득—— 조금 전에 선장이 전화하며 했던 말이 떠올랐다.

——죄송합니다! 반드시 찾아내겠습니다…….

'지난번' 때는 크게 신경을 쓰지 않았던 말이었다. 하지만 선장이 이렇게 풀이 죽어 있는 걸 보면, 혹시…….

"선장님. 혹시…… 금화를 잃어버렸나요?"

"흐갹?!" 아쓰시의 질문을 듣고 선장은 깜짝 놀라 움찔했다. "아니요, 저어…….""

선장은 그런 아쓰시를 보고, 포기한 듯이 크게 한숨을 내쉬었다.

"하아……. 직원에게는 웬만하면 이야기하지 말아 주십시오. 굉장히 귀중한 금화라 절대로 다른 사람에게 양도해서는 안 되는데…… 아무래도 누군가에게 도둑맞은 것 같습니다."

"도둑맞아요?"

"항상 몸에 지니고 다녔는데…… 하아, 강등 정도로는 안 끝날지도……. 어쩌다 이렇게……. 매일 섬의 수호신에게 기도하고 있는데……."

"수호신?"

"섬이 만들어졌을 때부터 섬사람들을 지켜보고 있다고 하는 전설의 '수호자' 님이십니다. 그분은 섬의 형태를 자유자재로 바꿀 수 있는 것은 물론, 수많은 외적으로부터 섬을 지켜 주신다고 합니다. 하아, 방에 십자가와 함께 동상을 장식해 두고, 매일 기도하고 있었으니, 그 엄청난 힘으로 한 번 정도는 도와줘도……."

"네에……."

어떤 장소에든 전설은 있는 모양이었다.

그런데 이렇게 최신 기술이 집약된 섬에 그런 향토신 비슷한 게 있다니, 정말 그래도 되는 건가? 무엇보다 섬의 전설을 십자가와 함께 두고 기도하면, 정작 정식 신이 화를 낼 것 같은데…….

아무튼 간에 이걸로 선장이 한숨을 계속 쉬었던 이유를 확실히 알았다.

"그거 참 큰일이네요." 아쓰시는 동정하듯 미소를 지었다. "금화라면 상당히 중요한 거니까요. 그걸 훔친 누군가가 기밀 구역에 침입할지도――."

그렇게 말을 한 뒤, 아쓰시는 깨달았다.

그렇다는 건, 범인―― 병기를 기동한 대량 학살범은 섬의 관계자가 아닐 수도 있다는 것인가?

병기가 금화 구역에서 기동되었다면, 범인은 그곳에 들어갈 수 있는 권한을 지닌 사람이라고 생각했다. 하지만 선장의 금화를 범인이 훔쳤다고 한다면―― 그래서 병기가 있는 장소까지 침입했다고 한다면, '용의자'가 확 늘어난다.

"금화를 어디서 도둑맞았는지, 짚이는 데는 없나요?"

"하아……. 오늘 아침 일찍 옷을 갈아입을 때는 가지고 있었으니, 그 이후의 정기 보고를 할 때나, 관광 구역으로 이동할 때……. 그 즈음이 아닐까 하고 생각합니다……. 하아."

선장은 크게 아래를 향해 한숨을 내쉰 뒤, 그대로 깊숙이 고개를 푹 숙였다.

"만약 발견하시면, 꼭, 꼭 좀 알려 주십시오."

아쓰시에게는 두 번째가 되는 도적 퇴치 설명을 들은 후, 아쓰시와 일행은 선장이 준비해 둔 호텔에 들어갔다.

안내된 방으로 들어갔지만 아쓰시는 꼼짝도 안 했다.

"이봐, 아쓰시. 왜 그러지? 얼른 짐을 풀어라."

아쓰시는 구니키다를 바라보았다. 하지만 뭐라고 말하면 좋을지 전혀 알 수 없었다.

무엇을 해야 하는지는 알았다. 병기를 발견하고, 회수하는 것. 하지만 그렇게 하기 위해 어떻게 행동하면 좋을까.

"저…… 잠시 나갔다 오겠습니다."

"이봐. 관광지에 와서 마음이 들뜨는 건 이해하지만, 내 수첩의 행동 계획대로 움직여라. 일단은 숙소에서 짐을 푼 다음, 경비와 만나 상의를 하러 갈 예정이다." 구니키다가 수첩을 보면서 말했다. "일단은 그 거대한 여행 가방을 어떻게든 하면 안 되겠나?"

아쓰시는 자신의 발밑에 있는 여행 가방을 바라보았다. 이 섬에 오게 될 거란 사실을 알았을 때, 들뜬 마음에 도시락, 화투 같은 것을 전부 집어넣었다. 지금 와서 생각해 보면 상당히 부끄러운 짓이었다.

"짐을 풀 필요는 없어요." 아쓰시가 미소 지었다. "어차피 쓸데없는 것들뿐이니까요."

"뭐어?" 구니키다가 고개를 갸웃했다.

"죄송합니다. 좀 급하거든요." 아쓰시는 문 쪽으로 걸었다.

"이봐, 아쓰시." 등 뒤에서 구니키다가 아쓰시를 불렀다. "무슨 일이라도 있었던 건가?"

아쓰시가 무심결에 걸음을 멈췄다.

"아무래도 섬에 들어오기 전부터 뭔가 이상하다." 구니키다가 눈을 가늘게 떴다.

"……그런가요?" 아쓰시는 조용히 말했다. 하지만 뒤를 돌아볼 수는 없었다.

웰스는 '네가 알고 있는 미래에 대해 아무에게도 말하지 마라'라고 말했다. 하지만──.

"구니키다 씨." 아쓰시가 뒤를 돌아보았다. "구니키다 씨는 말하지 못할 비밀이란 게, 있나요?"

"으응?" 구니키다의 얼굴이 서서히 의심으로 가득 찼다. "갑자기 뭐지?"

"아니요…… 저어."

반드시 말해야만 하는 정보. 하지만 말해 버리면 모두가 위험에 처할 수 있는 정보. 그런 비밀을 안은 채여서, 아쓰시는 옴짝달싹할 수가 없었다.

"실은……."

말해야 하는가. 말하지 말아야 하는가.

결정할 수가 없었다. 결단을 내린 순간, 몇 백만 명의 사람의 생사가 결정되어 버린다. 그렇게 중대한 결정을 지금 내릴 수는 없을 듯했다.

"아무것도 아닙니다."

"이봐…… 아쓰시!"

구니키다의 목소리를 들으면서 아쓰시는 방 밖으로 뛰쳐나갔다.

아쓰시는 섬의 돌바닥을 달렸다.

눈앞에 무수히 많은 영상이 나타났다가 사라졌다. 거대한 열구면 껍질, 죽은 선장, 총을 쏜 웰스, 카메라의 빛.

자신도 탐정사의 일원이다. 난처하다고 해서 누군가에게 의지하며 울어서는 탐정사 사원으로 일할 수 없다. 하지만──.

웰스를 찾으면 무언가 알게 될지도 모른다. 과거로 되돌아가는 것에 대해 잘 알고, 섬의 내부 사정에 대해서도 상당한 정보를 지니고 있으니까. 무엇보다 그 사람이 '범인'이라고 착각하여 선장을 죽이기까지 이제 시간이 별로 없다. 이대로 가면 선장이 총에 맞아 죽는다.

아쓰시는 웰스를 찾기 위해 이리저리 뛰어다녔다. 하지만 모두 헛걸음이었다. 신출귀몰한 테러리스트라는 평판을 받는 데에는 다 이유가 있었다. 그 사람의 흔적을 찾았지만 전혀 찾을 수 없었다. 아쓰시는 더욱 초조해졌다.

한 가닥의 희망을 품고 웰스의 그 지하실로 가 보았다. 자물쇠가 잠겨 철문을 열 필요가 있는 그 숲속의 지하실이었다. 하지만 쇠사슬을 부서뜨리고 안을 들여다봐도 그냥 텅 빈 공간이 있을 뿐이었다. 웰스도 카메라도 없었다. 고독을 그대로 옮겨 놓은 듯한 차가운 어둠이 펼쳐져 있는 곳이었다.

아쓰시는 시계탑을 올려다보고 시간을 확인했다. 오전 11시 21분. 분명히 그때 봤었던 감시 영상에서는 28분에 선장이 살해당했다. 이제 7분밖에 남지 않았다.

'지난번'에 알게 된 정보는 아무에게도 누설할 수 없었다.

하지만 앞으로 7분 사이에 유효한 수단을 발견하지 않으면 선장은 죽는다.

아쓰시는 저도 모르게 휴대전화부터 꺼냈다. 사전에 공지를 받은 선장의 전화번호를 눌렀다.

〈네…….여보세요?〉 선장의 지친 목소리가 들렸다.

"선장님. 탐정사입니다. 지금 어디 계신가요?"

〈지금 말입니까? 신분증 재발행을 위해 기관구에 가는 도중입니다만……. 무슨 일이신가요?〉

뭐라고 말하면 되지?

어떻게 하면 막을 수 있을까?

안 되겠어―― 생각이 안 나.

"그곳에는 나중에 가시면 안 될까요?" 아쓰시는 반사적으로 그렇게 말했다. "이유는 말씀드릴 수 없지만, 매우 중요한 일이에요."

〈네에…….죄송하지만, 저도 굉장히 급해서요.〉 선장이 미안하다는 듯한 목소리로 말했다. 〈금화 관련은 경비 쪽에 이야기했더니, 어떻게든 해 주겠다는 말을 들었습니다……. 그곳의 담당자 할아버지가 참, 너무 성가…… 성실하셔서 말입니다. 1분이라도 늦으면 토라져서 말도 안 해 줍니다……. 아, 인생 최대의 불행입니다. 요즘에는 매월 인생 최대의 뭔가가 항상 오고 있습니다. 하아…… 그러니 용건이 있으면 나중에 연락 주십시오.〉

"자, 잠깐만요!" 선장이 통화를 끊으려고 해서 아쓰시가 그렇게 외치며 말렸다. "정말 중요한 일이에요! 사람의 생명과 관련된 일이요."

〈그 말씀은 나중에 듣겠습니다. 이미 경비실에 도착해서요.〉 선장은 감정이 메마른 목소리로 말했다. 〈금화를 재발행할 때, 보안 문제로 휴대전화를 새것으로 바꿔야 합니다. 10분 정도면 또 연락할 수 있을 테니, 그때 또 말씀하시죠.〉

"앗!"

아쓰시가 무슨 말을 하기도 전에 선장이 전화를 끊었다.

한 번 더 전화를 걸었지만 선장과는 연결되지 않았다. 게다가 몇 번째인가부터는 전화번호가 존재하지 않는다는 음성이 흘렀다. 경비실에서 번호를 삭제한 모양이었다.

시간이 없다. 이대로 가다간 선장도 구하지 못하고, 섬의 멸망도 저지하지 못한다.

선장을 따라 경비실 쪽으로 가 보는 것도 생각했다. 하지만 선장이 섬의 어디로 갔는지도 모르는 상태라, 그곳으로 간다고 해서 선장을 발을 묶을 수 있다는 보장이 없었다. 그리고 무엇보다―― 선장의 목숨을 구하는 것은 병기의 기동 저지와는 직접

적인 인과관계가 없었다. 선장을 구하기 위해 이리저리 돌아다
닌 결과 병기를 발견하기 위한 시간이 없어져서는 아무런 의미
도 없다.

아직 수단이 사라진 것은 아니다. 하지만 어떤 것이 올바른 수
단인지 알 수 없었다. 몇 십, 몇 백에 달하는 행동 중, 만족할 만
한 행동은 하나나 둘뿐. 잘못 선택하면 모든 것을 잃는다.

"차라리 섬의 수호자인가를 찾아서……."

혼자서 그렇게 말했다가 곧장 고개를 저었다. 난 대체 무슨 생
각을 하는 거지? 있지도 않은 전설에 의지해 귀중한 시간을 낭
비하다니, 그거야말로 말도 안 되는 짓이다.

하지만…… 어쩌면 좋지?

"이런 곳에 있었나?"

갑자기 목소리가 들려 아쓰시가 돌아보았다.

"구니키다 씨……."

"사원이 한둘 훌쩍 사라진다고 해서 이제 와서 놀라진 않는다
만." 구니키다는 팔짱을 끼고 걸어왔다. "네가 모르는 비밀의
진실을 가르쳐 주마. 사실 나는 탐정사 사원이다. 그래서 상태
가 이상한 부하가 안절부절못하면 바로 알지. ……뭔가 알게
된 것이 있나 보지?"

정곡을 찔러 오는 구니키다에게 아쓰시는 뭐라고 할 말이 없
었다.

"역시 그런가." 구니키다는 머리를 긁으며 말했다. "참나…….
이 섬, 뭔가 이상하기는 했지만 그걸 가장 먼저 알게 된 사람이 너

라니. 이유도 없이 네가 입을 닫을 거라고는 생각하기 힘들지. 하나, 네 얼굴은 아무리 봐도 굉장히 궁지에 몰려 있다."

입에서 약한 소리가 흘러나올 것 같았다.

"아무에게도 말할 수 없는 정보인가?"

아쓰시는 작게 고개를 끄덕였다.

"말할 수 없는 이유도 역시 말할 수 없는 건가?"

아쓰시는 작게 고개를 끄덕인 뒤, 기어들어 가는 목소리로 말했다. "……저는 어쩌면 좋을까요?"

"뻔하다." 구니키다는 망설임 없이 말했다. "녀석에게 말해라."

구니키다는 태연히 그렇게 말했다.

"녀석이라니……."

"녀석은 녀석이다. 네가 지금 머릿속에 떠올린 남자다." 구니키다는 당연하다는 듯한 표정을 지었다. "녀석에게 '절대로 말할 수 없는 일인데요' 라며 말하고 상의해라. 어차피 이 섬의 어딘가에 있을 테니까. 정말 꼴도 보기 싫은 녀석이지만, 그게 목숨과 관련된 심각한 이야기이고, 네가 정말로 어떻게든 하고 싶다고 한다면……."

구니키다는 진심으로 마음에 안 든다는 듯이 한숨을 내쉬며 말했다.

"녀석에게 맡겨라. 아무 문제도 없을 테니."

아쓰시는 고개를 끄덕였다.

확인할 것도 없이 구니키다가 말한 사람이 누구인지 확실히 알았다.

"구니키다 씨." 아쓰시는 단단히 결심을 한 뒤 말했다. "아무 것도 묻지 않고 따라와 주실 수 있나요?"

아쓰시는 구니키다와 함께 화물 보관 구역으로 갔다.

아쓰시의 발걸음에는 망설임 없이 기억에 남은 그 장소를 향해 똑바로 나아갔다.

벽돌 창고가 늘어선 구역을 걷고 있을 때, 직원으로 보이는 일단이 후다다닥 바쁘게 달려오는 모습이 보였다.

"자네, 이 근처에서 검은 머리카락에 키가 큰 남자를 못 봤나?"

"으응?" 구니키다가 고개를 갸웃했다.

하지만 아쓰시는 당황하지 않고, 자신들이 온 방향을 가리켰다. "그 남자라면 서쪽으로 달려가던데요."

"그런가. 고맙다!"

직원들은 서로 정보를 교환하면서 서둘러 아쓰시가 가리킨 곳으로 달려갔다.

"방금 그 사람들은 뭐지?" 구니키다가 직원들의 뒷모습을 바라보았다. "키가 크고 머리카락이 검은 사람을 봤었던가?"

"이제 곧 볼 거예요." 아쓰시는 곧장 돌바닥을 가로지른 뒤, 그 때부터 문득 떠오른 듯이 발소리를 죽이며 살살 걷기 시작했다.

"? 이봐?"

구니키다가 불러도 아쓰시는 검지를 입에 대고 '조용하세요.'라는 신호를 보낼 뿐이었다.

그리고 인도 구석에 있는 회색 쓰레기통으로 가까이 다가갔다.

그 다음 갑자기 뚜껑을 잡고 열더니.

"와앗!!"

"후에엑!"

아쓰시가 큰 소리로 외치자 안에 있던 인물이 쓰레기통째로 껑충 뛰었다.

"다자이?!" 구니키다가 어안이 벙벙한 표정을 지었다. "뭐 하는 거냐 대체! 그런 곳에서?!"

다자이는 쓰레기통과 함께 넘어져 눈을 깜빡거렸다.

"죄송합니다, 다자이 씨." 아쓰시가 꾸벅 고개를 숙였다. "이러면 안 된다는 걸 알면서도, 이런 호기는 평생에 단 한 번밖에 없을 거란 생각이 들어서 그만."

"……하…….." 아쓰시의 행동에 깜짝 놀란 다자이는 눈을 번쩍 뜬 채 대답조차도 하지 못했다.

"혹시…… 화나셨나요?" 아쓰시는 머뭇거리며 물었다. "저어, 정말로 죄송합니다! 뭐라고 하면 좋을까요, 그러니까, 조금 충동적으로……."

다자이는 여전히 아무 말도 하지 않았다. 아무 말도 안 하는 걸 넘어서 가만히 멈춘 채 미동조차도 하지 않았다. 숨조차도 쉬지 않는 듯했다.

"다, 다자이 씨? 다자이 씨?"

아쓰시가 급히 달려가 다자이를 일으켜 세우려고 몸을 잡았다.

그러다 아쓰시는 경악하여 뒤로 물러섰다.

"차…… 차가워!" 아쓰시가 몸을 떨었다. "맥박이 안 뛰어요! 죽었나 봐요!"

아쓰시가 창백한 얼굴로 구니키다 쪽을 돌아본 그 순간.

"바앗!"

"으갸갸아아!!"

바로 코앞에서 일어난 예상치 못한 일에 놀라 아쓰시는 넘어져서 뒤로 한 바퀴 구르고 말았다.

"아핫핫. 나를 순간이나마 놀라게 하다니 엄청난 성장 아닌가, 아쓰시. 그 칭찬의 의미를 담아 나의 비기 '심장 멈추기'를 특별히 보여 준 참이네. 영광으로 알아."

"너는 결국엔 인간의 영역을 초월했구나." 구니키다가 진심으로 불쾌하다는 듯한 표정을 지었다. "심장을 스스로 멈추게 해도 죽지 않다니, 대체 어떤 구조냐?!"

"자살로 가는 길을 추구하며 매진하다가 익힌 기술이지. 심장은 금방 움직이니 괜찮아."

"이해하기 힘들군."

돌바닥에 누워 대화를 들으며 아쓰시는 하늘을 올려다보았다. 그리고 생각했다.

──100년이 지나도 이 사람에게는 못 이길 것 같아.

기묘하게도 그렇게 생각하자 눈앞의 안개가 걷힌 듯한 기분이 들었다.

"다자이 씨." 아쓰시가 누운 채 말했다. "들어 주셨으면 하는 게 있는데요."

더 이상 망설이지 않았다.

선택하는 것이 무서웠다. 자신이 선택한 결과로 인해 많은 사람들이 죽으면 어쩌지? 하는 생각 때문에. 하지만 더 이상 망설이지 않을 작정이었다. 선택하지 않으면 앞으로 나아갈 수 없다고 한다면, 이게 선택이다.

"그래, 한번 들어 보지." 다자이가 기쁜 표정을 지으며 어깨를 으쓱 들어 올렸다. "단, 그전에 한 가지 떠오른 사실이 있네."

다자이는 자리에서 일어난 아쓰시를 내려다보았다. 은은한 바닷바람에 다자이의 외투가 공기를 머금고 나부꼈다.

그리고 말했다.

"자네가 '미래를 아는 남자' 로군."

아쓰시는 눈을 감고 미소 지었다.

역시 이 사람에게는 100년이 지나도 이길 수 없을 것 같았다.

아쓰시는 다자이와 구니키다에게 모든 것을 사실대로 말했다.

도적 퇴치의 전말, 선장의 죽음, 구속과 탈출, 웰스와의 만남, 그리고 병기의 기동.

무엇이 실마리가 될지는 모른다. 그래서 아쓰시는 기억나는 범위 내에서 최대한 자세히, 대화한 사람들의 행동을 포함해서 있는 그대로 이야기했다.

그 사이에 구니키다와 다자이는 아무 말 없이 이야기를 들었다. 때때로 맞장구를 쳐 주는 것 이외에는 전혀 이야기에 끼어들지 않았다.

모든 이야기를 끝내고 아쓰시가 숨을 내쉬었을 때, 구니키다가 말했다.

"만약 그게 정말이라면 이건 전대미문의 엄청난 대사건이다." 구니키다는 평소보다 더 주름이 지게 미간을 찌푸렸다. "하지만…… 아쓰시의 말이 백일몽이나 환각 이능력 공격이 아니라 실제로 일어난 일이라고 단언할 수 있을까?"

"이건 틀림없는 사실이라고 생각하네만." 다자이가 순순히 아쓰시의 말을 믿어 주었다. "내가 모르는 병기의 상세 내용까지 아쓰시는 다 알고 있으니까 말이야."

"그렇다고 하더라도…… 어떻게 하지? 그 웰스라는 여자가 '동료의 행동이 변하면 범인의 마음도 바뀌어서 정오보다 병기 기동을 빨리 시킬 가능성이 높다'고 했다는데……. 그것도 일단 설득력이 있다. 우리가 눈에 띄게 행동하면 정오가 아니라 지금 당장 병기를 기동할지도 모르지."

"그렇게 하겠지, 틀림없이." 다자이가 고개를 끄덕였다. "깊게 생각할 것도 없이 이건 '자폭 테러'야. 범인은 처음부터 400만 명과 동반자살을 할 생각인 거지. 그리고 시간도 딱 맞춰서 정오로 골랐는데, 그게 아마 범인이 정한 '심판의 때'인가 보군. 자신이 정한 시간일 뿐이니까 무언가 문제가 일어나면 예정을 앞당기는 건 당연해."

"게다가 범인의 정체도 병기가 있는 곳도 모른다라……."

생각에 빠진 구니키다와 다자이를 보고 아쓰시는 조금 불안해졌다.

혹시 이번 사건은 조건이 너무 나쁜 건가? 설마 이런 다자이조차도 두 손 두 발 다 드는 건가?

"저어…… 다자이 씨. 뭔가 방법이 없을까요?"

아쓰시의 질문에 다자이는 고개를 들더니── 갑자기 씨익 웃었다.

"없을 거라 생각하나?"

다자이는 선선한 눈으로 먼 곳을 바라본 뒤, 희미하게 미소를 지으며 말했다.

"미래를 안다는 이점이 있는 일이니, 내 입장에서는 이렇게 쉬운 일도 따로 없지. 범인을 모르든 시간제한이 있든, 그런 건 관계없네. 수단이야 얼마든지 있으니까."

다자이는 서쪽으로 걷기 시작했다. 아쓰시는 급히 그 뒤를 쫓았다.

아쓰시의 앞에서 갑자기 다자이가 걸음을 멈추고, 시선을 마을 쪽으로 돌렸다.

"물론 아쓰시도 모르는 불확실한 요소가 어딘가에서 새로 발생하지 않는다면── 말이지만."

그때——.

대형 해상 부동 도시 '스탠더드'의 부두에 관광객 두 사람이 도착했다.

벌꿀색 머리카락의 여자와 검은 외투를 걸친 남자—— 포트 마피아인 히구치와 아쿠타가와였다.

"무사히 입도했군요." 히구치가 말했다.

"………." 아쿠타가와는 바닷바람을 맞으면서 아무런 대답도 하지 않았다.

"아쿠타가와 선배?" 히구치가 고개를 돌려 가만히 아무 말도 하지 않는 아쿠타가와를 바라보았다.

"히구치." 아무것도 없는 방향을 응시한 채, 아쿠타가와가 뜬 금없이 물었다. "표적에 대해 자세하게 말해 봐라."

"네. 이번 표적은 조직에게 반항한 반역자입니다. 녀석들은 어제 포트 마피아의 입김이 닿는 은행 지점에 침입. 대여 금고를 억지로 열어 금품을 훔치려고 하고——."

"표적은 흰 셔츠를 걸친 회사원으로 보이는 남자들인가?"

"네?" 갑작스러운 질문에 히구치가 곧장 대답하지 못했다. "어어…… 섬으로 오는 고속정의 선원에게 얻은 정보로는 네, 확실히 그런 복장이었습니다."

"그런가."

아쿠타가와는 그렇게 말한 뒤, 다시 입을 닫았다. 그리고 걷기는커녕 몸을 조금도 움직이지 않은 채, 계속 공중만을 응시했다. 마치 불길한 석상처럼 움직이지 않은 채, 계속 무언가를 생각하는 중이었다.

10초, 20초. 아쿠타가와는 움직이지 않았다.

30초가 지났을 때, 기다리던 히구치가 불안한 듯 말을 걸었다.

"저어…… 아쿠타가와 선배? 왜 그러시죠?"

"표적을 변경한다. 배신자들은 그냥 내버려 둬라."

그렇게 말한 뒤, 아쿠타가와는 갑자기 걷기 시작했다.

"네?!" 깜짝 놀란 히구치가 뒤를 쫓았다. "하지만, 선배. 조직의 명령은——."

"두 번은 말하지 않는다."

아쿠타가와는 앞을 바라보았다. 그 시선은 먹잇감을 노리는 사냥개의 눈. 히구치는 무심코 질문을 집어삼켰다.

아쿠타가와의 시선은 섬에 조성된 마을을 꿰뚫은 먼 곳을 향해 있었다.

섬의 시설, 그리고 굼실대는 음모. 더 나아가 그 너머—— 기억속의 지옥 같은 불에.

섬을 뒤덮고 바다를 모두 불태운 거대한 화구(火球)로.

아쿠타가와는 불 속에서 무릎을 꿇고 있었다.

수백 도의 열풍이 밀려왔다. 공간을 찢은 몇 겹의 장벽으로 열파의 침입을 막으려고 했지만, 그래도 조금씩 침입해 들어오는 열기만으로도 피부가 불탔고, 목과 눈알에서 수분이 증발했다. 더 이상은 목소리조차도 낼 수 없었다.

불꽃에 타면 뼈도 남지 않고 사라진다── 죽음과 살해의 진창에 목까지 빠져 살아왔던 자신치고는 아주 깔끔한 죽음이다. 아쿠타가와는 그렇게 자조하며 웃었다.

웃었을 때, 폐에 열기가 가득 차 아쿠타가와는 심하게 기침을 했다.

그때── 시야의 끝에 무언가가 들어왔다.

열려 있는 지하로 통하는 철문. 묵직한 문을 봉인한 쇠사슬이 찢어져 있었고, 무언가 이상한 능력에 의해 자물쇠가 뜯겨 나가 이었다.

아쿠타가와의 눈에 지하에서 새어 나오는 불빛이 보였다.

창백하고, 삭막한 빛. 어딘가 기묘한 인상이 느껴지는 빛이었다. 공간적인 거리를 무시하고 이곳까지 닿아 있는 듯한──.

빛의 원천에── 지하에 무엇이 있는가? 체념을 하여 가라앉아 있던 아쿠타가와의 내면에 작은 물결이 일었다.

섬의 전력 기능은 이미 파괴되었을 텐데? 저 빛은 무언가 이능력이 발동되는 증거일지도 모른다. 그렇다면 지상에 이런 대파괴가 일어나는 지금, 저 빛의 원천이 이것과 아무런 관계가 없다고는 생각하기 힘들었다.

만약 파괴의 원흉이 저것이라고 한다면──.

아쿠타가와는 작게 웃었다.

그 녀석의 목을 치고 죽는 것도 나쁘지 않을지 모른다.

아쿠타가와는 무릎에 손을 대고 일어섰다. 대지가 흔들리고, 죽음의 바람이 휘몰아쳐, 이제 더 이상 주변에는 제대로 된 사람 그림자는커녕 건물조차도 없었다. 열의 발생원인 홍련의 구면 껍질도 표면을 눈으로 볼 수 있을 만큼 가까이 다가왔다.

아쿠타가와는 크게 기침을 하며 피를 토했다. 검붉은 토혈이 지면을 적시자마자 부글부글 끓더니 증발했다.

하지만 아쿠타가와의 입술을 물들인 것은 처절한 웃음이었다.

앞으로 10미터. 지면이 갈라지기 시작해 다리가 휘청거렸다.

앞으로 5미터. 검은 비 같은 물보라가 날아오는가 싶었는데 녹은 건물의 철골이었다. 아쿠타가와는 아무 말 없이 장벽을 만들어 물보라를 막았다.

앞으로 2미터. 드디어 신발의 밑창이 녹았다. 발의 뼈까지 타는 듯한 고온을 버티며 아쿠타가와는 계속 걸었다.

앞으로 1미터. 눈앞에 뜨거운 구면 껍질의 벽. 이토록 막대한 열량 앞에서는 공간 단열도 종이 방패나 마찬가지였다. 붉은 벽이 웃는 사신의 입안처럼 보였다. 익숙한 사신의 얼굴을 보고 미소를 짓는 아쿠타가와.

달릴 힘조차 없어 아쿠타가와는 쓰러지듯이 지하 입구로 뛰어들었다. 거의 동시에 홍련의 구면 껍질이 입구를 불태웠다.

거의 뜬숯이 된 아쿠타가와가 빛 안으로 떨어졌다.

탁한 안구 탓에 떨어진 곳의 실내를 확실히 볼 수는 없었다.

그래도 확실히 보인 존재가 둘 있었다. 중심에 빛나는 기계. 그리고 두 사람의 그림자.

방 중앙의 기계가 매우 밝게 빛났다. 빛의 압력이 강해져, 떨어지고 있던 아쿠타가와는 눈을 살짝 가늘게 떴다.

저 기계는—— 카메라?

실내의 인물이 무언가 말을 했다. 아쿠타가와는 조금 전의 굉음 때문에 귀가 먹먹해져 뭐라고 하는지까지는 듣지 못했다.

하지만 사람 그림자 중 한 명은 어디서 본 기억이 있었다.

색소가 옅은 머리카락. 심약해 보이는 행동. 아쿠타가와보다 훨씬 젊은 탐정사의 신입.

호랑이 인간——!

순간, 처형했던 회사원으로 보이는 남자가 했던 말이 떠올랐다.

——안에 들어간 병기는 낡은 카메라와 그 외의 기폭 장치 같은 것으로 구성되어 있다——.

아쿠타가와의 마음속에서 점과 점이 선으로 연결되었다.

낡은 카메라. 수수께끼의 빛과 어쩐 일인지 파괴되지 않은 방. 그리고 그 방에 느긋하게 서 있는 호랑이 인간.

그런 것인가.

그런 것인가, 호랑이 인간!

아쿠타가와의 포효는 불타 버린 목 때문에 소리가 되어 나오지는 않았다. 등을 돌리고 있는 호랑이 인간—— 아쓰시에게 그 모습이 보일 리도 없었다.

붉은 폭풍과 창백한 빛이 동시에 극대화되어 방이 붕괴되었다. 그리고——.

"선배? 아쿠타가와 선배?"

부르는 소리가 아쿠타가와의 의식을 회상 속에서 현실로 되돌려 놓았다.

"왜 그러시죠, 선배? 어디 몸이라도 안 좋으신가요? 그럼 숙소에서 휴식이라도——."

"히구치." 부하의 말을 차단하고 아쿠타가와가 말했다. "현재 시간을 보고해라."

"앗, 네." 히구치는 급히 자신의 손목시계를 확인했다. "오전 11:05입니다. 하지만 그게 대체 왜……."

"정오." 아쿠타가와가 갑자기 말했다. "분명히 딱 정오였다. 시계탑의 시곗바늘의 모습을 확실히 기억하고 있다."

"저어…… 아쿠타가와 선배?" 히구치는 걱정스럽다는 듯이 검은 옷을 입은 선배를 바라보았다. 무슨 말을 하는 것인지, 무슨 생각을 하는지 살피기 위해서.

"앞으로 1시간이 채 안 남은 건가." 아쿠타가와는 섬을 둘러보며 말했다. "재미있는 짓을 했구나, 호랑이 인간. 요코하마를 통째로 날려 버리는 파괴 병기라——."

아쿠타가와는 걷기 시작했다. 결연히, 망설임 없이.

"하지만 덕분에 네놈의 목을 칠 이유가 생겼다. 시간제한이라는 밉살스런 연출도 꽤 자극적이군. 네놈의 살과 뼈와 장기를 갈가리 찢어 그 흩날리는 피를 맛볼 그때가 벌써부터 기다려지는구나."

아쿠타가와의 옆얼굴을 본 히구치가 숨을 멈췄다.

그 옆얼굴에는 엄청난 웃음이 새겨져 있었다. 피에 굶주린 늑대가 먹잇감에 보여 줄 법한, 피가 뚝뚝 떨어지는 웃음이.

"히구치. 이 섬에 호랑이 인간이 침입했다."

"호랑이 인간⋯⋯이라면 그 호랑이 인간 말입니까?"

"현재 위치를 발견해 반 시간 이내에 숨통을 끊겠다. 일단 섬의 입도 관리 사무소를 습격해 정보를 캐내라."

"수, 숨통을⋯⋯. 하지만 원래 임무를 중단하고 호랑이 인간을 찾는 이유는⋯⋯."

"이유? 당연하지 않나."

아쿠타가와는 고개를 돌려 히구치를 노려보았다.

그 눈동자에는 지옥이 깃들어 있었다.

"내가 그렇게 명령했기 때문이다. 그래서는 불만인가?"

히구치는 그 눈을 보고 곧장 등을 쭉 폈다.

"아니요. 즉시 호랑이 인간의 수색을 시작하겠습니다."

아쿠타가와는 하늘을 올려다보았다. 한없이 펼쳐져 있는 푸르른 여름 하늘을.

"기다려라 호랑이 인간. 장기를 꺼내 살점을 찢어── 알게 해 주마. 지옥의 불꽃이란 섬을 태우는 것이 아니라, 네놈의 몸을 태우는 것이라는 사실을."

11시 27분.

아쓰시는 시계탑의 시계를 올려다보며 중얼거렸다.

예측된 병기의 기폭까지 앞으로 33분.

아쓰시가 있는 곳은 섬의 세 영지 중 독일령이었다. 관광객과 마차가 오가는 넓은 돌바닥 거리.

아쓰시는 빠른 걸음으로 걸었다. 1초라도 헛되이 낭비할 수는 없었다. 자신의 행동에 400만 명이나 되는 사람의 목숨이 걸려 있었기 때문이다. 다자이의 지시로 움직이는 것이라고는 하지만 '지난번'을 직접 눈으로 봐서 알고 있는 아쓰시가 작전의 중심이라는 것은 틀림없는 사실이었다. 특히 이제부터 진행되는 작전은 아쓰시 이외에는 맡을 수가 없었다. 아쓰시는 턱에 고인 차가운 땀을 손으로 닦았다.

"다자이 씨, 들리세요?" 아쓰시는 옷깃 뒤에 장착한 무선 집음기에 대고 말했다.

〈감도 양호.〉 귀의 뒤쪽에 장착한 골전도 발신기에서 다자이의 밝은 목소리가 들렸다. 〈내 미성을 귓가에서 듣는 기분은 어떤가, 아쓰시? 생각지도 못한 부수입이군. 그렇지. 한 곡 불러 줄까?〉

〈이 멍청아! 임무에 집중해라!〉 다자이의 목소리 뒤에서 구니키다의 호통 소리가 들려왔다.

〈너무 심각해져 봐야 결과는 바뀌지 않아. 실패해 봤자 죽는 게 다잖아?〉

〈네 자살 취미와 일을 똑같이 취급하지 마라. 아쓰시. 선장은 이쪽에서 어떻게든 될 것 같다. 죽지 않도록 손을 써 두지. 너는

네 임무에 집중해라. 표적은 눈으로 확인했나?〉

아쓰시는 앞을 주시하면서 말했다.

"네. 쉽게 발견했어요. 예전과 '같은 장소'에 있었으니까요
———."

아쓰시의 시선 앞. 미술관에 접한 뒷골목 안쪽 부분에 그들이
있었다.

이 작전 최대의 추축인 인물들이.

"그렇게 어려운 이야기가 아니라고 말씀하신 분은 보스 아니십
니까. '기껏해야 12자리 숫자를 기억하는 것뿐이다, 나는 지금
까지 잔 여자의 이름을 전부 기억하고 있다'라고 하시면서요."

"말했지. 분명히 그렇게 말했다. 그게 뭐 잘못됐나?"

이 거리에서도 들리는 당당하고 뻔뻔한 목소리.

"내가 이 도적단의 보스다. 그러니 너희들은 보스의 행동을
최대한 서포트할 필요가 있다! 보스가 12자리의 해제 코드를
잊어버렸으면, 너희가 어떻게 해서든 기합으로 커버해야지!"

"멋집니다, 보스! 대단해요! 우리는 무슨 일이 있어도 보스를
따를 거예요!"

이렇게 새삼 멀찍이서 바라보니, 그들이 조직범죄에는 어울
리지 않는다는 생각이 들었다. 길거리에 다 들리게 작전을 외치
고, 계획의 일부가 완전히 엉망이 됐는데도 신경을 안 쓰고, 무
엇보다 목적의식이 없었다. 도적의 보스도 무언가 특정한 물품

을 훔치고 싶어 한다기보다는, 훔치는 것 자체에 미학을 느끼는 부면이 있었다. 그건 그거대로 아름다운 삶의 방식이라고 생각하지만—— 그러다가 89번이나 투옥됐다니, 정말 너무 쉽게 잡힌다.

하지만—— 이번만큼은 그들의 존재가 하늘의 도움 그 자체였다.

"12자리의 해제 코드를 원하나, 도적들?"

3인조에게 갑자기 말을 거는 인물이 있었다.

아쓰시였다.

"응? 네놈은 뭐냐?"

보스가 재빨리 고개를 돌리고 아쓰시를 노려보았다.

"어이어이어이어이, 넌 뭐야?! 우리 보스에게 무슨 볼일이냐?!" 소년이 팔짱을 끼고 위세를 부렸다.

"큭큭큭…… 내가 누구인지는 별로 큰 문제가 아니다." 아쓰시는 필사적으로 악인 같은 표정을 지으며 말했다. "중요한 것은 서로가 무엇을 나눌 것인가다. 그렇지 않나, 보스?"

아아, 부끄러워.

나는 대체 무슨 소리를 하는 거지?

절로 굳으려고 하는 얼굴을 이것도 작전이라며 제어하면서, 아쓰시는 다자이에게 지시받은 대로 연기를 계속했다.

"나는 하찮은 도둑……. 내세울 이름은 아니지만, 사람들은 나를 마타사부로라고 부르지. 바람처럼 물건을 훔치는 바람의 마타사부로다."

식은땀이 멈추지 않았다.

마타사부로라는 이름은 같은 탐정사 사원인 겐지가 시골에 체류할 때 여행하는 사람들에게 가르쳐 준 이름이라고 하는데…… 그건 그렇고 좀 제대로 된 설정은 없었던 걸까?

어쩌면 다자이는 일부러 재미를 위해 아쓰시에게 이런 설정을 제시한 게 아닐까?

아니, 그럴 리가 없다. 사람의 목숨이 걸린 이 임무에 장난이 끼어들 여지는 없다.

〈음~. 완전히 내가 취미로 만든 캐릭터 설정인데, 아쓰시, 꽤 그럴듯해 보이는걸?〉

다자이의 취미였다.

하지만 400만 명이나 되는 사람들을 위해서다. 게다가 한번 말을 꺼냈으니 여기서 물러설 수는 없다.

"큭큭큭…… 12자리의 해제 코드가 필요하다면 당신들에게 가르쳐 주지. 그 대신—— 당신들의 일에 나도 참가하게 해 줬으면 한다."

"뭐라고?" 보스가 눈썹을 들어 올렸다.

"보스. 아니—— 대도적 '네모'. 당신의 특별한 힘에 대해서라면 이미 알고 있어. 이쪽 세계에서는 꽤 유명하니까. '벽을 통과하는' 힘을 지닌 엄청난 실력의 도적—— 당신의 힘을 조금 빌리고 싶은데. 이 섬 안쪽에 있는 먹잇감을 훔치기 위해서."

이것이 다자이의 작전이었다.

금화를 사용하지 않고 기밀 구역에 침입하는 방법.

웰스는 병기를 '이 섬의 최심부, 최고 기밀구의 최하층'에 있다고 말했다. 즉, 금화 구역 어딘가라는 말이다. 하지만 금화를 손에 넣는다고 해도 감시 카메라의 문제가 있다. 그 사태를 피하기 위해, 다자이가 내놓은 작전은—— '도적과 한편이 되는 것'이었다. 도적단의 보스가 지닌 '벽을 통과하는' 능력으로 금화를 사용하지 않고 금화 구역에 침입하는 것이다.

"큭큭큭, 어떻게 할 생각인가? 이 마타사부로는 어느 쪽이든 상관없다."

작전의 완성도는 굉장하지만—— 이 부끄러운 연기만큼은 제발 어떻게든 해 줬으면 한다.

"뭐라고?! 이 자식!" 소년이 눈을 치켜뜨면서 외쳤다. "뭘 잘났다고 우리 보스에게 그딴 소릴! 갑자기 나타난 녀석을 네, 그렇습니까 하고 어떻게 믿냐?!"

"후우우. 이번만큼은 저도 가브의 말에 찬성입니다." 중년 남성도 팔짱을 끼고 고개를 끄덕였다. "아무리 봐도 너무 수상합니다. 어쩌면 우리에게 무언가를 빼앗을 생각이 아닌지……."

"이봐, 너." 보스의 거구가 성큼 앞으로 나왔다. 엄청난 거구라 아쓰시를 향해 내리쬐던 햇볕이 다 가려졌다.

아쓰시는 갑자기 거구가 자신을 노려보자 몸에 긴장이 돌았다. 하지만 물러설 수는 없었다.

"……뭐지? 보스."

"네놈의 안목이 있는 도적이라는 것은 나를 '대도적'이라고 부른 것에서도 명백하게 알 수 있다. 아주 훌륭하군. 그러니 우리의 일원으로 받아들이는 것은 상관없다……만." 보스가 아쓰시를 노려보았다. "그 전에 하나, 질문에 대답해라. 도둑질을 생업으로 살아가는 네놈이 가장 존경하는 도적은 누구냐?!"

아쓰시는 순간 질문의 의도가 뭔지 몰라 멍한 표정을 지었다.

하지만 곧장 대답해야 할 모범 답안이 무엇인지 생각났다.

간단했다. 아르센 뤼팽. 아쓰시도 이름 정도는 들은 적이 있었다. 보스가 그를 숭배하고 목표로 삼고 있다는 것은 '지난번'에 몇 번이나 들어서 이미 알고 있었다.

"그야 물론, 그 괴도 아르세……."

〈아쓰시, 이시카와 고에몬이야.〉 무전기 너머에서 다자이가 재빨리 말했다.

아쓰시는 입을 벌린 자세 그대로 얼어 버렸다.

보스가 아쓰시를 주시했다. "뭐?"

"아……." 아쓰시는 입을 뻐끔거렸다. 그리고 겨우 말했다.

"이시카와 고에몬."

"으음! 훌륭해!" 보스가 거대한 손바닥으로 아쓰시의 어깨를 팍팍 두드려, 아쓰시는 눈이 핑핑 도는 느낌이었다. "만약 그 괴도 아르센 뤼팽이라고 대답했다면, 네놈은 두 동강 나서 바다에 던져졌을 거다! 뤼팽의 뒤를 잇기를 바라는 도적은 굳이 둘이나 있을 필요가 없어. 하지만 아주 훌륭해. 네놈을 우리 도적단의 일원으로 인정하지! 그런데 이시카와 고에몬이라니, 누구냐?"

아쓰시는 살짝 숨을 내쉬었다.

"아아, 참……. 제발 이러지 좀 마십시오, 보스." 한숨을 내쉬는 중년. "일하기 전의 변덕을 어떻게든 처리해야 하는 제 입장도 되어 보십시오."

"헷. 보스가 좋다면 어쩔 수 없지. 하지만 수제자는 나라는 걸 잊지 마! 공경해라, 후배!" 몸을 뒤로 젖히며 잘난 척하는 소년.

아쓰시는 새삼 도적단을 둘러보았다.

보스라고 불린 거한이 이 도적단의 중심인물이다. 2미터는 넘어 보이는 거구에 갑옷 같은 근육. 그리고 매끈매끈하게 깎은 스킨헤드. 그 세계의 통칭은 '네모'. 두께 5센티미터 이하의 벽을 통과할 수 있는 능력을 지닌 남자.

두 번째 사람은 후줄근한 양복 차림의 중년 남성. 이름은 비르고. 항상 난처한 표정을 짓고 있는 남자다. 분명히 기술 담당으로 '감시 카메라를 무력화하거나 비밀번호를 빼내거나 하는 것'이 역할이라고 했다. 항상 보스의 터무니없는 짓에 휘둘리는 모습이 어딘가 모르게 남 같지가 않았다.

세 번째 사람은 가브라고 하는 가난해 보이는 소년. 유난히 보스를 존경하고 기회만 있으면 보스를 치켜세워 준다. 단, 담력이 없고, 그 외에 도움이 되는 모습을 본 적이 없다. 품에는 단도를 넣고 다닌다.

그리고 네 사람째가—— 바람의 마타사부로. 즉, 자신이다.

"가자, 마타사부로! 내 도적단에 들어왔으니 이제 걱정할 것 없다. 네놈의 먹잇감이 뭔지는 모르겠지만, 겸사겸사 훔쳐 주지. 왜냐하면 나는 유망한 대도적이니까 말이다!"

"자자자, 잠깐 좀 기다리세요, 보스! 그 전에 일단 해제 코드를 입력해야죠." 중년 남자── 비르고가 당황해서 중간에 끼어들었다. "거기 그 사람을 믿을 수 있는가도 그걸로 알 수 있으리라 생각합니다."

모두가 아쓰시를 바라보았다.

아쓰시의 목덜미에 식은땀이 흘렀다.

"큭큭큭……." 아쓰시는 일단은 웃어 두었다.

기술 담당인 비르고가 미술관 외벽에 있는 전자 제어판을 열고 안의 배선 하나를 선택했다. 그리고 그중 하나를 휴대 단말에 연결하고, 미리 준비해 둔 연산식을 기동했다.

"자, 이제 12자리의 해제 코드를 입력하면 그만입니다." 비르고가 휴대 단말을 바라보면서 말했다. "가르쳐 주겠나, 신입?"

아쓰시는 손가락으로 귀를 긁으면서 대답을 기다렸다. 그러자 이윽고 그 정보가 들려왔다.

〈왔네, 아쓰시. 148920577297이다.〉

"148920577297." 아쓰시는 무선으로 전달받은 숫자를 그대로 말했다. "그거면 감시 영상의 방벽을 차단하고, 영상을 자유롭게 변경할 수 있을 겁니다. ……있을 거다."

아쓰시가 말한 숫자를 입력한 비르고가 휴대 단말을 보면서 말했다.

"해제 성공입니다, 보스. 아무래도 이 사람의 정보는 확실한 것 같군요. 이걸로 감시 영상에 다 찍히면서 훔치지 않아도 됩니다."

아쓰시는 들리지 않게 안도의 한숨을 내쉬었다.

도적단에 잠입하기 위해서는 12자리의 해제 코드가 필수였다. 물론 그건 섬의 누군가에게 묻는다고 해서 쉽게 알아낼 수 있는 정보는 아니었다.

　하지만 이럴 때는 역시 탐정사에 의지해야 한다. 반드시 방법을 찾아줄 테니까.

　탐정사의 외부 협력자 중에는 엄청난 실력의 해커가 있다. 다야마 가타이라고 하는 이름의 그 사람은 전자망을 다루는 이능력자로, 구니키다의 옛 친구였다. 자택의 이불에서 나오지 않을 만큼 극도로 외출을 싫어하지만 실력 하나만큼은 확실한 인물로, 이렇게 단시간에 섬의 기밀 정보인 감시 카메라의 해제 코드를 발견할 정도였다.

　〈슬슬 이쪽도 움직여야겠어. 선장에게 이 섬의 기밀에 대해서 부드럽게 한번 물어볼까?〉

　다자이의 목소리가 어딘가 매우 기쁘게 들렸다. ──대체 뭘 할 셈이지?

　"뭘 그렇게 탐탁지 않은 표정을 짓고 그러나, 마타사부로!" 보스가 큰 소리로 말했다. "멍하니 있을 시간이 없다. 이 세상의 모든 보물은 우리가 훔쳐 주기를 기다리고 있으니까! 자아, 가자. 도둑질할 시간이다!"

　일찍이 아쓰시가 도적단을 쫓았을 때와 같은 길을 따라서 내

사람은 미술관 지하로 향했다.

희고 삭막한 복도를 지나 어디서 본 적이 있는 좌우로 열리는 자동문 앞에 멈춰 섰다. 문의 옆에는 시큐리티를 위한 인증판이 달려 있었다. 그곳에 금화를 대면 비로소 문이 열린다.

이 안쪽이 '금화 구역'이다.

"이 문은 두께가 5센티미터 이하다, 보스." 아쓰시는 문을 두드리며 말했다.

"으음, 시험해 보지."

보스가 커다란 손을 펼쳐 자동문에 손을 댔다.

흐릿한 빛과 함께 그 손이 안으로 잠겨 들어갔다.

마치 문이 존재하지 않는 것처럼 보스의 손이, 손목이 잠겨 들어갔다.

"좋아, 갈 수 있을 것 같아. 마타사부로, 손을 잡자."

"헹?" 아쓰시는 무심코 원래 자기의 목소리를 내고 말았다.

"뭐가 '헹?'이냐. 내 능력은 알고 있잖아. 얼른 잡아라."

손짓을 하는 손을 보고 아쓰시는 떠올렸다. 보스의 물체 투과 능력은 본인뿐만 아니라 '본인에게 닿은 것'에까지 영향을 미친다. 요컨대, 네 사람이 모두 벽을 통과하려면 모두 손을 잡을 필요가 있다는 말이다.

"자~. 얼른 해라 신입~. 뭐야? 보스랑 손을 잡는 게 싫어?" 소년——가브가 재촉했다.

단단히 결심한 아쓰시는 보스와 손을 잡았다.

보스가 씨익 웃었다.

아쓰시의 남은 손을 가브가 잡고, 가브의 손을 비르고가 잡았다. 그리고 모두가 물에 잠겨 들어가듯이 단숨에 문으로 뛰어들어 갔다.

예상했던 것에 비해 투과되는 감촉은 별것 없었다. 얇은 막을 지나가는 듯한 흐릿한 감촉이 있을 뿐, 순식간에 건너편에 도착했다. 아쓰시는 무의식중에 감았던 눈을 떴다.

그렇게 아쓰시는 금화 구역에 침입했다. '군사 시설급'이라는 평가를 받는 기밀 구역에── 너무나도 쉽게.

자, 여기까지는 왔다. 문제는 지금부터다.

아타셰케이스…… '소멸 병기'가 있는 지하 5층까지 내려가야 한다.

〈아쓰시, 들려?〉

다자이의 밝은 목소리가 들려왔다.

〈지금 선장과 즐겁게 이야기하는 중인데. 아무래도 선장은 아타셰케이스에 대해 아무것도 모르는가 봐. 단, 기밀 구역의 구조나 보초에 대해서는 아주 기꺼이 가르쳐 줬어.〉

기꺼이 가르쳐 줘……?

그것에 관해서라면 아쓰시도 생각했다. 선장이 내부에 대한 기밀 정보를 가르쳐 주지 않을까 하고. 하지만 그러려면 규칙을 깨면서까지 아쓰시에게 협력해 달라고 설득을 해야만 한다. 그리고 설득을 하기 위해서는 상당한 신뢰성 높은 정보와 설득을 위한 시간이 필요하다. '이제 곧 요코하마가 멸망하니 기밀 유지 규칙을 깨 줘'── 그렇게 말한다고 그런 말을 쉽게 믿어

줄 리가 없으니까.

"선장에게 섬이 멸망하는 미래에 대해 말해 준 건가요?" 아쓰시가 물었다.

〈음~. 말했는데 안 믿더라고. 그래서 입을 가볍게 하려고 궁리 좀 했지.〉

궁리, 라니…….

호텔의 한 방.

다자이와 구니키다가 무전기 앞에 서서 아쓰시에게 말을 걸었다.

"음~. 말했는데 안 믿더라고. 그래서 입을 가볍게 하려고 궁리 좀 했지."

즐겁게 이야기를 하는 다자이의 등 뒤, 방의 중앙에는 커다란 좌식 의자가 놓여 있었다. 그리고 의자에는 가여운 선장이 팔다리를 꽉 묶인 채 앉아 있었다.

〈궁리라니…… 뭘 어떻게 했는데요?〉

무전기에서 아쓰시의 질문이 들려왔다.

"선장은 이렇게 보여도 푸딩을 아주 좋아한대. 그래서 기분 좀 좋아지라고 푸딩을 몇 개인가 사 줬지."

의자에 묶인 선장은 엉엉 울었다.

"푸딩은! 이제 푸딩은 제발 그만! 부탁입니다, 뭐든 하라는 대로 할게요! 푸딩을, 푸딩을 가까이 대지 마세요오오오오!!"

"너는 정말…… 인간의 탈을 쓴 악마구나……." 옆에 있던 구니키다는 완벽하게 질린 표정이었다.

〈저어어…… 뭘 하셨나요? 대체…….〉 무전기에서 들려오는 아쓰시의 목소리는 딱딱하게 굳어 있었다.

"우후후후, 비밀. 그런 것보다 지하 5층의 무기고가 수상해. 기록상 그곳으로 짐이 옮겨진 흔적이 있는 모양이야." 다자이가 즐거운 목소리로 말했다. "도적들의 목표인 보석 트러플은 지하 4층 금고실에 있어. 지하 4층까지 도착하면 도적들과 떨어져 지하 5층으로 가면 되지."

〈네.〉

"그럼 건투를 비네."

그렇게 말하고 다자이가 통신을 끊었다.

그리고 선장을 돌아보았다. 눈웃음을 지으면서.

"시, 싫어! 그만, 푸딩은, 제발 푸딩만큼은!" 선장이 소녀처럼 외치면서 묶인 의자까지 덜컥이게 몸을 흔들었다.

"알고 있습니다, 선장님. 안심하세요. 그 대신이라고 하긴 뭐 하지만, 부탁을 하나 들어주시지 않겠습니까?" 다자이가 더욱 짙게 미소를 지었다. "우후후, 아쉽게도 거부권은 없습니다만. 알죠? 만약 거절하면……."

선장이 마구 소리쳤다.

호텔의 어느 한 방에 비단을 찢는 소녀 같은 비명이 울려 퍼졌다.

아쓰시는 발소리를 죽이며 빠르게 달려 복도의 모퉁이까지 조용히 이동했다.

그리고 모퉁이에서 얼굴을 내밀어 경비가 없다는 사실을 확인한 뒤, 뒤쪽에 재빨리 신호를 보냈다.

"으음. 젊지만 조용하고 재빠른 움직임. 네놈은 장래에 훌륭한 도적이 될 수 있을 것 같다, 마타사부로."

신호를 보내자 뒤에서 성큼성큼 보스가 걸어왔다. 복도의 한가운데를 전혀 거리낌 없이, 자신만만하게 큰 소리를 내면서.

아쓰시 일행은 기밀 구역에 있는 금화 구역을 걷는 중이었다. 복도의 모습은 문에 들어오기 전의——'은화' 구역과 그렇게 큰 차이는 없었다. 흰 바닥과 흰 벽. 하지만 예상했던 것보다 보초나 무장 경비의 수가 적었다. 전에 본—— 대령이 이끄는 완벽하게 장비를 갖춘 무장병이 가득 서 있지 않을까 생각했던 아쓰시 입장에서는 김이 빠졌다.

아마도 기밀도가 매우 높은 중요 구역이기 때문에 보초조차도 많이 배치하지 않은 듯했다. 대신에 천장 이곳저곳에 사각을 완벽하게 지우듯 감시 카메라가 설치되어 있었다. 다만 그 카메라는 지금 아무도 없는 복도의 녹화 영상을 반복해서 보여 주고 있을 뿐이었다.

금화 구역은 지하 2층부터 지하 5층까지다. 대략적인 구조는 선장에게(다자이의 '궁리'에 의해) 들어서 알고 있었다. 아무튼 아래로 내려가는 길을 발견해야 한다. 그게 첫 번째 관문이었다.

이윽고 복도를 앞서 가던 아쓰시의 눈에 어떤 것이 보이기 시작했다.

"엘리베이터예요, 다자이 씨." 아쓰시는 무선에 대고 작게 말했다. "그 옆에 계단도 있고요."

〈아쓰시, 엘리베이터는 안 타는 편이 좋아.〉 다자이의 대답이 들려왔다. 〈엘리베이터의 감시 영상은 '은화 구역'에 속해 있거든. 즉, 감시 카메라가 아직 살아 있다는 말이지. 귀찮지만 계단을 이용할 수밖에 없어.〉

"알겠습니다."

"뭘 그렇게 혼자 중얼대냐, 너?" 어느새인가 바로 뒤로 따라온 가브 소년이 말했다. 아쓰시는 깜짝 놀라 움찔했다.

"아, 아무것도 아냐! ……아무것도 아니다!"

"흥, 묘한 녀석이네." 가브는 아쓰시를 힐끔 노려보았다. "이렇게 말하긴 뭐하지만, 넌 별로 도적같이 안 보여, 마타사부로. 나는 살기 위해서 계속 도둑질만 해 왔지만, 너한테는 그런 냄새가 안 나거든."

"냄새?"

"필사적인 냄새 말이야. 살기 위해서라면 뭐든지 하겠다는, 그런 냄새."

아쓰시는 마음속으로 부정했다. 그렇지 않아. 나는 너랑 거의 비슷할 정도로── 어쩌면 너 이상으로 사는 것만으로도 필사적이었어. 옷 안의 살결에는 그때의 흔적인 무수히 많은 상처가 나 있지.

지금 나한테 그런 냄새가 안 나는 이유는 어떤 사람들 덕분에 탈취가 되었기 때문이야.

"너는—— 이름이 분명 가브였지?" 아쓰시가 말했다. "너도 보스처럼 대도적이 되고 싶어?"

"나는 별로 그런 거 아냐." 가브는 무뚝뚝한 표정을 지으며 말했다. "나는 보스처럼 대단한 사람과 같이 일을 할 수만 있으면, 어떤 일이든—— 어라? 내가 너한테 이름을 말했었나?"

아차. 그러고 보니 그랬어. 아쓰시는 애매하게 웃으며 얼버무렸다.

그때—— 아쓰시의 귀가 소리를 포착했다.

계단에서 누군가가 올라왔다.

호랑이 이능력으로 강화된 청각이 발소리를 포착한 것이다. 발소리는 하나—— 아니, 그 이상. 아마도 둘. 묵직한 발걸음인 걸 보면 군화를 신은 군인이다.

아쓰시의 뇌리에 무장병의 모습이 떠올랐다. 대형 자동소총에, 방탄 장비.

아쓰시 혼자라면 어떻게든 도망칠 수 있겠지만, 나머지 세 사람은 불가능하다.

어쩌지?

"가브! 바로 보스한테 가." 아쓰시는 재빨리 속삭였다. "경비병사가 다가오고 있다고 보스와 비르고에게 어서 보고해. 당장."

"병사?! 지지지지지지, 진짜?!" 가브가 갑자기 당황하기 시작했다. "아아, 진정하자, 당황하지 말자. 이럴 때일수록 심호흡, 그리고 손가락의 수를 세어 보는 거야! 하나, 둘, 셋…… 어라? 아홉 개밖에 없네?"

"진정해!" 아쓰시는 가브의 어깨를 잡고 흔들었다. "이 앞은 일방통행이라 숨을 곳이 없어. 보스에게 보고해서, 세 사람은 숨을 수 있을 만한 벽 안에 숨어. 어서!"

"너, 너는 어쩌려고?!"

"나──." 아쓰시의 관자놀이에 땀이 흘렀다. "나는 병사를 막겠어!"

아쓰시는 그렇게 말을 한 뒤, 복도를 향해 빠르게 뛰었다.

"야, 야?!"

가브 소년의 외침을 등 뒤로 들으면서 아쓰시는 발소리가 나는 곳으로 돌진했다.

눈앞의 계단은 층계참이 두 개로, 역 디근자로 꺾인 구조였다. 계단, 층계참, 직각으로 꺾어서 다시 계단, 또 층계참. 직각으로 꺾어 다음 계단── 그리고 다음 계단으로 이어져 있다. 병사들은 지금 두 번째 계단에 접어든 참이었다. 아쓰시가 있는 곳에서 병사 두 사람의 머리가 보였다.

아쓰시는 도약했다.

"이봐. 지금 무슨 소리 안 들렸나?"

"앙? ……아무것도 없는데."

병사 두 사람이 계단 위쪽을 바라보며 말했다.

병사는 아쓰시가 보이지 않았다.

하지만 아쓰시에게는 병사들이 보였다. ──병사들의 머리 위가.

아쓰시는 병사들의 머리 바로 위의 천장에 발톱을 세워 달라붙어 있었다.

호랑이로 변한 손발이 천장에 꽉 박혀, 아쓰시의 체중을 지탱했다. 계단 위에서 벽을 차고 삼각 도약으로 천장에 거꾸로 착지한 것이다. 병사들은 대인 훈련을 해 왔기 때문에 머리 바로 위를 잘 경계하지 않는다.

"착각 때문인 것 같긴 한데, 혹시 모르니까 확인해 봐. 나는 이곳에서 지원할 테니까."

"좋아."

천장에 붙어 있던 아쓰시의 뺨에 땀이 흘렀다. 항상 상대하는 요코하마의 범죄자나 건달이라면 이렇게까지 경계하지 않는다. 한 사람이 먼저 계단을 올라왔다. 저 두 사람과 정면에서 싸우면 호랑이 이능력을 사용해도 원만하게 끝날 리가 없었다.

병사의 머리를 향해, 아쓰시는 낙하했다.

떨어지면서 호랑이 다리를 병사의 팔에 감고 호랑이 팔을 목에 감았다. 그리고 다리로 소총 사용을 막으면서, 리어 네이키드 초크로 목의 경동맥을 조였다.

경동맥을 강하게 압박당하면 경동맥동 반사라고 불리는 반응이 일어나, 뇌간으로 가는 혈압이 급격하게 저하된다. 그리고 혈액이 차단된 뇌는 산소 부족에 빠져 몇 초간 의식을 잃는다.

방어 마스크와 방탄 장비로 몸을 보호하는 병사를 순식간에 제압하기 위해서는 방어구가 지키지 못하는 목 부분을 노릴 수밖에 없다. 호랑이 팔에 목을 졸려 소리도 내지 못하고, 호랑이 다리에 구속되어 저항도 하지 못한 병사는 거의 아무런 대처도 하지 못한 채 정신을 잃었다.

동료가 쓰러지는 소리에 반응해 앞서 갔던 병사가 뒤를 돌아보았다.

"아니――."

병사가 아쓰시를 향해 재빨리 총구를 겨눴다.

아쓰시는 총알처럼 빠르게 도약했다.

그렇게 한 번에 병사와의 거리를 좁힌 아쓰시는 상대가 총을 쏘는 것보다도 빨리 호랑이 팔을 휘둘러 총을 쳐냈다. 큰 망치로 얻어맞은 것 같은 충격을 받으며 총신이 날아갔다. 병사의 손가락이 방아쇠에서 멀어졌다.

그다음엔 조금 전과 마찬가지로 등 뒤로 돌아 경동맥을 조르면 끝이다――.

아쓰시가 자신의 작전이 허술했다는 사실을 눈치챈 것은 은색으로 빛나는 빛을 봤을 때였다.

병사가 허리에서 권총을 빼냈다. 보조 병기였다.

9밀리미터 자동권총――. 아쓰시는 시야의 끝으로 권총의 총구가 자신을 향해 있는 모습을 확실히 봤다. 하지만 일격에 바로 몸으로 날아올 게 틀림없었다. 회피 동작을 할 여유가 없었기 때문이다.

이건——맞겠어.

역시 훈련된 병사는 대단하다—— 아쓰시는 총구를 보면서 그렇게 생각했다. 상대의 힘을 너무 얕봤다.

"으랴아아아아아아아아아!!"

총알은 맞지 않았다. 가브가 등 뒤에서 병사의 몸에 몸통박치기를 한 것이다.

"아니?!"

아쓰시는 그 모습을 받아들일 여유도 없었다.

병사와 가브가 서로 얽혀 계단을 굴러 떨어졌기 때문이다. 두 사람의 몸이 튀어 몇 번이고 단단한 소리가 계단에 울려 퍼졌다.

층계참의 벽에 충돌한 두 사람은 계속 싸웠다. 가브가 품에서 단도를 꺼냈다.

하지만 병사는 가브의 손목을 붙잡고 비틀어 올렸다. 가브의 짧은 비명이 층계참에 반사되어 울렸다.

병사는 가브의 손을 붙잡고 등 뒤로 비틀었다. 그리고 가브의 자유를 빼앗자마자 바닥에 누르고 등 위에 올라탔다. 훈련된 움직임이었다. 훈련받은 군인을 상대로 초보자가 일대일로 접근 전투전을 벌이는 것은 자살 행위에 가까웠다.

물론 일대일, 이면.

아쓰시는 계단을 발로 차고 단숨에 병사의 옆으로 뛰어갔다. 이후 그 기세를 유지한 채 상반신을 비틀며 손등으로 병사를 때렸다. 호랑이의 거대한 팔이 병사의 턱을 고속으로 맞추자, 턱이 옆으로 흔들릴 정도로 강하게 맞은 병사는 뇌진탕을 일으켜 똑바로 뻗으며 기절했다.

"……후우……!"

적의 기절을 확인한 아쓰시는 땀을 닦으며 숨을 내쉬었다.

"죽인 거야?" 가브가 머뭇거리며 물었다.

"아니, 그냥 기절한 것뿐이야." 아쓰시는 일어서면서 말했다. "설 수 있겠어?"

사람의 손으로 돌아온 아쓰시의 손을 가브는 천천히 붙잡고 일어섰다.

"아야야…… 혹이 났어." 가브가 얼굴을 찌푸렸다. "근데 너, 아까 그거 뭐야? 팔이 무지막지하게 무섭게 변하던데."

그러고 보니 가브에게 호랑이 이능력을 보여 준 것은 '이번'에는 이게 처음이었다.

"으음, 그냥 특징이 강한 개성이라고 생각해 줘." 아쓰시는 난처하게 웃었다. "아무튼 간에, 시끄러워지기 전에 제압해서 다행이야. 눈을 뜨면 귀찮아지니, 묶어서 아무 방이나 던져두는 게 좋겠어."

"너, 뭔가……." 가브가 눈썹을 모으며 아쓰시를 노려보았다.

"왜?"

"말투가 바뀌지 않았냐?"

아차. 마타사부로 설정을 깜빡 잊었다.

"뭐 어때. 그런 것보다 너, 고마워해라? 내 덕에 살았으니까."

"그러고 보니." 아쓰시는 뒤늦게 깨닫고 물었다. "왜 도우러 온 거야?"

"뭐? 그야 당연히 보스 때문이지. 너 혼자서는 아무래도 불안하니 수제자인 이 가브 님이 와 준 거야. 게다가 주변 벽은 너무 두꺼워서 보스 능력으로는 통과할 수 없었거든."

아하. 숨을 장소가 없다면 이 병사들을 제압할 수밖에 없다.

"아무튼, 조금 전의 움직임은 꽤 좋았어. 보스의 수제자는 나지만, 두 번째 제자 정도는…… 아니, 두 번째는 좀 성급하니, 세 번째? 네 번째? 다섯 번째 정도 어때? 지금 예약해 두면 반년 후에는 어떻게든 가능할 것 같은데."

"그건 대체 뭐야. 꼭 항공권 예약 같은 시스템이네……."

난처해 하는 아쓰시에게 가브가 턱을 긁으며 말했다.

"꼭 수제자가 되고 싶다면 어쩔 수 없지. 보스의 수제자는 나니까, 내 수제자 자리를 너한테 줄게! 대도의 제자의 제자인 거지! 어때? 영광이지? ……다른 사람한테 자랑해도 돼."

그럼, 그렇게 하겠습니다. 아쓰시는 그렇게 말했다.

"이봐. 뭐 하나, 가브! 마타사부로!" 계단 위에서 굵은 목소리가 들렸다. 보스다. "거기에 쓰러진 병사는 뭐야? 너희는 남자끼리 뭘 노닥거리고 그러냐. 어차피 놀 거면 여자랑 보물을 끼고 놀아야지! 가자!"

보스의 일갈을 듣고, 아쓰시는 대답한 뒤 걷기 시작했다.

히구치는 화물 보관 구역의 경비 대기소에 서 있었다.

좁은 방이다. 경비원이 셋이나 쓰러져 있어 방에는 발 디딜 틈도 없었다. 책상에는 무전기, 업무 일지, 마시다 만 술과 술잔이 놓여 있었다. 그리고 벽 쪽에는 업무일지 선반과 화물 반입을 관리하는 컴퓨터가 놓여 있었다.

경비원 세 사람은 배를 움켜쥐고 쓰러진 채 꼼짝도 하지 않았다. 히구치는 그런 경비원들을 짐이라도 보듯이 내려다보았다.

히구치의 휴대전화가 울렸다.

〈뭔가 알아냈나?〉

술렁거리지만 억양이 없는, 죽은 투견 같은 목소리. 아쿠타가와였다.

"경비 대기소에서 섬의 기록을 확인했습니다만…… 현재 위치는커녕 탐정사원이 의뢰를 받아 섬에 왔다는 기록도 없었습니다." 히구치는 컴퓨터 화면을 보며 말했다.

〈호랑이 인간은 기록을 남기지 않고 섬에 온 것인가. 자기를 의심하라는 것이나 마찬가지군.〉

"그 대신 흥미로운 정보를 발견했습니다." 히구치가 말했다. "조금 전, 섬의 지하 구획에 짐이 운반되었습니다. 서류가 들어간 가방입니다. 목적지는 지하 5층의 무기고."

〈그게 어쨌다는 거지?〉

"이 섬에는 지하 5층이 존재하지 않습니다. 지하 무기고도, 지하 5층도, 섬의 공적인 자료에는 말입니다. 그런 장소에, 그것도 긴급하게 가방을 옮겼다는 것은——."

〈가방 안의 내용물은 서류가 아니다, 그건가. 아마도 그 아타

세케이스겠지. ──그 지하 5층으로 침입할 수단은?〉

"그게, 아무래도 특별 인증 열쇠가 있어야 들어갈 수 있는 모양입니다. 문을 폭파하고 들어가면 경비 장치가 발동되어 안에 갇히는 그런 구조입니다. ……어떻게 하시겠습니까? 정오까지 앞으로 30분 정도밖에 안 남았습니다. 이대로는 섬의 지하에 있는 병기가 기동되어……."

〈이 요코하마에서 포트 마피아가 들어갈 수 없는 장소란 존재하지 않는다.〉 아쿠타가와가 전화 너머에서 조용히 단언했다. 〈나한테 생각이 있다. 육지의 본거지에 연락해, 섬의 정확한 도면을 찾아라. 필요하다면 검은 도마뱀을 움직여 정부 관계자를 협박해도 상관없다. 우리는 시간과 맞서고 있다. 서둘러라.〉

"바로 연락하겠습니다."

히구치는 쓰러진 경비원들을 건너 걷기 시작했다.

〈마지막으로 하나.〉 전화 너머에서 아쿠타가와가 말했다.

〈그만큼 많은 정보를 알아낼 수 있는 경비실이니, 사람이 아주 많았겠지. 녀석들을 어떻게 제압했지? 총알 세례를 퍼부었나?〉

히구치는 바닥에 쓰러진 경비원들을 보고 조금 부끄럽다는 듯이 말했다. "아니요……. 무력 제압에는 자신이 없었기 때문에, 선물이라고 거짓말해서 술을 먹였습니다. 지금은 푹 자는 중입니다."

전화 너머에서 아쿠타가와가 작게 웃는 소리가 들렸다.

〈잘했다. 또 연락하지.〉

그렇게 말하고 아쿠타가와가 전화를 끊었다.

히구치는 휴대전화의 화면을 끄고 바닥의 경비원들을 바라보며 작게 껑충 뛰었다.

"야호. 칭찬받았어."

아쓰시는 더욱 지하로 내려갔다.

경비원을 기절시켰지만, 아직은 소동이 일어나지 않았다. 주변은 마치 해저(海底)처럼 조용했다. 아니, 실제로 이곳은 이제 해저일지도 모른다. 창문이 없어서 알 수는 없지만, 이렇게 많이 내려왔으니 고도로 따지면 수면보다 아래일 가능성이 높았다.

〈아쓰시, 들리나?〉 갑자기 통신기에서 구니키다의 목소리가 들렸다. 〈탐정사 사원이 총출동해 섬을 찾고 있지만, 아타셰케이스의 목격 정보는 아직 못 찾았다. 역시 너희가 지금 있는 지하에 있다고 생각할 수밖에 없을 것 같다.〉

아쓰시는 마른침을 삼켰다. 그렇다면 자신은 앞으로 30분 이내로 병기를 발견해야만 한다는 말이었다. 그리고 병기가 이 근처에 있다면 범인의 방해도 당연히 예상되었다. 서두르면서도 신중하게 탐색을 해 나가야 한다.

〈또 하나. 이제 곧 무선 연락의 한계 심도를 넘는다. 앞으로는 우리와 연락할 수 없다는 말이지. 꼭 연락해야만 할 때는 그곳 내부에 있는 유선 전화를 찾아라.〉

구니키다가 그렇게 말했을 때, 목소리에 잡음이 섞이며 무전기가 끊어졌다.

이제부터는 완벽한 단독 잠입이다.

지하 3층은 조금 전과는 달리 몇몇 작은 방이 늘어서 있는 군함 내부 같은 구조였다. 복도는 좁았고, 많은 구획으로 나뉘어 있어 보초에게 안 들키기가 힘들었다.

하지만 이쪽에는 '벽 통과'라고 하는 이능력이 있다.

몇 번인가 경비병과 마주칠 뻔하면서도 아쓰시가 접근을 미리 탐지하여 알리면 보스의 이능력으로 다른 방 안에 숨는, 그런 방식으로 지금까지 버텨 왔다.

"잠시 괜찮습니까, 보스?" 갑자기 비르고가 휴대 단말을 들여다보면서 말했다.

"그래, 발언을 허락한다."

"제 예측으로는 이 근처에 전산실이 있을 것으로 사료됩니다. 그곳에서 금고 록을 해제하지 않으면 보물에는 접근할 수 없습니다." 비르고가 휴대 단말에 표시된 개략도를 보면서 말했다. "금고의 벽만큼은 너무 두꺼워서 보스의 이능력으로 통과할 수 없으니까요."

"뭐라고? 그런 이야기는 못 들었다!"

"한 달 전부터 계속 말씀을 드렸습니다만……."

"그런가. 아무튼 좋아." 보스는 팔짱을 끼었다. "얼른 끝내자. 장소는 알고 있겠지?"

"이쪽입니다."

비르고의 안내로 아쓰시 일행은 더욱 안쪽으로 들어갔다.

그리고 경비가 엄중한 정면 문을 우회하며 얇은 벽을 골라 통과, 전산실로 들어갔다.

'전산실'은 아쓰시가 상상했던 것보다 넓고 아무것도 없는 장소였다.

탐정사 사무실 정도는 되지 않을까 할 만큼 넓은 방. 쭉 이어진 몇몇 희고 사각형인 기둥. 어른 두 사람이 손을 연결해서 둘러야 겨우 감쌀 수 잇을 정도로 두꺼운 그 기둥은 잘 보니, 연산 장치가 안에 매립된 서버였다. 각각의 기둥에 작은 화면이 붙어 있는 모습이 보였다.

"이곳에서 금고실의 록을 해제할 겁니다." 비르고가 휴대 단말에서 단자를 꺼내며 말했다. "몇 분 걸리니 기다려 주십시오."

"비르고 씨. 제 목적은 지하 5층인데요." 하고 아쓰시가 말했다. "그곳의 정보는 얻을 수 없는 건가요? 각각의 방에 누가 들어가 있다는 기록이라든가요."

"……당신, 말투가 바뀐 것 같습니다만?" 비르고는 한쪽 눈썹을 유난히 높게 들어 올리며 말했다. "물론 상관은 없습니다만…… 당신 덕택에 경비병을 쉽게 따돌렸으니까요. 금고실 관련 일을 끝내고 한번 해 보죠."

감사합니다. 그렇게 말하고 아쓰시는 방의 안쪽의 상황을 보러 갔다.

전산실은 두 개 구획으로 나뉘어 있는데, 양쪽 모두 경비병의 모습은 보이지 않았다. 정밀 기기는 먼지가 쌓이면 안 되기도 하고, 수상한 사람을 발견하더라도 날뛸 수는 없으니, 이곳은 초계 구역에 들어가지 않은 모양이었다.

처음 들어간 곳보다 더욱 깊은 곳에 있는 전산실에 들어갔을 때, 아쓰시는 깜짝 놀라 앗 하고 소리쳤다.

벽 한쪽 면이 유리로 되어 있어 그 너머의 바다가 보였기 때문이다.

수족관에서 사용되는 듯한 강화 유리 너머는 완벽한 바닷속이었다. 수면에서 대각선으로 비쳐 들어오는 태양빛이 물속에 줄무늬 모양을 만들었다. 파란색과 잿빛이 뒤섞인 바닷속에는 먼 바다에서만 살 법한 대형 생선이 천천히 헤엄쳤다.

자신이 어디에 있는지 확실히 알 수 있게 해 주는 광경이었다. 이곳은 섬이자 세계의 상식을 뒤집을 정도의 최신 선박. 무슨 일이 일어나도 이상할 것이 없는 장소이다.

"우와, 전망 끝내준다." 어느새인가 아쓰시 옆에 가브가 서 있었다. "이곳을 만든 녀석, 분명 바보일 거야."

그래, 그럴지도 모른다. 아쓰시가 그렇게 말했다.

"야. 마타사부로. 너, 뭘 위해 도둑질을 하는 거냐?" 갑자기 가브가 물었다.

"소중한 것을 위해서." 아쓰시가 대답했다. "이 도둑질을 성공시키지 않으면, 많은 사람이 위험해지거든."

"호호~. 즉, 정의의 대도적님이라는 거네. 그거 좋은데?"

"안 믿는구나?"

"믿어." 가브가 씨익 웃었다. "넌 내 수제자니까."

그러고 보니 그랬다.

"가브, 네가 도적이 된 이유는── 분명히 '보스와 함께 있고 싶으니까'였지?"

틀림없이 어물쩍 넘어갈 거라고 생각하고 물어본 거였는데, 가브는 의외로 순순히 인정했다.

"맞아. 그 사람처럼 되고 싶어. 그런 사람을 만난 건 태어나서 처음이거든."

아쓰시는 어리둥절한 표정을 지었다.

"그 사람을 만났을 때, '이거다' 싶었어. 자신이 가고 싶은 곳에 마음껏 가고 자신이 하고 싶은 걸 마음껏 하잖아. 그렇게 하지 않으면 '살아 있다'라고 할 수 없어. 게다가──."

가브는 유리 너머의 바다를 바라보면서 중얼거리듯이 말했다.

"무슨 일이 있어도 함께하는 동료가 있으면 대부분의 문제는 어떻게든 되잖아. 안 그래? 나에겐 보스가 그런 동료야."

아쓰시는 멍하니 듣다가, 이윽고 더 이상 참을 수가 없어 키득거리며 웃었다.

"왜 웃고 그래?!" 가브는 얼굴을 조금 붉히며 화를 냈다. "어차피 다른 녀석은 내 맘을 몰라!"

"아니." 아쓰시는 웃으면서 말했다. "알아."

"흥. ……저어, 마타사부로. 너한테는 보스 같은 사람 있어?"

"있지." 아쓰시가 미소 지었다. "무사히 이곳에서 나가면 그 사람 이야기를 해 줄게. 네 보스보다 괴짜야."

"그런 사람이 있을 리가. 너, 아무리 그래도……."

가브가 씨익 웃으며 말을 계속하려고 하면서 문득 바다 너머를 바라보았다.

"······응? 저건 뭐지?"

아쓰시는 그 시선을 따라 고개를 돌렸다.

유리 너머, 끝이 어디인지 알 수 없는 검푸른 바다. 그 중심에 —— 무언가가 있었다.

기포를 내면서 무언가가 떨어졌다—— 아니, 가라앉았다. 시선을 딱 아쓰시에게 고정하고 검은 천을 나부끼면서——.

아쓰시는 머릿속이 새하얘졌다.

왜.

왜 이 녀석이 여기에 있는 거지?!

왜 이 녀석이 여기에 있는 거냐고!!

시선이 마주쳤다.

그 녀석은 입술을 움직여 아쓰시에게 말했다. 찾았다, 고.

다음 순간, 검은 천이 나부끼며 강화 유리를 갈기갈기 찢어 버렸다.

소리를 낼 수조차 없었다. 폭풍같이 몰아치는 바닷물이 아쓰시의 몸을 마구 때렸다.

온몸이 회전하여 어디가 천장인지도 알 수 없었다. 시야에는 흰 거품이 가득해, 현재 어떤 상황인지도 파악하기 힘들었다.

하지만 고동은 강했고, 의식은 매우 맑았다. 적의 습격이다. 녀석이 왔다. 아마도 나를 죽이기 위해서.

아쿠타가와.

사람 모양을 한 짐승.

아쓰시는 양손을 휘둘렀다. 기둥은 어디지? 벽은? 이대로는 큰일이다. 위도 아래도 알 수 없는 가운데 격류에 휩쓸려서는 확실하게 당한다. 몸을 가눠야 한다. 반격해야 한다.

하지만 그런 의사와는 달리 몸을 때리는 엄청난 바닷물은 아쓰시의 자유를 빼앗았다. 격류가 아쓰시의 몸을 나뭇잎처럼 기둥에, 벽에, 천장에 마구 부딪치게 만들었다. 이미 얼마 남지 않은 공기가 폐에서 새어 나갔다.

무작정 휘두른 손끝에 무언가가 닿았다. 문의 손잡이였다. 어느 쪽으로 돌리면 될지도 몰랐지만, 아무튼 호랑이 힘을 사용해 힘껏 돌렸다. 콰직 하는 금속음을 듣고 부러진 소리라는 사실을 깨달은 직후, 수압으로 문이 부서졌다.

격류와 함께 아쓰시는 문밖으로 내던져졌다.

문 밖은 복도였다. 물에 밀려 아쓰시는 복도 안쪽으로 굴러갔다.

경보가 울리는 소리가 들렸다. 바닷물의 침입을 감지하고 시설이 비상 태세로 전환된 것이다. 큰일이다. 이대로는 병기를 찾을 수 있을 리가 만무하다.

도적단 세 사람은 무사한가? 순간 그런 생각이 머리를 스쳤다. 하지만 어떻게 할 수가 없는 상태였다.

살기가 바로 저 앞까지 다가왔기 때문이었다. 엄청나게 소름이 끼쳤다.

이곳은 침입을 할 수 없는 금화 구역. 탐정사도 침입이 어려워

도적의 벽 통과 능력에 의지할 수밖에 없었다. 하지만 아쿠타가 와는 바다에서 유리를 절단하는 대담한 작전으로 가볍게 안으로 침입했다.

아쓰시는 호랑이 발톱을 벽에 박았다. 복도로 흐르는 바닷물은 이제 허리 정도 높이에 불과했다. 그래도 수압의 기세는 엄청난 위협으로 하반신이 잘려 나가는 듯한 느낌이었다. 호랑이 발톱을 세운 벽이 긁혀 나가, 평평했던 곳에 네 개의 긴 발톱 자국이 새겨졌다.

그 직후, 어깨에 강한 충격.

검은 천이 광선처럼 날아와 아쓰시의 어깻죽지를 깎아냈다. 선혈이 바닷물에 빨려 들어갔고 뒤늦게 통증이 찾아왔다.

충격으로 손을 놓고 말아 아쓰시가 더 뒤쪽으로 흘러갔다. 하지만 그때 몸이 갑자기 급정지했다. 무언가가 팔을 붙잡았다. 검은 무언가── 채 확인하기도 전에 본능적인 공포가 밀려왔다. 격류에 밀려나는 편이 차라리 나았다. 녀석에게 붙잡히면 그걸로 끝이다.

팔의 호랑이화를 풀고 팔을 당기던 검은 천의 구속에서 벗어났다. 복도는 L자 형태로 굽어 있는 듯, 흐르는 물에 휩쓸려 아쓰시는 강하게 등을 벽에 부딪쳤다. 그 탓에 기세가 줄어들어 주변을 볼 여유가 생겼다.

시선의 끝에 그 녀석이 서 있었다. 자유자재로 움직이는 검은 천을 벽과 천장에 찔러 몸을 고정시킨 모습이었다. 바닷물의 흐름 같은 것은 마치 존재하지 않는다는 듯이 전혀 미동도 하지 않았다. 녀석은 아쓰시를 바라보며 살기를 내뿜었다.

"아쿠타가와……."

"칭찬해 주마, 호랑이 인간." 격류가 흘러 엄청난 소리가 나는데도 그 메마른 목소리만큼은 웬일인지 확실히 들렸다. "몇 번이고 나에게 살해당할 뻔하면서도 여전히 죽지 않고 내 앞에 나타나다니. 그 강인함, 그 운, 나의 시련이 되기에 매우 적합하다."

뿜어져 나오는 절대적인 살기. 격류가 흐르는 지하가 아닌 다른 곳에서 오로지 혼자만 있는 듯한 서늘한 표정.

도망쳐야 한다. 거리를 벌려야 한다. 이렇게 좁고 긴 복도는 녀석의 왕국이다.

아쿠타가와의 외투가 굼실거렸다. 천에서 한 마리의 검은 짐승이 나타났── 아니, 두껍지 않았던 천 그 자체가 입체적인 짐승으로 변화했다. 아쿠타가와의 이능력은 총도 불도 통하지 않고, 절대 파괴할 수도 없었다. 공격도 회피할 수밖에 없는데──.

검은 짐승이 복도를 가득 채우듯이 빠르게 다가왔다.

아쓰시는 벽을 차고 복도의 안쪽으로 회피했다. 검은 짐승의 이빨은 그대로 벽을 에어 내며 대포가 착탄(着彈)한 것처럼 크나큰 상처를 남겼다.

검은 짐승이 쫓아왔다. 물이 넘치는 바닥을 달려서는 따라잡힐 거라 판단한 아쓰시는 호랑이로 변해 손발의 발톱을 벽에 박으며 사족 보행 짐승처럼 벽을 달려 도망쳤다.

아쿠타가와와 싸워선 안 된다. 불리한 지형, 불리한 거리에서는 절대 이길 수 없고, 이긴다고 하더라도 기한인 정오에 맞추지 못한다.

하지만 더 거대한 절망이 아쓰시를 덮쳤다. 도망치는 곳 앞의 격벽이 서서히 닫히고 있었다. 지하에 바닷물이 들어오는 것을 막기 위해 설치된 듯했다. 자동 안전 기구인 모양이었다. 하지만——.

아쓰시는 더욱 가속해서 달렸다. 이대로는 도망갈 길이 없어진다. 막다른 곳에 몰린 상태에서 복도를 가득 채울 정도의 검은 천의 공격을 받으면 호랑이의 팔다리로도 막을 수 없다.

격벽은 아래에서 위로 올라가는 중이었다. 이제 남은 폭은 1미터도 되지 않았다. 통과할 수 있을까. 통과하지 못하면 죽는다. 이제 조금——.

갑자기 몸이 느려졌다. 아쓰시는 앞으로 고꾸라지며 벽과 강하게 충돌했다. 뇌가 흔들려 시야가 순간 새하얗게 변했다.

"컥……!"

시야의 끝으로 보였다. 벽에서 피어난 검은 천이 아쓰시의 발목을 꽉 붙든 모습이.

"도망치는 호랑이를 사냥하는 것은 풍류이지만, 등만 바라보니 재미가 없군."

등 뒤에서 아쿠타가와가 말했다.

발목의 검은 천이 뱀처럼 다리 위로 올라왔다. 이대로 몸이 휘감기면 심장을 찔려 모든 게 끝장이었다.

아쓰시는 호랑이로 변해 있던 다리를 원래대로 되돌리고, 구속이 느슨해진 틈에 벽을 차 검은 천에게서 탈출했다. 그리고 바닷물이 가득 찬 바닥으로 떨어졌다.

"여전히 도망치는 판단만큼은 빠르구나, 호랑이 인간." 아쿠타가와가 조용한 표정을 유지한 채 다가왔다. "하나, 이제 도망칠 곳은 완전히 사라졌다. 싸워라."

아쿠타가와의 말대로였다. 격벽은 이미 닫힌 상태였다. 있는 것이라고는 좁고 막다른 복도뿐.

검은 천이 두 갈래로 투창처럼 날아왔다.

아쓰시는 호랑이로 변한 양팔로 검은 천을 방어. 세상의 그 어떤 칼날보다도 날카로운 검은 칼날이 호랑이 털가죽 위를 미끄러져 빠져나갔다. 총알을 쉽게 튕겨 내는 호랑이 털가죽으로도 아쿠타가와의 공격을 막지 못해, 흰 짐승의 털이 가득 공중으로 흩어졌다.

아쿠타가와의 이능력에 대항할 수 있는 것은 호랑이의 팔다리뿐이다. 몸통이나 얼굴에 검은 칼날 공격을 한 번이라도 맞으면, 그 자리에서 치명상을 입는다. 그런 공격을 피하고 이 좁은 복도에서 활로를 찾기 위해서는 호랑이 팔이 닿을 정도의 범위 —— 즉, 서로 붙잡을 수 있는 가까운 거리까지 접근전으로 몰고 가는 수밖에 없었다.

하지만 복도를 가득 채울 정도의 공격을 피하고 아쿠타가와에게 접근하기란 불가능했다.

"죽음을 생각해라. 그것은 네놈의 바로 옆에 있다. 죽음에게 용서를 구해라. 그것은 네놈을 기다리는 중이다. 바다의 끝, 땅속에서 썩는 것이 네놈의 죽음이다. ──나쁘지 않은 기분이지?"

"이런 섬에까지 나를 쫓아온 건가?" 아쓰시는 떨리는 목소리로 말했다. "그렇게 내가 미운 건가?"

"미워서 이러는 것이 아니다. 네놈을 찢어 죽이지 않으면 내가 앞으로 나아갈 수 없기 때문이다."

아쓰시는 조금씩, 조금씩 뒤로 물러섰다. 접근하지 않으면 승기를 잡을 수 없지만, 아쿠타가와와의 사이에 펼쳐진 공간은 모든 것이 절대적인 킬 존이었다.

정면으로 맞서서는 싸울 수 없었다. 어떻게든 틈을 만들어야 한다──.

"다자이 씨도 이 섬에 있다."

"안다. 그래서── 다자이 씨를 위해서도 네놈의 목을 날려 버려야 한다."

아쿠타가와가 앞으로 나섰다. 아쓰시는 뒤로 물러섰다.

등이 벽에 부딪쳤다. 수밀격벽이었다. 더 이상은 뒤로 물러설 수 없었다.

아쿠타가와를 말로 설득하기란 불가능하다. 온몸이 찢기는 것을 각오하고 앞으로 나아갈 수밖에 없었다.

아쓰시가 자세를 낮췄다. 아쓰시의 눈에 투지가 깃드는 것을 보고 아쿠타가와가 작게 미소 지었다.

아쓰시의 다리에 힘이 들어갔다──.

그런데 갑자기 등 뒤의 격벽에서 팔이 솟아났다.

"어리석은 녀석! 이쪽으로 와라!"

팔이 아쓰시의 목덜미를 붙잡고 벽 쪽으로 끌어당겼다. 무슨 일이 벌어졌는지 이해하지 못한 채, 아쓰시는 격벽을 통과해 들어갔다.

아쓰시가 젖은 소리를 내며 굴렀다. 목덜미를 붙잡고 있는 것은 보스의 두꺼운 팔이었다.

"야. 이능력자를 상대로 뭐 하는 거냐? 바보냐?! 도둑은 싸워서 이기는 사람이 아니라, 싸우지 않고 훔치는 사람이다! 마타 사부로, 넌 내 부하 실격이야!"

아쓰시는 겨우 무슨 일이 벌어진 것인지 이해했다. 이능력을 사용해 보스가 아쓰시를 격벽이 있는 이곳으로 빼내 준 것이다. 격벽의 두께는 확인하지 않았으니, 이렇게 될 거라고는 예상조차 하지 못했다.

격벽의 두께——.

"녀석은 또 올 겁니다, 보스!" 아쓰시가 외쳤다. "녀석이라면 두께 5센티미터 정도의 철 격벽 정도는 쉽게 찢을 수 있어요! 어서 도망가야 해요!"

"처음부터 그럴 생각이었다. 가자!"

보스는 아쓰시를 가볍게 옆구리에 안고 근처에 있던 방의 문을 통과했다. 바로 등 뒤에서 격벽이 절단되어 산산조각이 나는 소리와 벽의 잔해가 물에 빠지는 소리가 울려 퍼졌다. 아쿠타가와가 쫓아오는 것이다.

도망친 곳은 배관 보수용으로 만들어진 좁은 통로였다. 보스의 거대한 몸으로는 몸을 옆으로 돌려야만 지나갈 수 있었다. 보스는 다음 문을 발견해 그곳을 통과한 뒤, 더욱 안쪽을 향해 달렸다. 몇 개인가의 벽과 문을 통과해 건물 안쪽으로 이동했다.

이윽고 지하 4층으로 이어지는 계단 부근에서 보스는 아쓰시를 내려 주고 거칠게 숨을 쉬었다.

"저 녀석하고는 아는 사이냐?" 머리에서 반짝이는 땀을 닦으며 보스가 물었다.

"네……." 아쓰시도 숨을 고르면서 대답했다. "아쿠타가와. 암흑사회에서 활동하는 이능력자예요."

"네놈은 겉보기와 다르게 과격한 친구가 있구나, 마타사부로." 보스는 얼굴을 찌푸렸다. "나는 이제부터 가브, 비르고를 데리러 갔다 오마. 두 사람은 열쇠가 잠긴 방에 밀어서 넣어 뒀으니 아마 살해당하진 않았을 거다."

"저는……." 아쓰시가 무언가 말을 하기도 전에.

"네놈은 먼저 가라. 어차피 경비도 이 지하 3층으로 몰려올 거야. 최하층은 아무래도 경비가 허술해지겠지. 우리는 잠깐 상황을 본 다음에 다시 먹잇감을 노리마." 보스가 씨익 웃었다. "그렇지. 한 가지 생각난 게 있는데. 비르고가 나한테 구출된 뒤에 이런 말을 하더군. '조금 전에 누군가가 지하 5층 무기고로 아타셰케이스 같은 것을 가지고 간 흔적이 있다' —— 도움이 좀 되려나?"

지하 5층의 무기고. 역시 거기가 병기를 숨긴 장소인 듯했다.

"감사합니다."

아쓰시가 자리에서 일어섰다. 아쿠타가와가 노리는 사람은 자신이다. 보스 일행이 도망간다면 억지로 쫓아가 공격을 하지는 않는다. 그런 것보다 한시라도 빨리 병기를 정지시켜야 한다.

계단 아래로 걸어서 내려가려고 할 때, "이봐, 마타사부로." 하고 보스가 불러 세웠다. 아쓰시는 보스를 돌아보았다.

"뭔가요?"

"네 본명은 뭐라고 하냐."

아쓰시는 허를 찔려 입을 닫았다.

그리고 조금 생각을 한 뒤 입을 열었다.

"아쓰시입니다."

"아쓰시." 보스는 씨익 웃었다. "무사히 돌아오면 가르쳐 줘라. 네가 도둑질을 한다고 거짓말을 하면서까지 뭘 하러 이곳에 왔는지 말이다."

──들켰다. 등줄기에 식은땀이 흘렀다. 보스는 다 알고 있었던 것이다.

"가라, 아쓰시. 죽지 말고."

"……네!"

아쓰시는 지하로 달려 내려갔다.

지하 4층까지 내려가자, 무언가 거대한 기계가 울리는 것처럼 우웅우웅 하는 소리가 들리기 시작했다.

이 정도 깊이니 벽 너머에는 섬을 이동시키기 위한 기관부가 있지 않을까 하고 아쓰시는 예상했다. 작전을 세우기 전에 미리 살펴본 자료에 따르면 이 정도 깊이에는 섬에 부력을 부여하는 공기저장실과 파력 발전 터빈 겸용인 프로펠러밖에 없었다.

지하 4층은 조용했다. 몇 명인가 거점을 지키기 위해 서 있는 병사는 있었지만, 순찰을 도는 병사는 보이지 않았다. 대부분은 지하 3층의 소동을 눈치채고 지원에 나선 듯했다. 그도 그렇게 유리가 찢어지고 바닷물과 함께 누군가가 침입했으니까. 지금쯤 경비 본부는 혼란에 빠져 큰 소동이 벌어졌을 게 분명했다. 그들은 다른 계단까지 주의를 기울일 여유가 없었다. 우연찮게 아쿠타가와의 습격은 양동 작전 같은 효과를 불러일으킨 셈이다.

지하 4층의 계단은 지금까지의 계단과는 분위기가 달랐다. 그곳의 내부는 창문이 없는 오피스빌딩 같았다. 회의실에 집무실, 서무실에 서류실. 이 섬은 꽤 엉망진창으로 만들어져 있다고, 아쓰시는 새삼 생각했다. 마치 각 층마다 완전히 다른 공장이 아무런 상의도 없이 멋대로 시설을 만든 뒤, 나중에 그것을 억지로 연결하고 조합을 해 놓은 것처럼 보였다.

회의실로 보이는 방의 옆을 지날 때, 힐끔 실내의 시계를 바라보았다. 11시 45분. 앞으로 15분밖에 남지 않았다. 하지만 목적인 지하 5층은 이제 바로 저기다. 어떻게든 된다.

문득 신경이 쓰여 회의실 안을 들여다보았다.

안에는 아무도 없었다. 입구를 제외한 삼면은 거대한 화면으로 되어 있었다. 중앙에 원탁이 놓여 있었고, 그 중심에는 전화와 집음기, 통신 단말로 보이는 것이 놓여 있었다. 같은 것이 세 개. 각각 벽을 향한 모습이었다. 벽의 화면은 현재 전원이 꺼져 있어서 새카맸다. 각각의 화면 오른쪽 위에는 작게 국기가 붙어 있었다. 세 개의 국기——영국, 프랑스, 독일이었다.

세 나라가 공통 통치하는 섬——아쓰시는 새삼 이 섬이 성립된 과정을 생각해 보았다. 이 방은 뭐 하는 곳이지? 거대한 화면은 뭘 위해 사용된 것일까. 그 전에, 애당초 '금화 구역'은 무엇일까. 왜 이렇게 엄중하게 진입을 제한한 영역을 만들어 둔 걸까.

하지만 그런 의문은 아쓰시의 뇌의 표면만을 미끄러져 흘러갈 뿐이었다. 중요한 것은 지금부터 15분간의 시간이다. 아마도 지금, 세계에서 가장 중요한 15분이다. 아쓰시는 머리에 떠오른 의문을 떨쳐 내고, 귀와 다리에 의식을 집중했다.

지하 5층으로 내려가는 계단은 금방 발견했다.

새삼스럽지만 각각의 층의 계단이 연속적으로 설치되어 있지 않아, 상당히 내려가기 불편했다. 무슨 일이 있어 지하 2층에서 지하 5층까지 내려가려고 하면 상당히 긴 거리를 걸어가야만 했다. 아마 경비상의 이유로 일부러 그렇게 만든 것이라 추정되었다. 이곳은 편리함보다 외부의 적이 들어오기 힘들고 나가기 힘들게 하기 위한 시설이기 때문이다.

계단의 층계참에서 소리가 나 아쓰시는 재빨리 몸을 숨겼다. 네 명 정도의 병사가 무슨 말을 나누었다. 그중 한 사람은 본 적이 있었다. 대령이다. 아직 이쪽은 눈치채지 못했다. 대령은 부하에게 짧게 명령했다. 그리고 병사들은 총을 들고 대열을 만든 뒤, 계단을 올라가 복도 쪽으로 사라졌다.

아쓰시는 숨을 내쉬었다. 병사들과 정면으로 대결하는 것은 무모한 짓이다. 그래서 기척을 들키지 않게 조심하며 아쓰시는 지하 5층으로 내려갔다.

하지만 내려가자마자 아쓰시는 벽에 부딪쳤다.

"이건……."

그것은 비유가 아니라 물리적인 의미로, 진짜 벽이었다.

지하 5층으로 내려가 보니 바로 눈앞을 격벽이 가로막고 있었다.

아쓰시는 벽을 만져 보았다. 조금 전에 본 침수를 막기 위한 그런 격벽이었다. 아쿠타가와 소동으로 안전장치가 자동으로 작동되었을 가능성도 있었다. 하지만 한 층 위인 지하 4층에는 격벽이 없었다. 그렇다면, 이쪽의 움직임을 눈치챈 건가?

격벽에 관한 대책을 생각하기도 전에 문제는 해결되었다.

마치 자동문처럼 격벽이 아쓰시의 눈앞에서 절로 열렸기 때문이다.

아쓰시는 깜짝 놀라 뒤로 껑충 뛰어 물러섰다. 적의 함정이 아닐까도 생각했지만, 열린 격벽의 안쪽에는 아무도 없었다.

그래도 우연치고는 너무 타이밍이 절묘했다. 아마도 다자이나 도적단의 누군가가 격벽을 외부에서 조작한 듯했다. 원인은 모르겠지만, 앞에 길이 있는 이상 나아가지 않을 수는 없었다.

아쓰시는 발소리를 죽이며 앞으로 나아갔다.

지하 5층──비밀의 섬 최심부──는 지금까지의 층과는 달랐다.

　일단 보초가 없었다. 지금까지도 보초는 그렇게 많지 않았지만, 지하 5층에는 보초가 한 명도 없었다. 기계의 웅웅거리는 소리 외에는 아무런 소리도 나지 않았다. 시설 내부는 마치 군사 기지 같았다.

　그리고 복도에서 안으로 들어가야 할 문들이 모두 굳게 닫혀 있었다. 튼튼한 방화(防火)문으로 얇은 종이 한 장도 들어갈 수 없을 정도로 틈새 하나 없이 닫혀 있었다. 심지어 작은 창문조차도 없어 안이 어떤 방인지도 알 수 없었다. 그에 더해 문의 외관이 완전히 똑같아서 구별이 가지 않았다.

　어쩌지. 아쓰시는 혼자서 그렇게 중얼거렸다. 아타셰케이스는 무기고로 옮겨졌다고 들었는데—— 이래서는 어디가 무기고인지 알 수가 없다.

　이제 시간이 없다. 이곳의 방을 모두 조사해 병기를 발견하기란 절대로 불가능하다. ——어떻게 하지?

　때때로 의문은 다른 의문으로 해결되는 경우가 있다. 추리 소설에서 하나의 의문을 해결하면 새로운 의문이 생겨나듯이. 아쓰시는 그때 그런 생각을 했다.

　아쓰시의 바로 옆의 문이 혼자서 옆으로 열렸다.

　아쓰시는 오싹한 심정에 뒤로 빠르게 물러섰다.

　열린 문 안에는 아무도 없었다. 누군가가 안쪽에서 문을 연 것은 아니었다. 안쪽은 어두워 아무것도 보이지 않았다. 아쓰시는 무슨 함정이 작동되지 않을까 경계했지만, 문이 열리는 소리가 난 이후에도 주변에서는 아무런 소리도 나지 않았다. 섬의 기관부가 멀찍이서 으르렁대는 소리가 들려올 뿐이었다.

조금 전의 격벽과 똑같은 건가? 다자이 같은 사람이 아쓰시를 위해서 문을 열어 준 걸까? 아니면 해커인 가타이가 섬의 보안을 돌파해 해킹에 성공하기라도 한 걸까. 어느 쪽이든 간에 아쓰시가 해야 할 일은 조금 전과 똑같았다. 다른 선택지가 없는 이상, 눈앞에 보이는 길을 나아갈 수밖에 없었다.

아쓰시는 방 안으로 들어갔다.

그곳은 얼핏 무기고처럼은 보이지 않았다. 그냥 무슨 방인지 알 수 없었다. 좁고 사각형인 방으로 천장에는 작은 간접 조명이 있을 뿐. 벽에는 철망이 걸려 있었는데, 총과 비슷하게는 보이지만 본 적이 없는 기묘한 기계가 몇 개나 매달려 있었다.

하지만 아쓰시는 방이 어떻게 생겼는지를 주의 깊이 보지는 않았다. 아쓰시의 시선은 방의 중앙, 책상 위에 있는 물건에 집중되었다.

검은 아타셰케이스.

바깥쪽을 금속으로 보강했을 뿐인, 수수하고 실적전인 겉모양. 크기는 아쓰시가 팔을 두르면 바깥을 모두 껴안을 수 있을 정도. 튼튼하고 고급스러웠지만 거리에서 가지고 다녀도 특별히 눈길을 끌 정도로 특수하지는 않았다.

아쓰시는 아타셰케이스를 손에 들었다. 가벼웠다. 안에 금속 부품이 들어 있는 것 같긴 했지만, 이능력을 사용하지 않아도 가볍게 들어 올릴 수 있을 정도로 가벼웠다.

문제는 이걸 어떻게 할 것인가, 인데…….

가장 확실한 방법은 다자이가 안을 보고 그 안에 있는 카메라를 만지는 것이다. 다자이의 이능력은 만진 모든 이능력을 무효화하는 것. 안의 이능력 병기도 일단 틀림없이 해제할 수 있을 게 분명하다.

그 다음으로 확실한 것은 이 병기의 개발자인 웰스를 찾는 것이다. 개발자인 그 사람이라면 이 병기의 해제 방법을 알고 있을 테니 말이다.

아쓰시는 아타셰케이스를 들고 온 길을 가만히 다시 돌아가기 시작했다.

아쓰시는 복도를 내달렸다.

이제부터는 정확한 것보다도 속도, 은밀성보다도 돌진력이 필요했다. 조금 거친 수를 써서라도 적의 방위망을 뚫을 필요가 있었다. 어차피 지상으로 올라가려면 큰 소동이 벌어진 지하 3층을 지나야 한다. 조용히 간다고 해 봐야 별로 의미가 없었다.

아쓰시는 계단을 달려 올라가 지하 4층으로 돌아갔다. 4층은 침수되었는지 격벽이 내려온 지점이 몇몇 보였다. 위로 돌아가기 위한 최단 거리는 격벽으로 막힌 상태였다. 결국 다른 길로 돌아가야 했다.

복도의 모퉁이를 꺾어 계속 달리다가, 아쓰시는 급히 정지했다.

앞쪽에 병사가 있었기 때문에다. 단지 뒤를 돌아보고 있어서 아직 이쪽을 눈치채지는 못했다. 아쓰시는 재빨리 몸을 돌려 그늘에 숨었다.

어쩌지? 보스가 없는 이상, 벽을 통과해서 지나갈 수는 없었다. 다른 길을 찾을 수도 있지만, 너무 멀리 돌아가면 길을 잃고 헤맬 가능성도 있었다.

다자이라면 이럴 때 어떻게 할까? 구니키다라면? 탐정사의 다른 사원이라면?

상대는 한 명. 등을 돌리고 방심한 상태다.

강행 돌파다!

아쓰시는 아타셰케이스를 바닥에 미끄러뜨리듯이 던졌다.

아타셰케이스는 병사의 다리 사이를 빠져 나가 앞으로 미끄러져 갔다. 갑자기 나타난 케이스를 보고 깜짝 놀란 병사가 계속 미끄러져 가는 케이스를 눈으로 좇았다.

아쓰시는 그 병사의 등에 달라붙었다.

오른팔을 상대의 목에 두르고, 삼각형으로 만든 팔의 안쪽으로 상대의 경동맥을 압박했다. 왼팔은 상대의 목 뒤를 누를 수 있도록 하여 팔을 완전히 고정했다. 아쓰시보다 병사의 키가 컸기 때문에, 아쓰시는 병사의 등에 올라타 업혀 있는 듯한 모습이었다.

병사는 구속을 풀기 위해 몇 번인가 아쓰시의 팔을 긁었지만, 아쓰시는 팔의 힘을 풀지 않았다. 한번 완전히 걸린 리어 네이키드 초크는 쉽게 풀 수 없다.

병사는 몇 번인가 아쓰시의 팔과 귀 부근을 붙잡으려고 날뛰었지만, 이윽고 힘을 잃은 채 지면에 쓰러졌다.

목의 기관을 노리고 질식시키면 살해도 가능한 기술이지만, 이번처럼 경동맥을 노리고 조르면 죽지 않게 기절시킬 수 있었다. 탐정사에서 일을 계속하면서 구니키다에게 철저하게 배운 기술 중 하나다.

아쓰시는 쓰러진 병사를 슬쩍 본 뒤, 바닥의 아타셰케이스에 손을 뻗었다.

그리고 손잡이를 잡았다.

그런데 그 직후── 어깨에 맹렬한 충격을 느끼고 아쓰시는 멀리 날아갔다.

온몸의 뼈가 울리는 듯한 충격. 총에 맞았다는 사실을 눈치챈 것은 몸을 반쯤 돌려 바닥에 누운 직후였다.

시야가 희게 변해 아무것도 보이지 않는 사이에, 크고 육중한 발뒤꿈치가 아쓰시의 어깨를 짓밟았다.

"표적, 다운!"

방탄 마스크 너머로 잠긴 목소리가 들려왔다.

눈을 떠 보자, 소총을 든 무장병 세 명이 아쓰시를 둘러싼 상태였다. 한 사람이 아쓰시의 어깨를 밟고 땅으로 밀어붙였다.

"예정 포인트 A에서 표적 확보. 표적은 총알에 맞았으나 아직 살아 있습니다."

병사가 무선으로 동료에게 보고했다.

당했다.

기다리고 있었다.

아쓰시가 지나갈 길을 예측하고 처음부터 총을 겨누고 기다리고 있었다. 생각해 보면 격벽이 내려와 퇴각로를 변경할 수밖에 없었던 것도 빈틈투성이인 병사가 등을 돌리고 서 있었던 것도, 이것을 위한 함정이었던 듯했다.

아타셰케이스.

어디지? 그걸 멈춰야 하는데.

시야의 끝, 조금 떨어진 바닥 위. 검은 아타셰케이스가 굴러다니는 모습이 보였다. 400만 명의 목숨이 달린 병기.

손을 뻗으려고 했지만, 총에 맞은 상처와 구두 뒤꿈치에 밟힌 격심한 통증이 몸을 휘돌았다.

"크윽……!"

"움직이지 마라." 병사가 감정 없는 목소리로 말했다. "이 구역에 침입한 자는 사살도 가능하다. 저항하면 즉시 발포하겠다."

"지금 그럴 때가…… 아니야!" 아쓰시는 이를 물고 그렇게 외쳤다. "저 케이스…… 테러리스트의 병기란 말이야…… 멈춰야 해……!"

"호오. 이게 테러리스트가 노린 물건인가."

문득 들어 본 적이 있는 목소리가 들렸다.

"테러리스트도 머리를 쓰는군. 병기를 빼앗기 위해 군이 부하를 지하로 보낼 줄이야……. 한 마리 외로운 늑대답지 않은 방식을 사용했군. 우린 완전히, 감쪽같이 속았다."

"대령." 아쓰시는 상대의 얼굴을 보면서 중얼거렸다.

"어디서 만난 적이 있었던가, 소년?" 대령은 한쪽 눈썹을 들어 올렸다. "내 얼굴까지 파악하고 있다니, 테러리스트치고는 꽤 좋은 정보원을 확보해 둔 듯하군. 흉흉한 세상이야."

대령이 권총을 빼냈다.

"자── 우리는 테러리스트 '미래를 아는 남자' 를 붙잡기 위해 경계를 강화한 참이었다. 그때 기밀 구역 지하 3층에서 소동이 일어났고, 그에 더해 감시 카메라 영상이 개조되어 기능이 정지되었다는 사실도 파악했다. 그 사실을 깨달은 것은 불과 조금 전. 그런데 갑자기 감시 카메라가 정상으로 돌아오고, 그 감시 카메라에 아타셰케이스를 들고 지하 4층을 이동하는 네놈이 찍혔더군. 자── 무슨 할 말이 있는가, 테러리스트?"

갑자기 감시 카메라가 정상으로 돌아와? 그래서 병사들이 잠복하고 있었던 건가?── 아니, 지금은 그런 생각을 하고 있을 때가 아니다.

"나는 테러리스트가 아냐!" 아쓰시가 외쳤다. "테러리스트의 목적은 그곳에 있는 케이스를 사용해서 이 일대를 날려 버리는 거야! 시간제한은 정오. 그때까지 케이스 안의 병기를 해체하지 않으면……!"

아쓰시가 재빨리 머리를 회전시켰다. 잘 조직되어 있는 군이 이 케이스를 호위하는 한 범인은 병기에 손을 대지 못했다.

"나는 어떻게 되든 좋아요. 일단 그 병기를 지켜 주세요! 항상 몇 명씩 호위해서 만에 하나 습격을 받으면 망설이지 말고 바다에 버리──."

"늙은이에게 그렇게 몇 개나 동시에 요구사항을 말하면 안 되지." 대령은 아쓰시를 어르듯이 그렇게 말했다. "즉, 이런 뜻인가? 테러리스트가 이 병기를 사용해 이 일대를 모두 날려 버리려 한다. 그러니 그 전에 지하 5층에서 병기를 꺼내 안전한 장소로 옮기려 했다."

"맞아요." 아쓰시가 고개를 끄덕였다.

그 직후, 머리를 찌르는 듯한 통증이 덮쳤다. 아쓰시는 깜짝 놀라 고개를 들었다.

그리고 바로 깨달았다. 그것은 물리적인 통증이 아니었다. 안쪽에서 생긴 통증이었다. 무언가 강한 감각이 아쓰시의 머리를 안쪽에서부터 계속 밀었다.

"제발 그만 좀 했으면 하는군……. 겨우 테러리스트의 부하를 잡았다 싶었는데, 이해되지 않는 정보가 더 늘어나다니." 대령은 턱을 긁었다. "네놈이 위기를 벗어나기 위해 거짓말을 하는 것처럼은 보이지 않는다. 하지만 본국에 어떻게 설명해야 할지……."

통증의 정체는 위화감이었다.

강한 위화감이 아쓰시의 머릿속에서 기포처럼 발생해 아쓰시의 무의식에 무언가를 호소했다.

뭐지? 아쓰시는 생각했다. 뭔가 묘했다. 자신에게는 다자이 같은 계략을 짜는 두뇌는 없다. 하지만 이 사건의 모든 일을 항상 가장 먼저 목격해 왔다. 그렇기에 머리가 어딘가 깊은 곳에서 빠르게 회전하며, 통증처럼 아쓰시에게 무언가를 가르쳐 주려고 했다.

지하 5층.

대령은 분명히 그렇게 말했다.

그리고 감시 카메라의 조작을 눈치챈 것은 아타셰케이스를 가지고 지하 4층을 걷고 있는 자신을 발견했기 때문이라고도.

즉── 이 아타셰케이스가 지하 5층에 있었다는 것을 대령은 몰랐어야 하는 거 아닌가?

그럼 왜 대령은 지하 5층이라고 단언한 것인가?

아쓰시는 대령을 바라보았다.

대령도 아쓰시를 바라보았다.

아주 일순간, 서로의 시선을 나누고 대령과 아쓰시는 서로의 심리를 읽었다. 아쓰시는 대령의 정신이 굳어 가는 모습을 본 것만 같았다.

대령도 아쓰시의 표정을 통해 위험한 무언가를 눈치챘다는 사실을 파악한 듯했다. 대령의 눈에는 조금 전까지 보이지 않았던 것이 확실히 빛나고 있었다. 차갑고 냉혹한 배신자의 빛.

큰일이다.

"모두 총을 내려라." 갑자기 대령이 병사들에게 명령했다.

"안 돼!" 아쓰시는 반사적으로 외쳤다. "내리지 마!"

병사는 아무런 의문도 없이 상관의 명령대로 총을 내렸다. 그리고 다음 명령을 기다렸다.

다음 명령 대신에 대령은 권총을 꺼내 부하에게 총을 쏘았다.

목을 관통당한 부하들은 손가락을 움직일 새도 없이 쓰러졌다.

"아니……!"

이어서 어떻게든 움직이려고 한 아쓰시의 몸에도 총알이 발사되었다. 순간적으로 몸을 비틀어 급소를 피하려고 했지만, 총알은 오른쪽 가슴, 폐 근처를 관통했다. 아쓰시는 소리 없는 비명을 질렀다.

"큰일을 이루려 할 때는 언제 어디서 무슨 일이 벌어질지 모르는 법이지."

대령은 권총의 남은 총알을 확인한 뒤, 탄창을 버리고 새로운 탄창을 권총에 장전했다.

"불꽃을 올릴 시간이 되기 전에 눈치채는 사람이 있을 줄이야. 소문에 듣던 섬의 '수호자'의 가호인가——. 아니면 더 현실적으로, 무슨 이능력 비슷한 거라도 썼는가?"

"큭……."

아쓰시는 목에서 피 맛을 느끼며 신음을 내뱉었다. 폐가 뜨거웠다. 양팔이 전혀 움직이지 않았다. 하지만 어떻게든 해야 한다. 이대로는——.

"……나는 이능력자가 아니나, 일찍이 부하 중에는 이능력을 조종하는 자도 있었다. 그들은 사람의 능력을 넘어선 강함을 자랑했고, 일부는 전쟁터에서 영웅이라 불리기도 했지. 벌써 죽었지만 말이다. ……영웅은 모두 빨리 죽더군."

대령은 익숙한 손놀림으로 권총의 노리쇠를 당겨 약실에 총알을 장전했다.

"왜…… 뭘 위해서……."

신음소리를 내는 아쓰시를 대령은 조용하게 내려다보았다.

"굳이 설명해 줄 생각은 없네."

대령의 목소리는 한없이 차갑게 울려 퍼졌다.

"말해도 모를 테지. 단── 깊게 잠들어 있는 자들의 눈을 뜨게 하려면 큰 소리를 낼 수밖에 없는 법. ──그뿐이네."

대령은 아타셰케이스를 들어 올리고 열쇠에 손을 댔다.

큰일이다.

여기서 병기를 사용할 생각이다.

아쓰시는 일어나려고 했다. 외치며 달려들려고 했다. 하지만 대신에 새어 나온 것은 거품이 파열된 듯한 소리와 입술을 더럽히는 토혈뿐이었다.

"아직 움직일 수 있는가." 대령이 바닥의 아쓰시를 향해 권총을 겨눴다. "고통스럽게 해서 미안하다."

총알이 아쓰시의 목에 박혔다.

통증은 싫었다.

철이 들었을 때부터 아쓰시의 주변에는 통증이 넘쳤다. 찔리는 아픔, 얻어맞을 때의 아픔, 손이 얼었을 때의 아픔, 머리의 통증, 배고플 때의 아픔. 그런 모든 아픔은 언제나 옷처럼 아쓰시 주변에 감돌았고, 그의 몸을 두드러지게 만들었다. 통증에 의해 아쓰시는 스스로를 자신이라고 인식했다. 그 이외에는 자신을 누구인지 인식할 방법을 몰랐다.

탐정사에 들어와 통증의 질은 변화했다. 횟수가 줄었다. 비참함도 없어졌다. 그 대신 필요성이라는 엄청난 압력이 아쓰시의 몸을 너덜너덜하게 찢었다.

　어깨가 찢기고, 가슴이 꿰뚫리고, 심지어는 다리를 물어뜯겼다. 영혼이 사라지는 듯한 통증이었다. 하지만 그래도 아쓰시는 버텼다. 버틸 가치가 있는 통증이었기 때문이다. 하려고만 하면 자신이 얼마나 통증에 완고히 저항할 수 있는지 아쓰시는 잘 알았다.

　아쓰시는 자신 안에 짐승이 있다고 생각했다. 그것은 비유가 아니었다. 진짜 짐승이 있었다. 그 녀석은 지금 울부짖고, 마구 헤집고, 포악하게 날뛰었다. 어쩐 일인지 그 녀석은 상처라는 것을 부정하는 힘이 있는 듯했다. 치유가 아니었다. 회복이 아니었다. 부정이었다. 그 녀석이 상처를 부정할 수 있는 이유는 아마도 자신의 태생과도 무관하지 않았으리라. 10년 이상이나 몸에 지니고 다녔던 통증이라는 옷과 무관하지 않았으리라.

　짐승은—— 호랑이는 자신의 무언가가 표출된 모습이었다. 무언가가 무엇인지는 아직 몰랐다. 하지만 그 녀석이 일어서라고 울부짖으면 자신은 반드시 일어날 수밖에 없었다.

　그 녀석이 상처를 부정하면—— 나의 상처가 사라지지 않을 수 없는 것과 마찬가지로.

　아쓰시는 벌떡 일어섰다. 가슴의 상처는 이미 출혈이 멈췄다. 목의 총상에서는 출혈이 있었지만, 행동에 지장을 줄 정도의 상처는 아니었다.

"아니……?!"

대령은 권총을 겨누고 쏘았다. 한 발이 아쓰시의 허벅지에 맞아 살이 깎였다. 신경을 톱으로 긁는 듯한 격심한 통증에 신음 소리를 흘렸지만, 움직이지 못할 정도는 아니었다.

아쓰시는 전진했다. 송곳니를 드러내고. 그 기백에 압도된 듯이 대령이 후퇴했다.

아쓰시는 팔을 호랑이로 만들었다. 근육이 폭발적으로 팽창하더니, 흰 호랑이 털이 곤두서며 물결쳤다.

"네놈도 이능력자인가……!"

대령은 권총을 쏘면서 퇴각했다. 아쓰시는 팔을 들고 총알을 막았다.

대령은 아타셰케이스를 든 채 복도의 모퉁이를 꺾어 들어갔다. 지금 놓치면 바로 병기가 기동을 시작하고 만다. 아쓰시는 다리의 통증을 무시하고 대령의 뒤를 쫓았다.

쿠웅, 하고 불길한 소리가 났다. 서둘러 복도의 모퉁이를 꺾어서 가 보니, 대령과 아쓰시 사이에 격벽이 올라오고 있었다. 대령이 벽의 조작판을 수동으로 조작한 듯했다.

"놓칠 줄 알고……!"

호랑이의 털이 곤두섰다. 근육이 비비 꼬인 철선 같은 소리를 내며 아쓰시의 몸을 가속시켰다. 한 걸음, 또 한 걸음. 격벽은 이미 절반 정도 아래에서 위로 올라와 복도를 메웠다. 상처가 거품을 내며 아물었고, 걸음이 달리기로, 달리기가 질주로 바뀄다.

아쓰시는 도약했다.

거의 다 닫혀 가던 격벽 사이로 아쓰시는 높이뛰기 선수처럼 몸을 비틀며 뛰었다. 천장을 스치듯이 아쓰시가 격벽을 뛰어넘었다.

격벽을 빠져나간 순간—— 아쓰시는 실패했다는 사실을 깨달았다.

아차.

조금 전까지 대령이 있던 장소에 아무도 없었다. 아타셰케이스만이 놓여 있었다.

대령은—— 아쓰시의 바로 아래에 있었다.

격벽에 몸을 대고 권총을 겨눈 채.

"어서 오게."

그 말과 동시에 총알이 아쓰시를 향해 모두 쏟아졌다.

회피 불가능한 공중에서 총알에 잇달아 맞아 아쓰시의 몸에서 선혈이 튀었다. 천장에 잔뜩 피가 묻었다.

그에 더해 공중에서 기세를 잃은 탓에, 아쓰시의 다리와 무릎 아래쪽이 격벽에 꽈악 눌리고 말았다.

"으아아아아아아아아아아아악?!"

턱이 닫히듯이 격벽이 천장까지 닫혔다. 아무리 호랑이의 다리라도, 수압의 침입에도 버틸 정도로 설계된 수밀격벽이 천장까지 올라가 맞물리는 힘에 저항할 수는 없었다.

다리의 뼈가 부러지고, 살덩이가 찌부러지는 소리가 천장까지 울렸다.

"요코하마는 마도(魔都)라고 듣긴 들었다만." 대령이 탄창을 교환하며 말했다. "이런 이능력을 지닌 소년이 계획을 저지하려고 여기까지 올 줄이야."

아쓰시는 한쪽 다리를 격벽에 '먹힌' 채, 벽에 대롱거리며 매달렸다. 어떻게든 탈출하려고 했지만, 오히려 호랑이 다리가 강인한 탓에 다리를 찢고 앞으로 나가는 것조차 할 수 없었다.

"이 구획이 무엇을 위해 있는지 아는가?"

대령은 아타셰케이스에 손을 뻗으면서 말했다.

"이 섬은 원래 대전 때 평화 교섭을 위해 만들어졌다. 분쟁, 살인, 이윽고 무엇을 위해 서로 전쟁을 시작했는지조차 잊어버렸을 정도로 미쳐 버린 세 나라가 먼지만큼 남은 제정신을 짜내 만든, 평화 교섭을 위한 섬이 이곳이다. 하지만……."

대령은 자리에 앉아 아타셰케이스의 열쇠에 손을 뻗었다.

"그들은 뭘 모르네. 서면과 악수만으로는 전쟁이 끝나지 않는다. 그 지옥에서 일어난 수많은 악몽, 수많은 사악함을 백일하에 드러내지 않으면…… 부하들의 영혼은 구원받지 못하지."

"그만…… 그만둬……!"

아쓰시가 신음소리를 토해 냈다.

"정오는 부하들을 공격하라고 명령이 내려졌던 시간이다. 아군에게서 말이지. 막료 본부의 계략으로 인해 배신자가 되어 버린 부하들은 도망쳤고, 이 요코하마에 흘러들어 미믹 병사라고 불리며 실의에 빠진 채 죽었다고 들었다. ……나라면 그 간계를 막을 수 있었다. 그런데 아무것도 못 했다. 이건 속죄다."

통증에 물든 시야 속에서 아쓰시는 차마 나오지 않는 목소리로 계속 외쳤다.

"자네들에게 죄는 없네. 그러나, 거대한 불꽃을 이용하지 않으면 나의 호소는 모두 짓밟힌다. ——병기의 기폭과 동시에 죽은 부하들의 진실에 세계에 공표될 것이다. 많은 나라가 군벌을 두고 있는 요코하마의 조계지가 함께 날아가 버리면, 각국 정부도 이전처럼 쉬쉬하며 어물쩍 넘어갈 수 없겠지."

더 이상 이 사람에게 말은 통하지 않았다.

다른 사람은 전혀 이해할 수 없는 이유 때문에, 이 사람은 죽을 생각이다. 400만 명이나 되는 사람들과 함께.

멈춰야 한다.

설사 다리가 뜯겨 나간다고 하더라도.

아쓰시는 양손을 벽에 대고 앞으로 나아가려 했다. 뼈와 힘줄이 우두거리는 소리를 냈다. 하지만 대령은 아쓰시의 행동을 보고 쓸쓸한 미소를 지으며 아타셰케이스에 손을 댔다.

안 돼——.

잠금쇠가 열리고 아타셰케이스가 열렸다——.

아타셰케이스에서 흰 연기가 피어올랐다.

"?!"

아쓰시와 대령이 동시에 놀란 목소리를 흘렸다.

무언가 장치가 작동해 내부에 봉인되어 있던 가스가 분출된 듯했다. 뜻밖에 분출된 가스를 대령이 곧장 들이쉬었다. 그리고 대령이 기침을 했다.

"이럴 수가…… 이건, 아닌가……?!"

무슨 일이 일어났는지 몰랐다. 복도를 휘감던 흰 연기는 곧장 아쓰시에게까지 도달했다. 코로 가스를 들이쉰 아쓰시는 곧장 의식이 어질어질해지기 시작했다.

독가스. 이건―― 혼수성 가스다.

설마――.

"이거 참. 만에 하나를 위해 손을 써 두길 잘했어."

연기 너머에서 목소리가 들렸다. 귀에 익은 목소리였다. 이 목소리는――.

"다자이, 씨……?"

몽롱한 의식 속에서 아쓰시는 격벽이 움직이는 소리를 들었다. 다리를 물고 있었던 격벽이 열리기 시작해, 겨우 해방된 아쓰시가 바닥으로 떨어졌다.

"범인은 섬의 상층부……. 그건 꽤 일찍부터 예상했어. 하지만 그렇다면, 병기는 범인 본인이 아닌 이상 절대 손에 넣을 수 없는 장소에 숨겨 두었을 가능성이 매우 커. 그래서 사용했지, '미끼'를."

멋대로 열린 지하 5층 격벽과 무기고의 문. 너무나도 간단한 입수. 게다가 갑자기 회복된 감시 카메라 영상.

모든 것은 다자이의 계획이었다. 아쓰시에게 가짜를 들고 나오게 해서, 그것을 범인이 일부러 빼앗아 가게 만든다.

"아쓰시, 조금 쉬게. 나머진 나한테 맡기고."

아쓰시의 의식이 급격히 세계에서 멀어졌다.

나머지는 나에게 맡기고. 사람 그림자는 그렇게 말했다. 그렇다면——아무런 걱정을 할 필요가 없다.

사람 그림자에게 무언가 말을 했던 듯하다. 하지만 자신이 무슨 말을 했는지 의식이 이해하기 전에, 아쓰시의 의식은 흰 어둠속에 휩싸이고 말았다.

다음으로 눈을 떴을 때, 아쓰시는 어디인지 모를 침대 위에 있었다.

"눈을 떴나."

옆에서 목소리가 들렸다. 구니키다의 목소리였다.

아쓰시는 지금 자신이 어디에 있고, 뭘 했었는지 순간적으로 알아차리지 못했다. 꿈을 꾸었는데, 그 꿈속에서 중요한 것을 그냥 둔 채 깊은 잠에 빠져들었다가 그 후에 눈을 뜬 것 같은 묘한 감각이 들었다. 여기는 어디지? 조금 전까지 꾸고 있던 꿈은 뭐였지? 그 꿈속에서 자신은 총에 맞고, 다리가 격벽에 끼고, 가스를 들이쉬었던 것 같은——.

가스. 병기. 400만 명.

"지금 몇 시인가요?!" 아쓰시가 벌떡 일어섰다.

"진정해라." 옆에 앉아 있던 구니키다가 수첩에 무언가를 적으면서 말했다.

잘 보니, 이곳은 섬에 가장 처음 들렀던 호텔의 한 방이었다.

"네 부상은 요사노 선생님이 치료해 주셨다. 상당히 무리했던 듯하군."

그 말을 듣고서야 아쓰시는 비로소 총에 쏘인 상처와 짓이겨진 다리가 원래대로 돌아왔다는 사실을 깨달았다.

아쓰시는 주변을 돌아보았다. 방에는 그 외에 아무도 없었다. 전에도 비슷한 상황이 있었던 듯한 기분이 들었다. 다리를 다치고, 눈을 떴는데, 구니키다가 있는 그런 상황. 그건 언제였지? 잘 기억이 안 났다.

"네 분투 덕분에 요코하마는 괴멸 위기에서 벗어났다." 구니키다는 수첩을 바라보면서 말했다. "대령은 체포되어 엄중하게 감금되어 있다. 그리고 도적들도 모두 잡았다. 보석 트러플을 가지고 당당하게 나가려는 것을 경비원들이 붙잡았지."

그 사람들, 붙잡힌 건가……

도둑질한 전리품을 당당하게 과시하며 걷는 보스 일행의 모습이 눈에 선하게 떠오르는 듯했다.

"그 병기—— 진짜 병기는 지금도 아직 지하 5층의 가장 안쪽, 격리 셸터에 보관되어 있다. 대령이 자백했는데, 병기는 특수한 위장 금고에 들어가 있는 데다가 금고는 비밀번호와 대령의 지문이 있어야만 열린다고 한다. 즉—— '병기를 발견해 확보한다'는 네 목적은 처음부터 불가능한 조건이었다는 거지."

처음부터 불가능…….

하지만 현실은 이렇게 병기의 위협에서 벗어났다. 그것은 모두 가짜 아타셰케이스에 대령이 걸려들었기 때문이다.

"그럼 다자이 씨는 그걸 처음부터 예측하고 함정을……?"

"그래." 구니키다는 조금 시선을 올려 아무것도 없는 공간을 바라보았다. "범인은 신중한 녀석이다. 그 정도의 도난 방지 대책은 해 놨겠지. 병기를 확보하는 것이 불가능하다면, 범인을 제압할 수밖에 없다. 그래서 선장을 사용해 가짜 아타셰케이스를 무기고에 놓아두었다. 그걸 네가 훔치게 한 뒤, 감시 카메라를 통해 범인에게 보여 준 거다. 그다음은 노림수대로, 진짜를 도둑맞은 줄로 착각한 범인이 가짜 아타셰케이스를 열어 함정인 가스가 분출되었다, 라는 줄거리다."

그러고 보니 대령은 '갑자기 감시 카메라가 정상으로 돌아오고, 그 감시 카메라에 아타셰케이스를 들고 지하 4층을 이동하는 아쓰시가 찍혔다.'라고 말했었다. 그때는 이유를 깊이 생각하지 않았지만—— 그건 아타셰케이스를 훔쳐 내는 아쓰시의 모습을 일부러 대령에게 보여 주기 위해 다자이가 계획한 것이었던 거구나.

그리고 가짜 아타셰케이스를 진짜라고 믿은 대령을 그대로 낚아 올렸다. 아쓰시도, 대령도, 처음부터 다자이의 손바닥 위에 있었던 셈이다.

하다못해 사전에 가르쳐 줬으면 좋았을 텐데…….

조금 삐친 기분이 들긴 했지만—— 만약 반대로 다자이가 '범인이 아타셰케이스를 진짜라고 믿게 만들도록, 박진감 넘치는 연기를 부탁할게.' 라고 말했다면 아쓰시는 절대로 못 하겠다며 거절했을 확률이 높았을 것이다. 무슨 생각을 하는지 표정에다 드러나기까지 하니, 경험 많은 대령이 그 사실을 눈치채지 못할 리가 없었다.

어느 쪽이든 간에—— 이걸로 사건은 해결. 탐정사의 일은 끝이었다. 이제는 짐을 정리해 섬 밖으로 돌아가면 그만.

아쓰시는 그 전에 잠깐 관광을 하고 싶은데 안 될까 하고 생각했다. 모처럼 숙박 도구까지 가지고 왔으니까.

탐정사 사원끼리 같이 숙소에서 주사위 대회를······.

"자, 그럼." 구니키다가 갑자기 그렇게 말하며 수첩을 닫고 자리에서 일어섰다. "나는 그 병기를 가지러 갔다 오겠다. 선장과 다자이가 먼저 지하에 가 있을 거다. 특무과의 의뢰로 병기를 회수해 가져 오라는 명령을 받아서 말이지. 참 나. 사람을 이렇게 부려 먹다니."

구니키다는 그렇게 말하면서 살피듯이 아쓰시를 바라보았다.

"너도 가 보는 건 어떤가?"

아쓰시는 조금 망설인 뒤, "아니요." 하고 고개를 저었다.

아쓰시는 가 보고 싶은 장소가 있었다.

도적 3인조는 일찍이 아쓰시와 구니키다가 들어갔었던 그 감금

실에 갇혀 있는 듯했다. 구니키다가 말하길, 벽을 통과하는 능력에 대한 대책은 완벽하기 때문에 도망갈 염려는 없다고 한다.

이동하는 사이에 아쓰시는 한 가지 생각을 했다. 그들을 특별 사면해 줄 수는 없는 걸까? 그들은 범죄자이지만, 진짜 나쁜 사람들은 아니었다. 어딘가 미워할 수 없는 면이 있었다. 게다가 그 사람들이 아니었으면 400만 명이나 되는 목숨이 살 수 없었던 것도 사실이었다. 그런 점을 이용해 특무과와 담판을 지어 특별히 석방을 해 달라고 할 수는 없는 걸까.

물론 그러려면 다시는 죄를 짓지 않겠다는 맹세가 필요하다. 하지만 보스는 절대로 도적을 그만둘 생각이 없는 듯했다. 그러니 특무과보다 보스를 설득하는 편이 더 힘들지 않을지. 자, 어떻게 이야기하면 좋을까…….

생각을 하는 사이에 감금실 앞에 도착했다. 보초는 없었다. 대령이라는 섬의 중심인물이 반란을 일으킨 탓에 지금은 그럴 정신이 없는 듯했다. 아쓰시는 철문을 두드렸다.

문이 저절로 열렸다.

응? 하고 생각했다. 감금된 게 아니었던 건가? 아니면 특수한 쇠사슬로 구속되어 있어서 방의 열쇠는 필요 없었던 걸까?

아니, 어쩌면……. 벌써 도망쳤다든가? 이렇게 빨리?

그렇다면 구니키다의 말대로 대도적보다도 탈옥왕이 확실히 더 잘 어울릴 듯했다. 아쓰시는 서둘러 문을 열고 안을 들여다보았다.

하지만 아쓰시의 예상은 모두 빗나갔다.

방 안을 보니 비르고가 죽어 있었기 때문이었다.

"……?!"

아쓰시는 머리가 새하얘졌다.

죽었다. 잘못 볼 리가 없었다. 목이 찢긴 채 분출된 피에 잠긴 듯이 쓰러져 숨이 끊어져 있었다. 눈은 뜨고 있었는데, 자신에게 일어난 것을 이해하기 1초 전 같은 표정 그대로 얼굴이 굳은 상태였다. 죽은 지 그렇게 많은 시간이 지나지 않았다. 기껏해야 5, 6분 정도 지났을 뿐이었다.

왜? 왜 비르고가?

살아 있던 비르고가 머릿속에 떠올랐다. 후줄근한 사무원 같은 행동. 보스의 황당한 행동에 항상 난처해 했다. 그래도 기술자로서 실력은 뛰어나서, 도적단에서 빼놓을 수 없는 일원이었다.

누가 비르고를 죽인 거지? 시간으로 봐서 살해당한 시점은 범인인 대령이 가스를 들이쉬어 혼수상태가 된 후의 일이다. 죽인 사람은 대령이 아니다. 그럼 누구지?

문득 발밑을 바라보았다. 바닥의 피 웅덩이에서 빠져나간 듯이 붉은 피 발자국이 입구 쪽으로 이어져 있었다. 발자국 모양은 불완전해서 발뒤꿈치의 크기나 신발의 종류를 추측하기는 어려웠다. 하지만 상당히 큰 보폭으로 이동했다는 것만큼은 확실했다.

그렇다. 이 방에는 도적단 세 사람이 같이 갇혀 있었다. 즉, 보스와 가브는 살해당하지 않았다. 적어도 여기에서는.

시체에서 조금 떨어진 책상 아래에 무언가 불타고 남은 듯한 찌꺼기 비슷한 것을 발견했다. 검게 탄 금속판처럼 보이는 파편. 아쓰시는 그걸 본 적이 있었다. 보스의 눈속임 폭탄. 보스가 이능력으로 몸에 숨겼던 긴급 도피용 폭탄이었다.

즉, 보스 일행은 도망쳤다.

누군가가 와서 비르고를 죽였다. 가브와 보스는 당연히 깜짝 놀랐겠지. 그리고 재빨리 눈속임 폭탄을 사용해 상대의 틈을 봐서 도망친 것이다. 아마도 벽을 빠져나가는 이능력을 사용해 두 사람은 철문을 빠져나갔을 것이다. 피 발자국은 그때 찍힌 것이다.

그리고—— 범인은 지금도 그 두 사람을 쫓는 중이다.

발자국 쪽으로 달려가려고 뒤를 돌아본 순간, 휴대전화가 울렸다.

"아쓰시, 지금 어디지?!" 전화 너머에서 구니키다의 다급한 목소리가 들렸다.

"구니키다 씨, 지금——."

"병기가 없다!" 구니키다가 말을 끊으며 그렇게 외쳤다. "누군가가 금고를 열고 병기를 훔쳐 갔다! 현장에는 대령의 절단된 손목이 떨어져 있었다. 아마도 그걸로 지문 인증을 돌파한 거겠지!"

"그럴 수가! 그럼 대령은——."

"경비원이 잠깐 눈을 뗀 사이에 살해당했다고 한다."

무슨 일이 벌어지고 있는 거지? 테러리스트인가……? 대령이 죽어? 왜? 누가 죽였지? 대령이 이 사건의 흑막이 아니었단 말이야?

"이번 사건…… 아직 밝혀지지 않은 일이 있는 모양이다." 구니키다의 목소리는 오늘 들었던 그 어떤 목소리보다도 어두웠다. "어디까지나 상상이지만, 대령은 이용당했을 뿐일지도 모른다. 병기를 기동하는 실행범으로서 말이다. 단정하거나 예단해서는 안 되지만…… 그렇게 생각한다면 지금 상황을 설명할 수 있다. 즉, 대령은 입막음을 위해 살해당한 거다."

흑막.

진짜 테러리스트.

"이건 초긴급 임무다. 병기를 찾아내라. 나와 다자이는 지하를 찾아보지. 너는 지상을 찾아봐라. 수상한 녀석이 있으면 모두 다 때려눕혀도 상관없다!"

구니키다가 그렇게 말한다는 것은 그야말로 긴급 사태라 할 수 있었다. 아쓰시는 대답을 하고 전화를 끊었다.

전화를 쥔 채, 아쓰시는 지금까지 만났던 관계자의 얼굴을 떠올렸다. 흑막이 될 만한 인물이 있었던가?

잭 더 리퍼의 말을 통해 가장 먼저 연상된 흑막은 아쿠타가와였다. 하지만 아쿠타가와가 범인이라기에는 행동이 너무 뒤죽박죽이었다. 바다에서 돌입해서까지 아쓰시를 죽이러 올 이유가 없었다. 게다가 아쿠타가와에게는 동기가 없었다. 병기가 기동되면 포트 마피아의 영토도 재로 변하니까.

그럼 누구지? 동기가 있고, 능력이 있고, 대령만큼이나 군인을 쉽게 장기 말처럼 이용할 수 있는 인물── 그런 사람은 전혀 떠오르지 않았다.

──단 한 사람을 제외하면.

설마. 말도 안 돼.

하지만 다른 후보자가 없었다.

아쓰시는 그 인물의 진지하고 올곧은 눈동자를 떠올렸다.

시간 여행자, H.G. 웰스.

아쓰시는 질주했다.

섬은 비상사태가 선언되었고, 관광객은 모두 실내에 들어가

도록 권고받았다. 아무도 없는 관광지를 아쓰시는 전속력을 다

해 달렸다.

아쓰시가 향한 곳은 섬의 중심, 시계탑이었다. 그 탑의 바로

근처 숲에는 웰스가 사용했던 지하실이 있다. 아쓰시가 그 카메

라의 빛을 보고 의식이 과거로 날아갔던 그 지하실이다. 그곳에

가면 무언가 알 수 있을지도 모른다.

웰스가 비르고와 대령을 죽이고 병기를 훔쳤다── 솔직히

아쓰시는 그 가설을 믿고 싶지 않았다. 그 사람일 리가 없다. 그

사람은 자신의 이능력이 살육 병기에 이용당한 것을 가슴 아파

하고, 살육을 막기 위해 단독으로 섬에 상륙한 인물이다. 아쓰

시를 과거로 보낸 것도 병기의 기동을 저지하기 위해서였다.

그리고 아쓰시는 병기의 기동을 저지했다.

즉, 지금 상황은 그 사람이 바랐던 상황이었다.

아쓰시는 문득 생각났다── '지난번'에 그 지하실에 들어갈 때, 문의 쇠사슬을 부수고 억지로 열어야 할 필요가 있었다. 그 때 그 사람은 품에서 군용 단도를 꺼내 쇠사슬을 부쉈다. 꽤 큰 날붙이였다. 사람의 목을 베는 정도라면 아주 쉬울 정도의.

설마── 그럼 정말로? 그 사람이?

그렇지 않길 바랐다. 그 사람의 정의감이 모두 책략의 일부라고 생각하고 싶지 않았다.

하지만 시계탑에 가까운 숲의 산책로에 들어선 순간, 아쓰시는 자신의 생각이 너무 낙관적이었다는 사실을 깨달았다.

사람이 쓰러져 있었다. 피 웅덩이 안에.

"가브!"

아쓰시는 피 웅덩이 안에 쓰러진 소년에게 달려갔다. 가브는 배를 움켜쥐고 있었다. 아쓰시가 손을 뻗자 가브가 살짝 얼굴을 찡그렸다.

"가브, 어떻게 된 거야? 보스는?"

"……실수했어……." 가브는 배를 누르고 가는 목소리를 흘렸다. 얼굴이 창백했다. "보스는…… 뒤에……."

피 웅덩이 뒤를 바라보았다. 가브가 쓰러져 있는 곳은 산책로의 작은 계단 위였다. 처음에는 눈치채지 못했지만 가브 뒤쪽과 이곳은 1미터 정도의 높이 차이가 있었다.

그 계단 너머에 보스가 떨어져 있었다.

눈을 번쩍 뜨고 석고상처럼 굳은 모습이었다. 눈에 빛이 없었다. 지면의 피 웅덩이는 가브보다 작았지만, 목의 상처에서는 아직도 계속 피가 분출되는 중이었다.

이미 늦었다.

"이럴 수가……."

그렇게 자신만만했던 보스. 아르센 뤼팽을 동경해 대도적을 목표로 했던 쾌활한 인물. 동료를 그 무엇보다 소중하게 생각했던 남자.

"가브. 무슨 일이 있었지? 누구한테 당한 거야?"

가브는 무언가 말을 하려고 입을 열었다. 하지만 그 목소리는 틈새에서 바람이 빠지는 듯한 소리로밖에 들리지 않았다. 가브도 치명상을 입었다. 급성 실혈로 인한 혈압 저하로 이제 곧 목숨이 사라진다.

"정신 차려! 바로 사람을 부를게!"

"있지…… 마타사부로……." 가브가 얼굴을 찡그리면서 어떻게든 웃으려고 했다. "넌…… 도적이 아니라고 했지……?"

가브는 무언가를 말하려고 했다. 혈압저하에 의한 뇌의 산소 부족으로 의식이 다른 곳으로 가 있는 것일까.

"그래. 난 탐정사 조사원이야." 아쓰시가 가브를 부르듯이 그렇게 말했다. "나중에 얼마든지 사과할게. 잘못한 만큼 하고 싶은 거 다 해 줄게! 그러니까 살아!"

"미안하지만…… 그건 아무래도 안 될 것 같아, 마타사부로……."

"내 이름은 마타사부로가 아냐. 아쓰시야. 가브, 바로 사람을 불러올게!"

"그렇구나…… 아쓰시, 들어 줘……." 가브는 떨리는 손을 뻗었다. "내 이름은…… 가브, 리, 엘……."

그때 가브의 팔이 힘을 잃고 피 웅덩이로 떨어졌다.

아쓰시는 눈도 깜빡이지 않고 그 모습을 바라보았다. 목숨을 잃는 순간을.

갑자기 숲으로 바람이 불어왔다. 나무들이 술렁이며 불길하게 울었다.

왜? 왜 가브가 죽어야만 하는 거지? 왜 보스가, 비르고가 죽어야만 하는 거냐고?!

──내 수제자 자리를 너한테 줄게! 대도적의 제자의 제자인 거지!

맨 처음 이 섬에 왔을 때, 정말 아름답다고 생각했다. 일이라고는 하지만 멋진 섬에서 지낼 수 있어서 최고라고 생각했다.

하지만 달랐다. 이 섬은 최악이었다.

이 섬은 사람의 손으로 만들어져, 해상 위를 이동하는 지옥이었다.

아쓰시는 가브와 보스의 위치 관계를 확인했다. 계단 위의 피 웅덩이와 가브. 계단 아래의 보스. 보스 쪽은 피 웅덩이가 그다지 크지 않았다. 아마 두 사람은 같은 장소에서 습격당해 쓰러졌고, 보스만 계단 아래로 떨어진 듯했다.

아쓰시는 숲 앞에 있는 시계탑을 올려다보았다. 시간은 12시 42분.

탑의 꼭대기에서 낯익은 사람 그림자를 발견했다. 정장 차림의 금발. ──웰스다. 틀림없다.

아쓰시는 달려가자는 생각보다도 먼저 달리고 있었다.

시계탑의 입구로 뛰어들어 가려 했을 때, 입구 앞에 있던 인물이 아쓰시를 불렀다.

"기다렸네, 아쓰시." 다자이였다. 평소와는 달리 눈빛이 조용했다.

"다자이 씨." 아쓰시는 숨을 헐떡이면서 말했다. "하지만 서두르지 않으면 병기가."

"이럴 때 머리가 아니라 다리를 먼저 움직이면, 대체로 제대로 된 결과가 안 나오지." 다자이는 희미하게 웃으면서 말했다. "아쓰시는 뭘 봤지?"

"도적단이…… 살해당했습니다." 아쓰시는 신음소리를 내듯이 말했다. "전부요."

"그렇군. ……나는 이것을 발견했네." 다자이는 안고 있던 검은 무언가를 들어 올려 보여 주었다. "뭔지 알겠나?"

다자이는 그것을 땅에 내던졌다. 사각형 기계처럼 보이는 그것은 지면에 닿자마자 충격으로 부러지며 두 개로 나뉘었다.

"어떤 호텔의 방에서 발견했지. 소형 컴퓨터의 잔해야. 정성스럽게도 기름을 뿌리고 불을 붙여 철저하게 은폐했더군. 그 외에도 도청기, 망원경, 소형 무전기. 모두 불태웠어."

소형 컴퓨터? 불을 붙여 증거를 인멸?

"주도면밀하게 화재경보기까지 망가뜨렸더군. 자칫하면 대화재가 일어날 뻔했지 뭔가. ……그 방을 빌린 손님은 절대 방에 들어가지 말라고 종업원에게 엄명을 내렸다고 했다고 하네. 묘한 손님이라고 생각하지 않나?"

"그럼, 그러니까……."

"예를 들면 이런 가설은 어떤가? 우리 탐정사와 마찬가지로 병기를 회수하러 온 사람들이 있었다. 그들은 최신 기기를 사용해 자신들의 정체를 철저하게 은폐하도록 전문적인 훈련을 받은 녀석들이다. 하지만 그들의 작전 목적은 병기로 인한 대량 살육을 저지하기 위한 것이 아니다. 그 강대한 힘을 자신들의 손에 넣기 위해서이지."

"설마." 아쓰시의 안색이 변했다. "다른 나라의 어떤 기관이……?"

"단정할 수는 없지만." 다자이는 어깨를 으쓱 들어 올렸다.

"하지만…… 그렇다고 해도, 도적단은 왜 살해한 거죠?"

"그것도 가설로 충분히 설명할 수 있네. 예를 들면…… 도적단의 기술 담당이 전산망에서 무언가 알아서는 안 되는 정보를 알아냈을지도 모르지. 녀석들이 당황해할 만한 정보를."

그래서 입을 막기 위해 비르고를 살해했다. 그리고 순간적으로 도망친 보스와 가브도 뒤쫓아 가서 죽었다…….

그렇게 하면 이야기의 얼개는 맞는다.

"그런 위험한 녀석들에게 병기를 빼앗기면 안 되는 거죠?"

"음, 정체를 확인해 볼 필요는 있겠지. 특무과가 직접 의뢰한 것이기도 하니까."

그럼 이제부터 어떻게 움직여야 하지?

아쓰시의 의문을 미리 읽은 것처럼, 다자이가 검지를 세우고 말했다.

"병기를 회수했으니 그들은 이제 이 섬에 있을 이유가 없어. 아마 빠르게 철수하겠지. 상대가 조직이라면 같은 편이 배나 항공기로 데리러 올 거다. 내 감으로는 항공기, 무장 헬기가 아닐까 하네만. 아무리 탐정사라도 그런 것과 맨몸으로 대결할 순 없지. 하나, 오는 방향을 예측할 수 있다면 정체를 아는 것 정도는 가능해."

다자이는 자신의 머리 위, 시계탑 위를 가리켰다.

"자네도 알다시피, 이 시계탑은 함교의 역할도 하지. 최상층의 관측실에 있는 전파 탐지 시설을 사용하면 배나 항공기의 접근을 상당히 조기에 발견할 수 있어. 단, 섬사람들은 대령 사건으로 정신이 없어서 항공기를 경계할 수 없는 상태지."

우리가 갈 수밖에 없다는 건가…….

"그러고 보니." 아쓰시는 갑자기 생각이 나서 말했다. "최상층 관측실에 웰스가 있었어요."

"자…… 그렇게 중요한 장소에 소문의 이능력자가 과연 뭘 하고 있는 걸까?" 다자이는 의미심장하게 미소 지었다. "들으러 한번 가 봐야겠군."

　'지난번'과 마찬가지로 엘리베이터에 올라탄 뒤, 최상층 바로 아래층에서 내려 계단을 이용해 목적지로 올라가기로 했다.

　계단을 조용히 올라가면서 아쓰시는 조금 혼란스러워했다. 웰스는── 그 사람은 다른 나라 비밀 기관의 에이전시였던 걸까? 도저히 그렇게 생각하기 힘들었다. 그 사람은 병기를 개발한 사람이 자신이라고 말했다. 그렇기에 병기를 멈추러 왔다고. 아쓰시는 그게 전혀 거짓말처럼 보이지 않았다.

　생각해 봐도 소용없다. 웰스의 시간 조작은 엄청난 이능력이지만, 전투 계열 능력은 아니다. 단순한 힘 대결이라면 호랑이 이능력에게 승산이 있다. 본인에게 직접 이야기를 들을 수밖에 없다. 필요하다면 힘을 사용해서라도.

　계단을 올라 최상층에 도착했다. 머리만 내밀어 상황을 살폈다.

　관측실은 전에 봤을 때와 전혀 다르지 않았다. 벽면은 모두 유리였고, 푸른 하늘과 바다가 잘 보였다.

　웰스의 모습은 바로 발견했다. 창가의 둥근 의자에 앉아 밖을 내다보는 중이었다.

　아쓰시는 다자이를 보고 고개를 끄덕였다.

　그리고 조용히 계단을 빠져나가 웰스에게 가까이 다가갔다. 다행히 웰스는 이쪽에게 등을 돌리고 있었다. 소리를 내지 않고 이동하는 것은 이 섬에 온 뒤로 상당히 익숙해졌다.

　오른팔을 호랑이로 바꾸고 발톱을 웰스의 목덜미에 갖다 댔다.

"움직이지 마세요." 아쓰시는 목소리를 낮춰 말했다. "호랑이 발톱은 철골도 찢어 버립니다. 권총도 단도도, 이 팔에는 통하지 않습니다."

웰스는 대답하지 않았다.

"가르쳐 주세요, 웰스 씨. 가브를 죽인 사람이 당신입니까? 보스나 비르고 씨를 죽이고, 병기를 빼앗은 사람이 당신인가요? 왜죠?! 대답해 주세요!"

"기다리게, 아쓰시." 뒤에서 꼭대기로 올라온 다자이가 조용히 말했다. "뭔가 모습이 이상해."

그때, 천천히 웰스의 몸이 기울었다.

그리고 바닥에 몸이 쓰러져 둔탁한 소리가 났다.

웰스의 가슴에 단도가 꽂혀 있었다. 옷은 새빨갛게 물든 상태였다.

죽었다──.

"이럴 수가." 아쓰시는 한 걸음 뒤로 물러섰다. "왜 이 사람이…… 이 사람이 사건의 흑막이었던 게…….."

"아쓰시. 꽂힌 나이프는 이 사람 물건이 틀림없나?"

아쓰시는 단도의 손잡이를 바라보았다. 군용 단도── 웰스가 쇠사슬을 부서뜨리던 때 사용하던 것과 똑같았다.

"네. 틀림없어요."

"묘하군." 다자이는 눈을 가늘게 뜨고 말했다. "단도의 손잡이에 조금 기름이 묻어 있어. 컴퓨터를 태울 때 사용한 기름이겠지. 그렇다면── 앞뒤가 안 맞아."

"앞뒤가 안 맞아요?"

"이곳 설비 말이야. 파괴된 흔적이 전혀 없거든. 전파 탐지기도, 망원 장치도 모두 그대로야." 다자이는 측량기나 그 주변에 있는 전자 기기를 모두 확인하면서 말했다. "내가 적이라면 이곳에 올 때 웰스 씨를 그냥 찌르고 돌아가진 않을 거네. 이곳이 살아 있는 한 탈출 경로는…… 하늘도, 바다도, 바닷속도, 감시 범위 내거든. 적은 탈출할 생각이 없는 건가? 아니, 그렇다기보다는 이건, 애초에, 근본적으로…… 하지만 그렇게 되면……."

다자이는 턱에 손을 댄 채, 중얼거리며 무언가를 생각하는 중이었다. 눈은 다자이에게만 보이는 경치를 고속으로 좇듯이 좌우로 계속 움직였다.

그런데 갑자기, 다자이가 움직임을 멈췄다.

"다자이 씨?"

다자이는 천천히 고개를 들더니, 멍하니 중얼거렸다. "당했다."

"네?"

"병기를 노리는 제3국은 처음부터 존재하지 않았어." 다자이의 표정에 아쓰시가 본 적 없는 것이 떠올랐다. 놀라움이었다. "불탄 컴퓨터도 가짜야. 꽤 하는걸. 실로 용의주도해── 그럼 녀석은 지금 이──."

누군가가 잡아 비틀어 뗀 듯이, 다자이의 말이 중간에 갑자기 멈췄다.

다자이의 가슴에서 날붙이의 끝이 튀어나와 있었다.

"커⋯⋯ 헉⋯⋯?"

다자이가 뒤를 돌아보려고 했다.

하지만 등 뒤의 누군가는 더욱 칼을 찔러 넣으며, 비틀었다. 최상층에 뼈가 억지로 열리는 듯한, 끼득끼득 하는 소리가 울려 퍼졌다.

다자이의 입에서 피가 뿜어져 나왔다.

다자이는 등 뒤의 누군가를 붙잡으려고 했지만 채 잡지 못하고, 팔을 뻗으려는 자세 그대로 반 정도 회전하더니, 부러진 것처럼 쓰러졌다.

아쓰시는 그 과정을 모두 지켜보았다. 눈을 깜빡이지도 못 한 채, 모든 세세한 움직임을 모두 포착했다. 하지만 그 의미를 이해해야 하는 뇌는 얼어붙어 있었다.

다자이는 바닥에 쓰러진 채, 모든 것을 이해했다는 듯이 엷은 미소를 지었다.

그 녀석이 다자이의 등에서 단도를 빼냈다. 피가 흘러넘쳤다.

그 녀석은 허벅지로 단도의 피를 닦고 아쓰시를 바라보았다.

그리고 작게 웃었다.

"얼마나 식은땀이 났는지 몰라. 이 사람이 가장 큰 난관이었으니까. ⋯⋯들은 대로 아주 멋진 스승이구나, 마타사부로."

아쓰시는 몸을 떨었다.

땀이 멈추지 않았다.

"⋯⋯가브?"

그 녀석은 관측실을 천천히 호를 그리듯이 걸었다. 단도를——
푸르게 빛나는 강철 칼날을 천천히 번뜩이면서.

"너한테는 거짓말을 참 많이 했구나." 가브는 평탄한 목소리
로 말했다. "하지만 전부 거짓말은 아냐. 가브는 본명이고, 도
적의 일원이었던 것도 사실이지. 일원이 된 것은 보스가 이 섬
에 들어오고 난 후부터지만."

"보스를 존경한다고 말한 건?" 아쓰시는 굳은 목소리로 물었
다. "존경해서 보스의 목을 찢어 죽인 건가?"

"그래 죽이긴 했지. 하지만 '일단'이야. 일단 죽인 처치. 그
사람을 존경한다는 말은 사실이야. 그 사람은 내가 필요한 걸
주었으니까."

아쓰시는 가브의 살해 현장을 떠올렸다. 피 웅덩이 안에 쓰러
진 가브와 그 뒤의 계단 아래로 떨어진 보스. 보스의 목에 난 상
처는 봤지만, 가브의 배에 난 상처는 보지 못했다. 그건 보스의
피였구나. 보스의 목을 찢고, 피 웅덩이를 만들어 그곳에 뛰어
든 것이다. 보스의 몸은 뒤로 밀어서 떨어뜨렸다. 그래서 보스
주변에는 피 웅덩이가 적었던 거였다.

"비켜, 가브." 아쓰시의 목소리는 팽팽하게 당겨진 활의 시위
같았다. "다자이 씨를 데리고 갈게. 섬 어딘가에 있을 요사노
씨에게 보여 주면, 치유 이능력으로 살려 줄 거야."

요사노는 탐정사의 의사로 치유 능력이 있다. 빈사 상대인 사

람의 외상을 순식간에 치료하는 엄청난 이능력이다. 단, 죽은 사람을 살릴 수는 없다. 다자이가 죽기 전에 데리고 가면——.

"어라아?" 가브는 눈썹을 들어 올렸다. "그랬나? 내가 조사한 바로는 네 스승의 이능력은 이능력 무효화였던 걸로 기억하는데. 그렇다면 그 치유 이능력인가도 무효화되는 거 아닌가?"

아쓰시의 뺨에 굵은 식은땀이 흘렀다.

가브의 말대로다.

"아쓰시, 자네······." 다자이의 가느다란 목소리가 울렸다. "저 녀석과······ 싸우지 마라······. 저 녀석은 이능력자, 아니······ 이능력 그 자체다······."

다자이 씨.

나를 탐정사로 이끌어 준 사람.

다자이 씨의 이능력 무효화는 강력하지만 전투 계열의 이능력은 아니다. 나처럼 조금 총에 쏘이고 칼을 맞아도 움직일 수 있는, 그런 사람이 아니다. 바로 응급처치를 하지 않으면 목숨을 잃을 수도 있다.

"가브." 아쓰시는 양손을 호랑이로 만들었다. 호랑이로 변했다는 자각도 없이. "미안하지만, 봐줄 생각은 없어."

"이쪽도야."

아쓰시는 바닥을 차고 돌진했다.

총알이 나가는 속도와 맞먹을 만큼 빠르게 접근하여 가브의 머리를 향해 오른 주먹을 휘두——르는 것처럼 위장하고 직전에 급정지. 상반신을 반회전시킨 기세를 몰아 호랑이의 오른다리를 휘둘렀다.

철 기둥마저도 꺾는 호랑이의 일격―― 하지만 가브는 얼굴색 하나 변하지 않았다. 얼굴색이 변하기는커녕 발끝을 꿈쩍하지도 않았다.

그 대신 바닥에서 팔이 솟구쳐 아쓰시의 발차기를 붙잡았다.

"아니?!"

거대한 팔이었다. 바닥의 재질 그 자체가 물리 법칙을 배신하고 진흙처럼 변형하더니 팔이 되었다. 팔의 길이는 가브의 키보다도 컸고, 손바닥의 크기는 아쓰시를 한 손으로 붙잡을 수 있을 정도였다. 그 팔이 아쓰시의 혼신의 발차기를 가볍게 막았다. 하지만 그 손바닥의 표면에는 상처 하나 나지 않았다.

"그거, 언제 봐도 멋진걸, 마타사부로." 가브는 미동도 하지 않은 채 서 있었다. "물론 나 정도는 아니지만."

돌로 된 팔이 아쓰시의 측면에서 갑자기 뻗어 왔다. 회피 운동을 할 새도 없이, 아쓰시는 거대한 팔에 몸을 붙잡혔다. 팔은 그대로 쭉 늘어나 아쓰시를 등 뒤에 유리벽과 충돌시켰다.

"크학⋯⋯!"

충격으로 튼튼했던 벽이 부서졌다. 자동차와 충돌한 것 같은 충격에, 아쓰시는 온몸이 저릿거렸다.

"넌 나한테 못 이겨, 마타사부로." 가브가 쓴웃음을 지으면서 말했다. "나는 네가 글을 읽고 쓰기 전부터 이 힘으로 섬을 지켰거든."

"뭐⋯⋯?"

아쓰시는 가브를 바라보았다. 가브는 아무리 봐도 아쓰시보다 연하였다. 그리고 이 섬이 만들어진 것은 14년 전. 그때는 가브도 아직 유아에 해당하는 나이다.

"이해할 수 없다는 표정이네." 가브가 말했다. "하지만 난 널 이해시키기 위해서 사는 게 아니라서. 잘 가, 마타사부로."

"가브." 아쓰시는 거대한 팔에 붙잡힌 채 말했다. "너는 대체 정체가 뭐야……?"

가브는 대답하지 않고 검지를 흔들었다.

동시에 가브의 발밑에 이변이 생기기 시작했다.

가라앉기 시작한 것이다. 가브의 다리가, 진흙에 먹혀 들어가듯이.

"나는 이 섬 그 자체. 하지만 나는 섬에 있는 사람을 지키는 건 아냐. 어딘가에 모셔 놓고 불평 같은 기도를 한다고 해도, 사람을 지킬 마음은 없어." 가브는 가라앉아 가면서 키득거리며 웃었다. "그럼 가 볼게. 병기는 내가 마음대로 쓰지. 이 섬의 경치도 이제 바꿀 때가 됐어."

──그분은 섬의 형태를 자유자재로 바꿀 수 있는 것은 물론, 수많은 외적으로부터 섬을 지켜 주신다고 합니다.

선장의 말이 떠올랐다.

"설마…… 너는."

가브는 바닥으로 가라앉아 갔다. 팔을 만든 것과 똑같은 이능력 효과인 듯했다. 바닥에 파문이 펼쳐지고, 허리, 어깨가 계속해서 잠겼다.

전설의 수호신.

이 섬이 생겼을 때부터 함께 있던 것.

"네가…… 섬의 '수호자'?"

"그 질문에는 예스이기도 하고 노이기도 해." 목까지 바다에 잠긴 가브가 웃으며 말했다. "나는 수호자이자 파괴자. 이름은 가브. 췰 가브리엘 베른. 이능력 이름은 『신비의 섬』이지. …… 그럼 안녕, 마타사부로."

부글거리는 소리를 내면서 가브의 머리가 바다까지 잠겨, 사라졌다.

피가 계속 흘렀다.

다자이의 상처는 누가 봐도 치명상이었다. 폭이 넓은 칼날이 흉부를 관통해 중요한 혈관을 몇 개나 절단했다. 손으로 지혈해서 어떻게 할 수 있는 출혈량이 아니었다.

인체가 급격하게 피를 잃으면, 혈압의 저하로 말초 혈액 순환이 정지된다. 그리고 중요 장기가 대사 장애를 일으킨다. 증상은 일단 교감신경의 긴장에 의해 피부가 창백해지고, 맥박이 약해지며, 말초 조직이 산성혈증에 걸린다. 하지만 가장 큰 문제는 심근의 허혈에 의한 심근수축성이 저하── 즉, 심장이 정지한다. 출혈성 쇼크라고 불리는 증상이다.

"다자이 씨!"

아쓰시는 온 힘을 다해 돌로 된 팔을 부수고 다자이에게 달려갔다.

다자이는 무언가 말을 하려고 했다. 입을 열고 창백한 얼굴로 아쓰시를 향해 입술을 움직였다. 하지만 목소리는 소리가 되지 못했다. 목의 저 안에서 목소리는 원래 얻었어야 할 에너지를 오히려 잃고 죽어 갔다.

다자이의 입술이 움직였다. 아쓰시는 그 입술을 읽었다.

'드디어 왔구나.'

다자이는 웃었다.

'생각보다 큰일은 아냐.'

아쓰시는 그 입의 움직임에서 눈을 떼지 않았다. 입술은 계속 움직였다.

'안녕, 아쓰시.'

아쓰시의 머리가 화악 뜨거워졌다.

죽음.

절대적인 죽음.

아쓰시는 재빨리 휴대전화를 꺼내 구니키다에게 연결했다.

"구니키다 씨! 급히 요사노 씨를 시계탑으로 모셔와 주세요! 다자이 씨가 찔려서 심장이 멈추려 해요!"

〈뭐라고?!〉 전화 너머에서 구니키다의 목소리와 무언가 격렬한 전투 소리가 들려왔다. 〈큭…… 이럴 때 말인가?!〉

저편도 뭔가 상태가 이상했다. 격렬하게 싸우는 소리, 총격 소리, 집이 흔들리는 굉음.

〈갑자기 지면에서 팔이 무수히 많이 뻗어 나와 무차별적으로 우리를 습격하기 시작했다! 탐정사 사원 모두가 어떻게 해서든 상대하고 있지만, 관광객을 보호하는 것만으로도 벅차!〉

그럴 수가.

그럼 다자이 씨는——.

다자이는 바닥에 쓰러져 눈을 감고 있었다. 일요일을 맞이한 아이처럼 미소를 지은 표정이었다. 당장에라도 '장난이었네'라고 하면서 일어날 것만 같았다.

하지만 팔에는 맥박이 없었다. 호흡도 없었다.

"구니키다 씨." 아쓰시는 다자이의 흉부를 손가락으로 확인하면서 말했다. "심장이 멈췄습니다."

〈그런가. ……아쓰시.〉 구니키다는 무언가 억지로 억누른 듯한 목소리로 말했다. 〈순서는 알고 있겠지?〉

"네."

이능력 무효화 능력을 지닌 다자이에게 치유 이능력은 소용없다——.

그게 진실이었다.

하지만 다자이의 상처를 이능력으로 치료하는 방법은 존재했다.

〈문제는 이 공격이다.〉 구니키다는 답답하다는 듯이 말했다. 〈이 공격을 피하면서 시계탑까지 가기엔 시간이 너무 부족하다. 아쓰시, 이 공격을 하는 이능력자가 누군지는 이미 알고 있겠지?〉

"네." 아쓰시는 대답했다.

〈그 녀석을 쓰러뜨려라.〉

구니키다는 간결하게 말했다.

〈1초라도 빨리다. 다른 방법이 없다. 아마 그 녀석이 그 병기를 가지고 있을 거다. 더 이상 희생자가 나오게 하지 않기 위해서도 흑막을 쓰러뜨려라.〉

가브를 쓰러뜨린다.

아쓰시는 주먹을 꽉 쥐었다.

다자이를 살리고 싶다. 그러려면 뭐든지 할 생각이다. 하지만 문제가 너무나도 많았다. 무엇보다 가장 큰 문제는———.

"시간이 없습니다." 아쓰시는 피를 토하는 듯한 목소리로 그렇게 말했다. "다자이 씨를 소생시키려면, 2분 이내에 쓰러뜨려야 해요. 하지만 제 공격력으로는 그 녀석의 이능력을 돌파할 수 없습니다. 이대로는———."

그때 누군가가 갑자기 아쓰시의 어깨를 붙잡았다.

"그건 아직 모르지. ——나한테 생각이 있다."

웰스였다.

"웰스 씨……."

아쓰시는 멍하니 상대를 바라보았다. 웰스는 가슴을 꿰뚫려 분명히 죽었었는데…….

목에 건 카메라가 작게 빛을 냈다.

"미안하지만, 상처 때문에 나는 걷지 못한다. 이 근처에 내 기지가 있으니, 나를 그곳으로 데려가 줬으면 한다. 그곳은 열 껍질의 피해를 막기 위해 만든 곳이니 녀석의 이능력도 쉽게는 침입하지 못할 거다."

"하지만……."

아쓰시는 주저했다. 이 1분 1초가 다자이의 목숨과 관련된 시간이었기 때문이다. 아주 조금이라도 헛되이 보낼 수 없었다.

"나라면 이 남자의 수명을 20분 정도 더 늘릴 수 있다. 내가 지금 죽지 않은 것과 똑같은 방법으로 말이지. 그러니까 데리고 가라. 부탁한다."

웰스는 아쓰시의 눈을 보고 말했다.

"내 앞에 더 이상 시체의 산이 쌓이지 않게 해 다오."

그 말을 듣고 아쓰시는 결심이 섰다.

아쓰시는 웰스를 부축하고 걷기 시작했다.

다자이와 웰스를 옮기는 것은 쉬운 일이 아니었다. 호랑이 팔다리가 있으면 어른 두 사람을 옮기는 것쯤이야 별것 아니지만, 두 사람 모두 아쓰시보다 키가 컸다. 결국 두 사람을 양어깨에 둘러메고 두 사람의 발끝을 질질 끌면서 옮길 수밖에 없었다.

"나는 딱 한 번밖에 사용할 수 없는, 의식을 과거로 날리는 이능력 외에 주변 공간의 시간 흐름을 어느 정도 제어할 수 있는 이능력이 있다." 웰스는 아쓰시의 어깨 위에서 잠긴 목소리로 말했다. "지금은 그 방법으로 내 실혈을 늦추고 있지. 같은 방법으로 이 다자이라는 남자의 죽음도 늦출 수 있을 거다."

아쓰시는 떠올렸다. '지난번'에 모든 것을 불태우는 이능력이 지상을 휩쓸고 있었는데도 불구하고, 지하의 그 방에서는 아무 일도 벌어지지 않았던 그때를. 그것은 '방의 시간을 늦추는' 것으로 실현했던 것이었다.

"하지만…… 다자이 씨는 이능력을 무효화하니, 시간 제어 이능력은."

"이래 봬도 이능력 전투를 썩을 만큼 많이 봐 온 몸이다." 웰스가 말했다. "대충 예상은 간다. 이능력 무효화 능력도 죽은 상태에서는 그 효력이 발휘되지 않아. 즉, 심장이 멈춘 다자이는―― 다자이의 시체는 이능력을 무효화하지 못한다. 그러니 시간 지연 이능력도 효과가 있다."

확실히, 그 말대로다.

탐정사에서 일을 하기 전에 각각의 이능력이 어떤 상황에서 어떻게 기능하는지 철저히 배운다. 죽어도 계속 발동되는 이능력은 드물다. 아쓰시도 구니키다도, 그리고 다자이도, 죽으면 그 시점에 이능력은 소멸한다.

"그리고 그것이―― 이 남자를 소생시키는 유일한 방법과도 관계가 있지." 웰스는 아쓰시를 보고 말했다. "그렇지?"

아쓰시는 아무 말 없이 고개를 끄덕였다.

죽고 싶어 하는 다자이가 정말로 죽었을 때, 바로 소생시키는 방법은 구니키다를 중심으로 꽤 면밀하게 검토되었다. 그리고 아쓰시도 그 최선의 방법에 대해 철저하게 교육받았다. 구체적으로는 이렇다.

일단 다자이의 심장이 정지되었다고 하자. 그 시점에 뇌로 가는 혈액 공급이 멈춰, 다자이라는 사람은 사망한다. 그 순간에 이능력 무효화는 소멸하고, 다자이의 시체에 이능력을 사용하면 효력이 발휘된다.

여기서 재빨리 외상을 응급처치하고, 소생 조치를 한다. 소생 조치는 평범한 병원에서 이루어지는 것이라도 상관없다. 따라서 제세동기로 전기 충격을 가해 다자이의 심장을 다시 움직이게 한다.

그게 성공하면 다자이는 '죽음'에서 '빈사' 상태가 된다.

그리고 치유 능력을 지닌 탐정사의 요사노 선생님의 능력은 '빈사 상태인 사람의 외상을 완전히 치료하는' 능력이다. 즉, 빈사 상태만 되면 상처의 치료는 가능하다는 말이다. 단, 동시에 그때의 문제는 다자이의 이능력 무효화다. 요사노의 이능력이 통하지 않으면 본격적인 의료 기기도 수혈 설비도 없는 이런 장소에서는 치료할 방법이 없다. 그래서는 소생 노력도 헛수고로 끝난다.

하지만 이 이능력의 충돌에도 아주 작은 틈이 있다.

심폐 소생을 실시하면, 심장이 움직인 뒤 뇌에 혈액이 전달되기까지 아주 순간적인 시간차가 존재한다. 그 사이, 심장은 움직이고 있기 때문에 '빈사' 상태가 되어 치유 이능력은 통하지만, 동시에 뇌는 정지되어 있기 때문에 다자이의 이능력 무효화는 다른 이능력을 방해하지 않는다.

그 시간차는 약 0.5초.

죽음과 삶의 순간적인 시간차. 그리고 이능력 발동 조건의 간격을 노린 이 방법이라면 이능력이 통하지 않는 다자이에게 치료 이능력을 사용할 수 있다.

그것밖에 방법이 없다.

외상 조치는 가능한가. 전기 자극에 의한 심근은 활성화되는가. 심정지에 의한 허혈 시간은 중요 장기를 괴사시키지 않을 정도로 짧은가. 달성해야 할 조건이 굉장히 많아 성공률은 결코 높다고 할 수 없었다. 하지만 제로는 아니었다. 그리고 그 소생법은 죽은 지 시간이 얼마 지나지 않았을수록 성공률이 높아진다.

원래 자살 버릇이 있는 다자이는 이 방법을 싫어했다. 절대 사용하지 말아 달라며 엄명을 했을 정도다. 하지만——.

"시간제한이 있는 작전이다." 웰스는 얕게 숨을 쉬면서 말했다. "나는 다자이와 함께 지하실에서 기다리마. 하지만 20분이 지나면 시간의 흐름을 늦춘 방에서도 나와 다자이의 치명상은 치료 불가능해진다. 그때까지 그 '수호자'를 쓰러뜨리고 치유 이능력자를 불러와 줬으면 한다. 모두의 목숨이 네 어깨에 달렸다."

"할 수밖에 없어." 아쓰시는 으르렁거리듯이 말했다.

"할 수 있겠나?"

"제가 안 하면 다자이 씨가 죽어요." 아쓰시는 앞을 가만히 노려보며 말했다. "당연히 할 수 있습니다."

가브는 돌바닥을 걷고 있었다.

콧노래라도 부르는 듯한 표정으로 섬을 바라보았다.

이미 섬에는 사람의 모습을 찾아볼 수 없었다. 지면에서 뻗어 움직이는 '돌로 된 팔' 때문에 관광객은 대혼란에 빠졌다. 피난소도 역시 이 섬의── 가브의 일부이기 때문에 도망칠 곳조차 없었다. 부두는 도망치려는 사람들로 넘쳤지만, 출항 가능한 배는 모두 '돌로 된 팔'이 붙잡고 있었다.

하지만 가브에게 있어 그런 혼란과 비명은 상황을 만드는 기호 중 하나에 지나지 않았다.

파괴와 살육이 가브의 목적은 아니다. 그것은 목적지에 가기 위한 통로에 불과했다. 하지만 그것이 자신의 보전과 안녕으로 가는 최단 통로라면 가브는 살인도 파괴도 전혀 주저하지 않았다.

어차피 모두 사라져 버릴 테니까.

가브는 걸으면서 그 손에 소멸 병기를 들고 있었다. 지하 5층에서 빼앗은 진짜 아타셰케이스였다. 가브의 능력을 사용하면 지하의 기밀 지구에 침입해 숨겨진 병기를 빼앗는 것 정도는 아무런 문제도 되지 않았다. 하지만 중요한 것은 탐정사가 그것을 빼앗도록 하는 것이었다. 그래서 이것저것 작전을 쓰고 피에로를 연기했다.

아니, 그것도 역시 가브의 진짜 모습 중 하나였다. 무서움을 많이 타는 도적. 거칠고 쉽게 시비를 걸고, 보스를 진심으로 존경하는 도적. 설사 취소된다고는 하지만, 그 사람의 목을 찢을 때는 마음이 아팠다.

하지만 모든 것은 필요한 희생이다. 그리고 상황은 안정되어, 이제는 웰스와 다자이가 완전히 죽는 것을 기다리면 그만이었다. 서두를 필요는 없었다. 느긋하게 산책이라도 하면서 앞으로 몇십 분 정도만 기다리면 된다. 어느 쪽이든 간에 그들에게는 저항할 수단이 없으니까.

문득── 눈을 든 가브는 그곳에 검은 사람 그림자가 서 있는 모습을 발견했다.

사람 그림자는 주변의 소동에 동요하는 법 없이 계속 돌바닥의 중심에 가만히 서 있었다.

모든 것이 그림자 같은 사람이었다. 시선만이 희고 날카롭게 이쪽을 찔렀다. 먼지 섞인 바람에 흩날려 검은 외투가 나부꼈다.

"기이한 이야기군." 사람 그림자는 말했다. "호랑이 인간을 놓치고 돌아와 보니, 그 병기를 처음 보는 자가 가지고 있다니."

잠시 뒤, 가브는 그 사람 그림자가 자신에게 말을 하고 있다는 사실을 깨달았다.

"아, 이거?" 가브는 들고 있던 아타셰케이스를 들어 보였다. "필요한 거라서 일단은. 사정을 모르는 녀석이 기동하면 안 되니까."

"그런가." 사람 그림자는── 아쿠타가와는 살짝 몸을 움직였다. "아무래도 호랑이 인간은 네놈에게 그것을 빼앗긴 듯하군. 병기의 찬탈과 호랑이 인간의 처리. 두 가지를 동시에 달성할 수 있었으면 수고를 덜었을 텐데—— 뜻대로 안 되는 것이 이 세상의 이치인가."

아쿠타가와의 외투가 부풀었다. 그리고 표면이 굼실거리기 시작했다.

"네 이능력도 굉장히 무시무시할 것 같아." 가브가 희미하게 웃었다. "그래서, 어떻게 할 생각이지?"

"뻔하지 않나." 아쿠타가와가 말했다. "두 가지 목적을 순서대로 달성하겠다. 일단은 눈앞에 있는 먹잇감부터다."

아쿠타가와의 외투가 찢어지더니 안에서 두 개의 검은 칼날이 용솟음쳤다.

"우와, 무서워."

가브가 손을 들자, 지면에서 황토색 팔이 좌우에서 나와 주인을 지키기 위해 방어 자세를 취했다.

방어를 위해 올라간 팔의 표면에 검은 칼날이 꽂혔다. 하지만 손톱만큼 찍혔을 뿐, 검은 칼날은 정지. 그 이상은 찌르지 않았다.

"이래 봬도 내 이능력은 방어에 정평이 나 있거든. 미안하지만——."

"방어?" 아쿠타가와는 고개를 갸웃했다. "이 땅덩어리가 지금 방어를 한 건가? 신종 악수라고 생각해 공격을 멈춘 것뿐이다만."

검은 칼날이 변화했다. 창 모양의 끝이 크게 굼실거리며 입을 크게 벌린 짐승의 턱이 되었다.

머리가 둘 달린 짐승이 돌로 된 오른팔의 손목부터 뜯어 먹었다.

"무슨……!"

"『라쇼몽 · 아기토』. 뭐든 먹어 버리는 짐승에게 이 땅덩어리는 너무 검소한 먹거리군."

팔의 방어를 돌파한 검은 짐승이 양쪽에서 가브를 물었다.

공간마저 먹어 버리는 검은 짐승에게 있어, 평범한 사람의 살덩이는 전혀 단단하지 않은 물이나 마찬가지였다. 아쿠타가와는 상대가 양쪽에서 물어뜯겨 깔끔하게 3등분이 되는 모습을 상상했다. 원래는 그렇게 되어야 했다.

하지만.

"우와. 가까이에서 보니 진짜 본격적으로 무섭네. 애들이 울겠어."

가브는 가벼운 목소리로 그렇게 말했다.

검은 짐승은 분명히 가브의 육체를 물어뜯었다. 그런데 가브의 몸에는 아무런 변화가 없었다. 예리한 검은 이빨은 가브를 신기루처럼 그냥 빠져나갔을 뿐이었다.

"아니……?"

아쿠타가와는 눈을 휘둥그렇게 떴다. 가브가 뭔가를 했었던 것 같지는 않았다. 검은 짐승의 움직임에 평소와 다른 점도 없었다. 그런데 검은 짐승은 가브를 상처 입히기는커녕 건드리지도 못했다.

검은 짐승이 다시 돌아가 가브의 머리를 물어뜯으려고 했다.

하지만 이빨은 가브를 그대로 통화해 허공을 깨물 뿐이었다. 마치 안개라도 공격한 느낌이었다.

이능력을 이용한 회피인가.

하지만 가브의 이능력은 조금 전에 본 돌로 된 팔을 만들어 내는 것일 텐데. 다른 이능력이 있다고는 생각하기 힘들었다. 게다가 만약 다른 이능력이 있다고 하다면, 그건 대체 어떤 이능력이지? 얇고 검은 칼날을 신체에 대려고 하면 그냥 빠져나가는 그런 이능력——.

"다음은 이쪽 차례."

가브가 손을 들었다. 그러자 아쿠타가와의 발뒤꿈치가 돌바닥 아래로 잠겨 들어가기 시작했다. 돌바닥이 진흙처럼 변화한 듯이 아쿠타가와의 복숭아뼈, 발목이 잇달아 안으려 잠겨 들어갔다.

"이건…… 대지의 형상을 조종하는 이능력, 인가?"

"엄밀히 말하면 달라. 하지만 네가 보기엔 아마 그런 거겠지. 자세히 알 수 있을 기회는 어차피 없겠지만."

돌바닥에 발이 잠겨 몸을 움직일 수 없게 된 아쿠타가와 주변에 돌로 된 팔이 잇달아 솟아났다. 열 개, 스무 개, 그리고 또 계속.

무수히 많은 돌로 된 팔이 아쿠타가와를 포위했다. 마치 팔의 밀림 같았다.

"쳇……."

바닥에 잠긴 다리 때문에 회피도 할 수 없었던 데다, 가브를 공격도 할 수 없었던 아쿠타가와에게 수많은 거인의 손이 급속히 다가갔다.

파쇄음이 길에 울려 퍼졌다.

웰스와 다자이를 숲속 지하실에 눕혔다. 웰스는 일어날 수 없을 정도로 피폐했지만, 그래도 카메라형 이능력 도구를 사용해 실내의 시간을 일시적으로 조작했다. '지난번'에 아쓰시가 봤듯이 실내가 창백한 빛으로 가득 차, 바깥과 시간적으로 격리되었다. 이걸로 다자이와 웰스의 '죽음 시한'이 조금 늘어났다.

하지만 '지난번'에 홍련의 구면 껍질을 더 이상 막을 수 없었던 것처럼, 다자이의 실혈을 영원히 뒤로 미룰 수는 없었다. 웰스가 지닌 이능력 기기──카메라의 형태를 한『타임머신』──에 그만한 에너지가 내장되어 있을 리가 없었다. 늘릴 수 있는 시간은 약 20분이 한계. 지금부터 20분──오후 13시 14분에는 두 사람의 소생이 불가능해진다.

그때까지 가브를 쓰러뜨리고, 섬의 소란을 진압하고, 요사노를 다자이 곁으로 데리고 와야만 한다.

가브는 누구인가. 그의 목적은 무엇인가──. 의문은 끊이지 않았다. 하지만 지금은 개인적인 호기심에 관심을 가질 때가 아니었다. 한시라도 빨리 녀석을 쓰러뜨리고 장애를 제거해야 한다.

가브를 찾는 것은 매우 쉬웠다. 숲 너머에서 전투로 인한 먼지가 피어올랐기 때문이다.

대지가 흔들리는 소리. 육중한 기둥 같은 무언가가 절단되는 소리. 이런 전투를 일으킬 수 있는 이능력자는 이 섬에 그렇게 많지가 않다. 아쓰시는 소리가 나는 곳으로 달려갔다.

그 전투 지역은 마치 폭풍이 모든 것을 휩쓸고 지나간 것 같은 상태였다.

벽돌집이 두 개로 절단되어 쓰러져 있었고, 고풍스러운 풍차 오두막이 뿌리부터 폭발한 듯 어디론가 날아가고 없었다. 온통 돌의 파편과 흙덩이가 튀었고, 지면이 군데군데 절구 모양으로 파여 있었다.

그 전투 지역 이곳저곳에 반쯤 잘린 돌기둥이 전쟁터의 묘비처럼 무수히 땅에 박혀 있었다.

절단된 돌기둥의 정체는 가브의 '돌로 된 팔'이었다. 반쯤 잘려 나가 움직임이 거의 정지된 채 방치된 모습이었다. 그리고 팔을 절단한 이능력자는——.

"우와 너, 굉장한데? 등에 눈이라도 달린 거 아냐?"

"다리를 묻었다고 해서 피하지 못할 거라고 생각했나? 하나, 이 정도의 공격은 피할 것도 없다. 모두 다시 땅으로 돌려보내 주마."

아쿠타가와는 검은 폭풍을 두른 팔로 팔을 계속 잘랐다. 한편 가브는 폐허에서 적당히 고른 흔들의자에 앉아 느긋하게 싸움을 감상했다.

아쿠타가와는 서서히 지면에 잠기는 중이었다. 대지가 진흙처럼 변해 천천히 아쿠타가와를 집어삼켰다. 그 탓에 아쿠타가와는 이동도 회피도 할 수 없었다. 하지만 아쿠타가와는 전혀 동요하지 않고, 가브의 공격을 계속 요격했다. 아쿠타가와의 주변에서는 돌로 된 팔과 검은 천이 격돌하여 수많은 물체를 자르고 짓누른 파쇄 공간이 생겼다. 어떤 인간이든 그 공간에 있으면 생존하기란 불가능해 보였다.

"조금 기다려, 마타사부로. 이 검은 형을 먼저 해치울 테니까."

의자 위에서 가브는 시선만 아쓰시를 바라보며 말했다.

이미 눈치채고 있었어——.

가브의 그 행동으로 검은 칼날을 조종하던 아쿠타가와의 시선도 아쓰시를 향했다.

"호랑이 인간! 이 자식——."

"앗, 한눈을 팔다니, 좋았어!"

아쿠타가와의 발밑에서 팔이 세 개나 뻗어 나와 나선을 그리듯 아쿠타가와를 둘러쌌다. 도망갈 곳이 없게 만드는 포위 공격.

"가소롭군."

아쿠타가와가 외투를 우산처럼 회전시켰다. 그리고 팔의 중간을 절단했다.

하지만 절단된 팔은 액체가 원래대로 돌아가듯이 달라붙더니, 다시 아쿠타가와를 덮쳤다.

"깜빡하고 말을 못 했는데, 그 팔은 특별해."

"쳇…… 재생하는 팔인가."

거대한 다섯 손가락이 아쿠타가와에게 쇄도했다. 그리고 도망갈 곳이 없는 아쿠타가와의 어깨, 허리, 다리를 각각 손으로 붙잡고 바위를 부술 정도의 힘으로 꽉 움켜쥐었다.

"크앗……!"

뼈가 부서지는 소리가 울리며 팔이 움켜쥔 부분에서 피가 튀었다.

아쿠타가와는 어떻게 해서든 검은 칼날로 돌로 된 팔을 자르며 산산조각 냈다. 하지만 그와 동시에 더 이상 버티기 힘든지 무릎을 꿇었다.

젠장.

아쿠타가와조차도 가브를 이기지 못하다니——.

아쓰시는 다리의 방향을 바꾸었다. 역시 정면에서 싸우는 것은 너무 무모하다. 어떻게 해서든 틈을 발견해 공격을 피해서 요사노에게 갈 수밖에 없었다.

"앗, 그럼 재미없지, 마타사부로."

가브가 아쓰시를 보고 웃었다. "모처럼 대재해의 한가운데 있는 거잖아. 재미있는 것 좀 보고 가."

지면이 위아래로 흔들렸다.

섬이 진동했다. 수많은 물체가 경련하듯이 흔들렸다. 아쓰시는 무릎을 펼 수 없어 어쩔 수 없이 바닥에 손을 짚었다.

등 쪽에서 바위가 부서지는 엄청난 소리가 나서 아쓰시는 뒤를 돌아보았다.

벽이었다.

조금 전까지 길이었던 곳에 벽이 솟아났다.

바위와 흙과 나무로 된 벽이었다. 섬의 토대에 있는 철골도 포함되어 있었다. 높이가 보통이 아니었다. 아쓰시의 눈앞에서 지각 변동처럼 벽이 우지직 하고 성장하여, 순식간에 20미터를 넘는 높이가 되었다. 그사이에 대지는 죽음의 경련을 계속 일으켰다.

벽은 한 장이 아니었다. 섬 전체를 세 개로 분단한 것처럼 방사상으로 세 장이었다. 영국, 독일, 프랑스의 영토를 분단한 길고 거대한 벽이 출현했다.

"뭐지……? 대체 이게 뭐야……?!"

이게 이능력? 믿을 수 없었다. 이 정도의 힘을 발휘하다니, 이능력이라는 상식을 훌쩍 넘어 버렸다.

"토건업자도 필요 없겠지?" 가브가 의자에 앉은 채 웃었다. "동료를 구하기 위해 올라가 볼래? 보기보다 힘들 거야."

가브의 의도는 금방 눈치챘다. 이래서는 요사노에게 갈 수가 없었다.

아쓰시 혼자라면 호랑이 팔다리로 20미터 정도의 절벽을 뛰어 올라갈 수 있을지도 모른다. 하지만 벽을 올라가는 중에는 완벽히 무방비해진다. 가브의 돌로 된 팔에 습격을 당하면 단숨에 으스러질 게 뻔하다. 그리고 요사노를 데리고 이 벽을 넘는 것은 더욱 불가능했다.

"자, 어떻게 할 거지?"

"그거야 뻔하지." 아쓰시는 가브에게 말했다. "오히려 결심이

섰어. 다자이 씨를 구하려면 널 쓰러뜨릴 수밖에 없다고 말야."

"그렇게 나올 줄 알았어." 가브가 미소를 지었다. "경비 아저씨를 기절시켰을 때, 정말 대단했어. 스스로는 깨닫지 못했을지 모르지만, 너, 꽤 난폭한 녀석이야."

"기다려라." 공기가 떨리는 듯한 낮은 목소리가 났다. 아쿠타가와였다. "호랑이 인간. 이 자식. 지금 뭐라고 했나? '다자이 씨를 구하겠다' 라고?"

"너하고는 관계없어."

"호랑이 인간." 아쿠타가와의 외투가 주인의 살기에 호응하며 나부꼈다. "먼저 너부터 베어 죽여 줄까?"

아쿠타가와는 무릎을 꿇은 채 외투에서 검은 칼날을 발생시켰다. 아쓰시는 날아온 그 검은 칼날을 호랑이 눈으로 간파하고, 적중하기 전에 얼굴을 돌려 피했다.

"네 공격도 이젠 대략 익숙해졌어." 아쓰시는 아쿠타가와를 노려보면서 말했다. "방해하지 마. 나는 저 녀석을 쓰러뜨려야 해."

"이 자식……."

"이봐 이봐, 너희." 가브가 어이없다는 듯이 끼어들었다. "왜 둘이서 놀고 그래? 둘이 아는 사이야? 꽤 사이가 좋아 보이는데."

"누가 말이냐?!"

"이런 녀석이랑!"

아쿠타가와와 아쓰시가 동시에 말했다.

"난감하네." 가브가 어깨를 으쓱 들어 올렸다. "어쩔 수 없지. 둘 다 한꺼번에 상대해 줄게."

가브의 말과 동시에 무사히 많은 팔이 쇄도했다.

아쓰시는 재빨리 반응했다.

처음에 덮친 거대한 손바닥을 뛰어넘은 뒤 그 직후에 옆으로 때리러 날아오는 주먹의 표면에 착지한 후, 다시 도약. 뱀처럼 지상에서 무수히 많이 덮쳐 오는 팔을 모두 피했다.

"보통이 아닌데, 마타사부로." 가브가 씨익 웃었다. "가지고 싶어졌어. 네 이능력. 그럼…… 이건 어때?"

그 직후, 아쓰시의 배에 무언가가 닿았다.

엄청난 총격에 몸이 기역 자로 굽었다. 내장에 뜨거운 느낌과도 비슷한 통증이 전해졌고, 시야가 새빨갛게 변했다.

아쓰시의 복부에 닿은 것은 '손가락'이었다. 거대한 돌로 된 팔의 거대한 검지. 눈 아래의 지상을 보니, 대지에 같은 두께의 구멍이 뚫려 있었고, 무언가가 사출된 듯이 연기가 피어올랐다.

손가락의 형태를 한 탄두를── 지면에서 고속으로 사출한 건가!

"계속 갈게?"

지면에 무수히 많은 구멍이 뚫렸다. 지상에서 하늘을 향해 백 개의 포대에서 발사된 백 개의 포탄이 아쓰시를 향해 빠르게 날아갔다. 속도도 포탄과 다를 바가 없었다. 어떻게든 피하려고 아쓰시는 호랑이의 눈을 번쩍 떴다. 하지만 수가 너무 많았다.

포탄 하나가 어깨에 살짝 스쳐 아쓰시의 몸이 비틀렸다. 몸이 흐트러진 순간, 한 아름 정도 되는 탄두가 아쓰시의 관자놀이를 강타했다.

"칵……!"

충격에 의식이 날아갔다. 머리가 크게 흔들리고 목뼈가 우득거리며 소리를 냈다.

의식을 잃은 아쓰시의 몸에 포탄이 잇달아 격돌했다.

비에 맞은 나뭇잎처럼 아쓰시의 몸이 공중에 떠올랐다. 자신의 몸을 제어할 수 없었다. 뼈가 얼마나 부러졌는지도, 내장이 얼마나 찌부러졌는지도, 전혀 알 방법이 없었다. 단지, 막연하게 죽음의 기척만이 흐릿하게 의식을 차갑게 감쌌다.

아쓰시가 낙하하며 지면과 가까워졌다. 충돌한다, 아쓰시는 그렇게 생각했다. 하지만 강하게 충돌하지는 않았다.

차박, 하고 젖은 소리가 나는가 싶더니, 단단한 대지에 아쓰시의 몸이 잠겨 들어갔다.

지면에 파문이 일더니, 끝을 알 수 없는 늪처럼 땅이 아쓰시를 집어삼켰다. 등에서부터 몸, 목의 순서로 잠기기 시작했다. 마지막으로 남은 머리를 살리려는 듯이 검은 천이 날아오는 모습이 아쓰시의 시야에 흐릿하게 보였다. 하지만 그것이 무엇인가를 확인하기도 전에, 아쓰시의 온몸은 섬 안으로 잠겨서——.

완전히 모습을 감추었다.

누군가의—— 꿈을 꾸었다.

위아래도 좌우도 확실하지 않은 장소. 자신이 서 있는지 앉아 있는지도 알 수 없는 장소. 1초 후도 1시간 후의 차이도 애매하고, 더운지 추운지도 알 수 없는 곳.

아쓰시는 그곳에서 처음 보는 소년의 꿈을 꾸었다.

마음이 다정한 소년이었다. 소년은 올곧은 눈동자에 고독을 채운 채, 혼자서 계속 섬을 노려보았다. 관광 시설도 발전 풍차도, 아무것도 없는 섬―― 황야라고 해도 과언이 아닐 정도로 아무것도 없는 섬. 소년은 그 한가운데에 서 있었다.

이 꿈이 무엇인지, 소년이 누구인지도 몰랐지만―― 어째서인지 소년이 고독하다는 것만큼은 확실히 알아챘다. 하늘과 바다를 바라보는 그 눈동자 안에는 아쓰시와 똑같은 빛이 깃들어 있었다. 투명한 눈동자의 안쪽에 있는 것은 확신이었다. 세계는 자신을 다정하게 대해 주기 위해 존재하는 것이 아니라는 확신. 지옥은 다른 사람 속에 있다는 확신.

그 소년은 섬의 수호자였다. 고독하고, 고결하고, 자신조차도 자신을 사랑하지 않았다. 그에게 다가가는 누군가는 존재하지 않았다. 그 눈은 '자신이 이루지 않으면 안 되는 것'만을 가만히 바라보았고, 슬플 정도로 올곧았다.

아쓰시는 그 소년을 부르려고 했다. 하지만 말이 나오지 않았다. 소년에게 가까이 다가가려고 하면 할수록 소년은 멀어졌고, 확실히 보려고 하면 할수록 소년의 모습은 애매해져 갔다.

단지 고독만이, 집어삼킨 얼음 파편처럼 아쓰시의 가슴을 급격하게 식혀 갔다.

"눈을 떠라, 호랑이 소년."

누군가의 목소리가 들려 아쓰시는 눈을 떴다.

자신은 어딘가에 누워 있었다. 어두운 어딘가. 죽지는 않았다. 살아 있다.

"의식은 아직 있나? 내 목소리가 들리나?"

아쓰시는 주변을 둘러보았다. 그곳은 좁고 둥근 동굴이었다. 공기 그 자체가 희미하게 발광하고 있어서, 희미하게 동굴의 윤곽은 확인할 수 있었다. 꿈이나 사후 세계는 아닌 듯했다.

하지만 그렇다고 한다면 이곳은 어디일까.

"이곳은 섬의 지하다." 아쓰시의 사고를 읽은 것처럼 그 목소리가 동굴에 울려 퍼졌다. 하지만 목소리의 주인은 어디에 있는지 보이지 않았다. 들어 본 적도 없는 목소리였다. "남은 나의 힘으로는 이 동굴을 만드는 것밖에 할 수 없었다. 게다가 이것도 곧 소멸한다."

공간이 흐릿하게 발광하여 사람의 모습을 만들기 시작했다. 키가 큰 청년이었다. 다자이보다 조금 나이가 많은 걸까. 모르는 사람인데 기척은 어딘가 모르게 기시감이 느껴지는 인물이었다.

누구세요?

"나는 베른이다." 아쓰시의 사고를 다시 읽고 그 사람이 말했다. "이 섬의 수호자, 쥘 가브리엘 베른. '7인의 배신자' 중 한 명이다."

가브?

그럴 리가 없다. 가브와는 나이차가 너무 많이 난다. 눈앞의 흐릿하게 비치는 청년은 가브보다 나이가 두 배는 되어 보였다. 행동이나 목소리의 톤도 달랐다. 쉽게 발끈하고 거친 가브와는 달리, 눈앞의 청년은 도서관에서 사서라도 하고 있을 것처럼 조용하고 얌전했다.

하지만—— 듣고 보면 머리카락이나 눈동자의 색은 똑같았다. 손끝까지 전해지는 방심할 수 없는 그 기척은 어딘가 가브와 공통되는 부분이 있는 것 같기도 했다.

"미리 말해 두지만, 너는 이곳에서 나갈 수 없다."

청년 모습의 가브—— 베른은 명확히 그렇게 말했다.

"'그 녀석'이 그것을 의도하지 않는 한은. 왜냐하면 이곳은 녀석의 배 속이니까. 미안하지만, 나에게는 너를 도울 힘이 없다."

녀석? 가브를 말하는 걸까? 하지만 너도 가브잖아?

"그 질문에 대한 답은 예스이자 노이다." 베른은 소년 가브와 똑같이 말했다. "'녀석'은 인간이 아니다."

그럼 뭔데?

"'이능력자'다." 청년은 그렇게 단언했다. "너는 이능력이라는 것이 어떻게 존재하는지 생각해 본 적 있나?"

이능력이란 무엇인가.

당연히 있다.

호랑이의 정체에 대해 알게 된 뒤로 계속 그런 생각을 안 해 본 날이 없었다.

호랑이란 누구인가? 왜 자신에게 호랑이의 힘이 깃들어 있는가. 호랑이와 자신은 어디까지 동일한 존재이고, 어디까지가 다른 존재인가. 왜—— 자신의 이능력 때문에 고통스러워하는 사람이 존재하는 것일까.

"너에게 보여 주고 싶은 것이 있다." 베른이 말했다. "녀석의—— 이 섬의 기억이다. 아는 사람은 적고, 말해 주는 사람은 더욱 적은 기억. 하지만 너는 그것을 봐야만 한다. 호랑이 소년. 네 동료—— 이능력 무효화를 지닌 사람 덕분에 나는 이렇게 일시적이지만 밖으로 나올 수 있었다. 너는 그 인물을 돕고 싶어 하는 것처럼 보이는데, 맞나?"

돕고 싶어. 어떤 대가를 치르더라도.

"그럼 꿈을 계속 꿔라." 공기가 발하는 빛이 강해졌다. 아쓰시는 새삼스럽지만 생각했다. 이곳은 현실 공간인가? 자신은 환상—— 흙 속에 묻힌 탓에 산소 결핍을 일으켜 죽기 직전의 환각을 보고 있는 게 아닐까?

"환각인가 어떤가는 스스로 판단할 수밖에 없다. 이 세상의 모든 것과 마찬가지로." 빛 속에서 베른이 말했다. 이제는 더이상 그 모습이 보이지 않았다.

주변 공기의 질이 바뀌었다. 세계의 윤곽이 흐릿해지고 바깥과 안쪽을 구분하는 감각이 사라졌다. 자신이 어딘가 멀리 날아가 버리는 듯한 상실감을 느끼면서 아쓰시는 그 세계로—— 정보의 바다 속으로 잠겨 들어갔다.

쥘 가브리엘 베른은 말이 없고 내성적인 소년이었다.

전쟁으로 부모님을 잃은 뒤, 베른은 외부에 마음을 닫았다. 자신 주변에 냉담한 고독을 두르고 인생에 아무것도 기대하지 않기 시작했다.

하지만 베른이 14살 때, 전환기가 찾아온다. 그의 이능력을 발견한 어떤 조직에 속하게 된 것이다.

'일곱 명의 배신자'.

그것이 일찍이 세계가 말려든 대전을 끝낸 범죄자들의 호칭이었다.

전 세계에서 모인, 인종도 국적도 모두 다른 일곱 명. 그들의 공통점은 모두 초월적인 이능력자라는 것. 그리고 무슨 일이 있어도 대전을 종결시키려고 했다는 것. 그를 위해서는 온갖 악에 손을 물들이고, 모든 도의를 무시하는 것도 개의치 않겠다고 단단히 결심하고 있었다는 것이었다.

베른은 그 일곱 명 중 한 명이 되었다. 쥘 가브리엘 베른. 이능력의 이름은 『신비의 섬』. 베른은 스스로 영토로 삼은 섬을 이능력의 범위로 지정하고, 그 섬에서 죽은 이능력차의 능력을 흡수하는 매우 드문 이능력의 소유자였다.

모두가 '부모님을 죽인 전쟁을 끝내기 위해' 베른이 활동을 시작했다고 생각했다. 하지만 달랐다. 베른은 순수하게 일곱 명을 위해서 무언가를 하고 싶었다.

그게 베른에게 찾아온 전환기였다. 베른에게 동료가 생긴 것이다. 자신을 주워 바꾸어 준 사람들. 서로에게 목숨을 내맡기는 공범자들. ——아쓰시에게 있어 탐정사가 딱 그러했듯이.

그러던 중, 베른을 포함한 '일곱 명의 배신자'는 사상 최대의 작전을 결행했다. 인공섬 '스탠더드'에서 평화 회의를 개최하는 것이었다. 이미 피폐해져 전쟁 유지 능력을 상실했으면서도 결코 뒤로 물러서지 않았던 국가들이 화평을 맺게 하기 위해——각국의 최고 의사 결정자를 이 섬으로 유괴해 강제적으로 화평 조인을 맺게 하는 작전이었다.

그들은 각자 이능력을 사용해 각국의 수뇌나 군의 최고 지도자를 유괴해 이 섬의 기밀 구역에 가두었다. 그들을 설득, 협박, 때로는 이능력으로 세뇌에 가까운 일까지 하면서, 결국 '일곱 명의 배신자'는 그들이 화평에 동의하도록 만들었다. 그게 끝나자 각국 홍보 업계의 열쇠를 쥐는 인물이나 군수 산업의 중역등, 대전을 계속하려고 영향력을 행사하는 인물을 잇달아 유괴하여 앞서와 똑같은 일을 했다.

그 사이에, 무수히 많은 군, 첩보 기관이 섬에 침입해 자국의 중요인물을 탈환하려고 시도했다. 하지만 베른의 능력 앞에서는 어떤 무력도 아무런 소용이 없었다. 그의 이능력은 섬 안에서밖에 통용되지 않았지만, 반대로 적이 섬 안에 들어오기만 하면 무적을 자랑했다. 베른은 특수 부대나 자객 이능력자들을 잇달아 격퇴했고, 그 이능력을 흡수해 더욱 강해졌다.

결과 전쟁 반대파의 민의에 떠밀리듯 화평 회의의 조인은 유효하다고 인정되어, 전쟁은 종결되었다.

그리고 베른은 또 고독해졌다.

'일곱 명의 배신자' 중 어떤 자는 죽고, 어떤 자는 소식이 끊었다. 하지만 베른은 혼자 섬에 남았다. 다시는 전쟁을 재발하지 않도록 만들기 위해, 주요국은 아무리 국제 정세가 불안해져도 비밀리에 의사소통과 교섭을 할 수 있는 시설이 필요했다. 그를 위해 섬은 남았다(아쓰시가 지하 4층에서 본 거대한 화면과 통신기가 달린 회의실은 그를 위한 시설 중 하나였다).

베른은 고독했지만, 섬을 지키는 임무를 포기하려고는 하지 않았다. 일곱 명의 동료들은 돌아갈 장소가 필요했다. 세계의 수많은 나라들에게서 지켜 낸 이곳, 스탠더드를 베른은 일곱 명이 재회할 때를 위해 계속 지켜야만 했다. 그렇게 해서 베른은 '수호자'가 되었다.

그리고 14년간 다소의 소동은 있었지만 매우 평화로웠다. 전쟁 종결 때에 소년이었던 베른도 이윽고 청년이 되었고, 겉으로는 섬의 직원으로 살면서 섬을 유지하기 위해 계속 힘썼다.

하지만 평화란 다툼과 다툼 사이의 짧은 휴식에 지나지 않았다. 14년이 지난 어느 날, 지금까지 섬의 역사에서도 최대라 할 수 있는 이물질이 혼입되었다.

소멸 병기 '셸'. 그리고 그것을 따라온 시간 이능력자 웰스였다.

중대한 사태라 생각한 베른은 곧장 움직였다. 그리고 섬의 관광객, '가브'라는 이름으로 웰스에게 접촉해 그 사람의 정체를 파악했다. 그리고 그 사람이 협력하기에 충분한 인물이라는 사실을 꿰뚫어 보고 함께 병기를 테러리스트의 손에서 되찾기로 약속했다.

섬의 수호자에게 있어, 숨겨진 병기를 발견하는 것은 그렇게 어려운 일이 아니었다. 문제는 그것을 되찾는 것이었다. 테러리스트인 대령은 완전 무장한 부하들을 항상 데리고 다녔지만, 그들에게 베른의 이능력을 보여 줄 수는 없었다. 베른의 이능력은 전쟁 역사상 가장 무거운 범죄와 관련이 있었기 때문이다. 관계자 이외에 그 능력을 알려 줄 수는 없었다. 그렇다고 해서 부하들을 포함해 모두 죽여 버리기에는 가브가 너무 착했다.

그래서 베른은 계책을 생각해, 한동안 섬에 침입한 도적단을 이용하기로 했다. 거물 도적단은 아니었다. 도둑질을 할 때마다 실패하고 탈옥을 반복하는 하잘것없는 녀석들이었지만, 보스의 이능력──벽을 통과하는──은, 신분을 숨기고 섬의 모든 곳에 출몰하기에 딱 안성맞춤이었다. 베른은 과거에 흡수했던 '외모 · 연령 조작' 이능력을 이용해 소년의 모습이 되어 제자로 받아 달라고 부탁해 쉽사리 허락을 받았다.

소년의 모습이 된 베른은 보스의 이능력을 이용해 어려움 없이 병기가 있는 곳에 도착했다. 전투를 통해 대령을 쓰러뜨리고 병기도 회수했다. 하지만 예상외의 사태가 하나 발생했다.

여성 이능력자 웰스가 눈먼 총알에 맞아 사망한 것이다.

웰스는 강력한 이능력자이지만 전투 계열은 아니었다. 총알에 맞으면 허무하게 죽는다. 베른은 그 죽음에 깊은 상처를 받았다. 14년이나 '수호자'를 자처하며 살아왔는데, 여성의 목숨 하나 구하지 못하는 자신이라니. 하지만 운이 좋게도 웰스를 구하는 방법은 바로 떠올랐다.

베른은 『섬에서 죽은 이능력자의 능력을 흡수한다』는 능력을 이용해 웰스의 과거로 되돌아가는 능력을 빼앗았다. 그리고 55분 전으로 날아가 웰스의 죽음을 저지했다.

작전은 성공했다. 베른은 55분 전으로 돌아가 웰스와 재회했다. 그리고 다시 대령과 싸워 승리했다.

하지만 여기서 베른은 어떤 사실을 눈치챘다. 만약 여기서 한 번 더 과거로 거슬러 올라가는 능력을 흡수하면 베른은 한 번 더 과거로 되돌아갈 수 있는 것이 아닌가?

시간 여행자 웰스의 이능력으로는 한 사람당 한 번밖에 과거로 되돌아가지 못했다. 하지만 수호자인 베른이 지닌 능력으로 과거로 거슬러 올라가는 이능력을 빼앗으면, 그 시점에 사용되는 능력은 언제나 '첫 번째'가 된다. 즉, '한 번밖에 과거로 되돌아갈 수 없다'는 조건을 무시할 수 있는 것이다.

병기의 기동을 저지할 수는 있었다고는 하지만, 병사 중에는 희생자도 나왔다. 더욱이 병기의 출처, 대령의 목적 등을 알아내지 못한 채 대령을 쓰러뜨리고 말았다. 한 번 더 55분 전으로 되돌아가——아니, 몇 번이고 55분을 반복해서 최선의 미래를 최대한으로 추구한다. 그런 시행착오가 가능하지 않을까.

결론부터 말해 그 가설은 올발랐다.

베른은 몇 번이고 시간을 되돌려 몇 번이고 병기를 탈취했다. 열 번, 스무 번. 하지만 매번 누군가가 다쳤다. 선장이, 병사들이, 도적단 중 누군가. 완벽한 세계를 실현하는 것은 베른이 생각한 것보다 훨씬 어려웠다. 또 목적이 한번 달성되면 더 낫게, 더 낫게, 그다음은 될 수 있으면 더욱 완벽하게. 그런 욕심이 생긴 것도 사실이었다.

그런 시행착오 중에 베른은 예상치 못한 일이 벌어지고 있다는 사실을 깨달았다.

시간이 길어졌다는 것이다.

처음에는 55분. 다음은 56분, 58분 등, 역행하는 시간은 점점 늘어났다. 이윽고 몇 시간이나 전으로 돌아갈 수 있게 되었다. 이능력이 숙달되면서 성장하는 사례는 자주 관측되는 일이지만, 그것이 이런 형태로 발현되리라고는 베른도 전혀 예상하지 못했다. 그리고 그것은 그야말로 기쁜 오산이었다. 시간이 길어질수록 다시 반복해 볼 수 있는 일이 많아졌고, 많은 사람의 불행을 구할 수 있었다. 몇 시간, 며칠—— 그리고 베른은 어떤 희망을 품었다. 이대로 먼 과거로 계속 돌아가면 동료들과 또 재회할 수 있지 않을까? 더 나아가서는 14년이란 시간을 넘어 전쟁 그 자체를 없었던 것으로 만들 수 있지 않을까.

그것은 커다란 희망이었다. 한 사람의 인간이 짊어지기는 너무나도 거대할 정도로.

베른은 눈치채지 못했다. 이능력이 강화된다는 것은 무언가가 축적되는 것이고, 그것은 반드시 좋은 것이라고는 할 수 없었다. 이능력 그 자체에는 선도 악도 없다. 단지 그곳에 있을 뿐이었다. 그리고 그것은 때때로 의지가 있는 악보다도 훨씬 사악한 결과를 가져온다.

'축적된 무언가'에 이름을 붙여서 부를 수는 없었다. 그것은 경험치에 가까운 것이라고도 할 수 있었고, 오차에 가까운 것이라고도 할 수 있었다. 과거로 되돌아가기를 반복하는 사이에 이능력은 강화되었고, 변질되었고, 이윽고 의지를 가지게 되었다.

아쓰시의 호랑이와 마찬가지였다. 아쓰시는 호랑이의 힘을 일부 빌리는 것은 가능해도 호랑이 그 자체를 제어할 수는 없었다. 완전한 호랑이가 된 아쓰시는 본능 그대로 날뛰어 누구를 상처 입힐지, 무엇을 부술지 전혀 예상할 수 없었다. 그 때문에 강인한 것이고, 의도를 가지고 있지 않기 때문에 오류가 없었다.

가브의 경우 그것은 '섬'이었다. 그리고 베른의 경우, 섬이 지닌 힘이 차원이 다르게 강대했다.

섬의 이능력은 베른 본인의 인격을 지우고 육체를 빼앗았다.

그리고 이능력 생명체 '가브'가 탄생했다.

이능력인 가브와 소유자인 베른의 의식이 역전된 것이다.

하지만 이능력 생명체인 가브의 의식은 사람의 의식에 비해 불안정했다. 아쓰시의 호랑이도 아주 짧은 시간밖에 표출되지 않는다. 과거로 되돌아가기를 그만두고 시간이 정상적으로 흐르기 시작하면, 언젠가 머지않아 자신의 의지는 소멸된다. 이능력은——가브는 그것이 싫었다. 사라지고 싶지 않았다. 의지가 소멸하면 자신은 또다시 어디인지도 모를 어둠 속에 잠겨 들어간다—— 그런 생각을 했더니 참을 수가 없었다.

그래서 이제 막 탄생한 가브가 한 행동은 '주인과 같은 일을 한다'였다. 즉, 같은 시간을 반복하는 것. 닫힌 시간 속에서 반복을 계속하여 결코 밖으로 나가지 않는 것. 미래로 나아가지 않는 한, 가브는 의식을 손에서 놓지 않을 수 있었다. 그 시점에 과거로 돌아갈 수 있는 시간은 약 30시간. 가브는 미래로 나아가길 거부하고 30시간을 계속 반복하여 갇혀 있음으로써 죽음의 공포에서 벗어날 수가 있었다.

그것은 표면적으로 베른과 마찬가지로 반복되는 시간 속에 사는 생명이었다. 과거로 돌아가 병기를 되찾고, 다시 과거로 돌아간다. 하지만 베른과는 다른 것은 그 목적이었다. 섬의 수호자인 베른의 목적은 사람들이 불행해지지 않는 것이었지만, 가브에게 인간의 생사란 어떻게 되든 상관없는 일이었다.

가브는 몇 번이고 같은 시간을 반복해서 살았다. 그런 가운데 지식과 지혜를 익혔고, 현명함과 교활함도 손에 넣었다. 가브는 그것으로 만족했다. 단지 살아가는 것. 그 외에는 하고 싶은 일이 존재하지 않았다. 가브는 행복했다.

단, 몇만 번, 몇십만 번씩 시간이 반복되자 드물지만 예측하지 못한 사태도 일어났다. 아주 작은 오차가 커다란 미래의 변화를 가져오는 경우도 있었던 것이다. 어떤 시간에는 대령이 자살했다. 어떤 시간에는 웰스가 가브의 음모를 눈치챘다. 그때마다 가브는 비축된 지식과 책략을 사용해 사태에 대처했고 모든 특수 상황을 해결했다. 그리고 항상 마지막에는 웰스를 살해해 과거로 돌아가는 능력을 흡수했다.

그런데 어느 때에, 최대의 '오차'가 발생했다. 대부분의 일이 그렇듯이 처음에는 아주 작은 엇갈림이었다. 병기와 관련된 소문 때문에 불안해진 선장이 외부에 그 이야기를 흘린 것이다. 이야기는 하필이면 영해를 소유한 일본국 정부의 이능력자들을 관리하는 비밀부서── 이능력 특무과에 전해졌다. 그리고 특무과는 재빨리 행동해 탐정사를 섬으로 보냈다.

탐정사에게는 천적이 있었다. 다자이였다. 다자이는 닿은 모든 이능력을 무효화한다. 이능력 그 자체인 가브의 중심핵은 지하 깊숙한 곳에 있어서 다자이가 섬의 대지에 닿는다고 해도 이능력이 소멸할 우려는 없었다. 하지만 육체에 닿으면 이능력 무효화가 발동되어 가브는 소멸한다.

그리고 또 하나. 본래의 능력인『섬에서 죽은 이능력자의 능력을 빼앗는』힘을 발동하는 순간만큼은 그 효과 범위를 섬 전체에 펼쳐야 한다. 그때, 섬에 다자이가 존재하면 역시 이능력 무효화에 의해 가브는 소멸해 버린다. 즉, 다자이가 섬에 있는 한 '웰스의 시체에서 이능력을 빼앗아 과거로 돌아가는' 반복 기점에 도달할 수 없다는 것이다.

이능력 무효화라는 위협은 가브에게 있어 누군가가 목에 겨눈 칼이나 마찬가지였다.

그 위협을 배체하는 방법은 하나.

다자이를 죽이면 이능력 무효화는 발동되지 않는다.

하지만 가브는 다자이가 무섭도록 머리가 좋은 인간이라는 사실을 외부의 정보 기록을 통해 알고 있었다. 다자이는 탐정사에 들어간 뒤로 무수히 많은 사건을 해결했다. 그리고 실제로 정찰을 하여 병기에 착실히 접근하는 그 수완을 보고 가브는 다자이를 경계했다. 만만치 않은 상대다. 게다가 다자이는 섬의 수호자라고 불리는 강력한 방어 이능력이 전혀 통하지 않았다. 정면에서 대결하는 것은 너무 위험했다. 다자이를 속여 죽이려 해도 거대한 속임수가 필요했다.

가브는 신중하게 계획을 짜고 실행했다. 탐정사에게 일부러 '병기 탈취' 임무를 수행하게 하고, 틈이 발생하기를 기다렸다. 절대 들켜서는 안 된다. 그리고 다자이와 직접 대면해서는 안 된다. 다자이가 어깨만 만져도 가브는 소멸하기 때문이었다.

그리고 드디어 그 순간이 찾아왔다. 다자이가 진상을 꿰뚫기 직전의 그 순간, 가장 방심했던 순간을 노리고 단도로 다자이를 찔렀다. 그의 심장이 멈추면 두려울 것은 아무것도 없다. 다자이가 죽으면 이능력도 소멸한다. 그리고 시간 여행자인 웰스가 죽으면 과거로 되돌아가는 이능력을 빼앗아 한 번 더 과거로 돌아갈 수 있다. 그렇게 가브는 승리를 확정한다.

다음에 만날 때는 가차 없이 행동할 예정이다. 탐정사 사원은 모두 섬에 상륙하자마자 죽일 생각이다. 그렇게 하면 가브를 위협하는 자는 다시는 나타나지 않는다.

그리고 또 영원히 살 수 있다. 그것만이 가브의 목적이었다.

가브는 사람이 아니다. 사람의 본능도 이해할 수 없다. 하지만 '죽고 싶지 않다' 라는 영혼의 외침만큼은 그 존재의 핵에 강하게 새겨져 있었다. 모든 생명이 그렇듯이.

바람이 부는 소리를 듣고 아쓰시가 눈을 떴다.

밝았다. 조금 전까지 있었던 지하의 어두운 그런 곳이 아니었다. 왜 자신은 이곳에 있는 거지?

조금 전까지 가브의 과거를 봤었는데. 그때의 감촉이, 자신이 자신이 아닌 듯한 위화감이 아직도 머릿속에 남아 있었다. 눈이 부셨다. 평형 감각이 없었다. 몸이 움직이지 않았다.

이윽고 몸이 움직이지 않는 이유가 조금 전까지의 체험 탓이 아니라는 사실을 깨달았다. 팔다리가 구속되어 있었다. 실제로 물리적으로 몸을 움직일 수 없었던 것이다.

벽 같은 곳에 몸이 묻혀 있었다. 벽에서 나와 있는 것은 얼굴과 가슴, 그리고 어깨뿐. 그 외에는 굳은 석고 안에 있는 것처럼 움직이지 않았다. 무언가 거대한 기둥 같은 것에 박혀 있었다.

움직이지 않는다면, 이것은 그 꿈의 연속이 아니다. 현실이다.

"좋은 꿈 꿨어? 마타사부로?"

앞에서 목소리가 들렸다.

시선을 들어서야 깨달았다. 이곳은 하늘이다. 공중에 가브가 앉아 있었다. 바윗덩어리로 된 옥좌에 편안한 자세로 앉아 있었다.

"이곳은──."

"지면 아래에서 이것저것 많이 알게 된 모양이라서. 감상을 들어 보려고."

"감상이라니?" 아쓰시가 무심코 물었다.

그곳은 시계탑 바로 위였다. 지표가 어마어마하게 융기되어 시계탑을 확 덮을 만큼 거대한 원통 같은 형태가 되어 있었다. 아쓰시 일행이 있는 곳은 바로 그 위였다. 원탁 같은 대지(臺地)의 중앙에 기둥이 형성되어 있었는데, 아쓰시는 그곳에 묻힌 상태였다.

아쓰시는 의아했다. 가브에게 자신은 목적을 방해하는 방해꾼이다. 섬에는 다자이를 되살려서는 안 되는 사정이 있다. 진실을 안 자신을 바로 죽이지 않다니, 이상하다.

"나를 아는 녀석은 지금껏 아무도 없었거든." 가브가 어깨를 으쓱 들어 올렸다. "긴 이야기이기도 하고, 말해도 아무도 안 믿을 테고, 게다가 믿는다고 하더라도 시간을 리셋해 버리면 전부 잊어버리잖아. 그러니까——."

그러니까 나를 죽이지 않았다?

아쓰시는 문득 이해했다.

이 녀석은 상황을 누군가와 공유하고 싶은 것이다. 누군가에게 자신의 일을 평가받고 싶은 것이다.

"웃긴 얘기야." 아쓰시는 무심코 그렇게 말했다. "꽤 인간다운걸? 혼자 있어서 외롭다니……. 인간조차도 아닌 주제에."

"외로워?" 가브가 고개를 갸웃했다. "그런가? 내가 외로웠었나? 계속 많은 사람들과 함께였는데?"

"그랬겠지." 아쓰시는 단언했다. "왜냐하면——." 그리고 계속 이유를 말하려고 했는데, 말로 잘 표현하기가 힘들었다.

당연히 외로울 수밖에.

태어나자마자 아무와도 상황을 공유하지 못하고, 혼자서 반복되는 삶을 살아갈 수밖에 없었으니까.

"이런 짓은 그만둬." 아쓰시가 말했다. "이런 짓을 해 봐야 아무런 도움도 안 돼. 언젠가는 끝이 올 거야. 같은 시간을 반복하며 영원히 살겠다니, 잘못됐어."

"언젠가는 끝이 와?" 가브가 눈썹을 들어 올렸다. "그야 오겠지. 너희 인간도 언젠가는 죽으니까. 나랑 똑같아. 넌 인간에게 '어차피 죽을 테니 삶을 그만둬.' 라고 말할 수 있어? 재미있는 녀석이네, 마타사부로."

가브는 웃은 뒤, 시선을 돌려 아쓰시의 옆을 바라보았다.

"당신도 그렇지? 검은 형?"

아쓰시는 깜짝 놀라 옆을 바라보았다.

지금까지 눈치채지 못했는데, 옆에도 기둥이 있었다. 그리고 기둥에 누군가가 묻혀 있었다. 아쓰시와 똑같이.

"재미없군." 옆에서 익숙한 목소리가 들렸다. "살아남는 자은 생존할 이유가 있는 자가 아니다. 강자만이 살아남을 뿐."

아쿠타가와다. 가슴과 어깨, 머리만을 남기고 기둥에 모두 묻힌 상태였다. 입술 끝이 터지고, 이마에서 피가 흘렀다. 그 아쿠타가와도 가브의 이능력에는 이기지 못했던 것이다.

"그렇겠지." 가브는 고개를 끄덕였다. "즉, 너희보다 강한 나는 살아갈 자격이 있다는 거지?"

"웃기지 마라." 아쿠타가와는 작게 코웃음을 쳤다. 그리고 아쓰시를 바라보았다.

"호랑이 인간. 사정은 대충 저쪽의 꼬맹이에게 들었다." 아쿠타가와는 눈을 가늘게 뜨며 말했다. "다자이 씨가 죽어 가고 있다고?"

"그래. 시간이 별로 없어."

"어리석은 자식. 역시 다자이 씨가 탐정사에 들어간 것은 실수였다."

"너한테 그런 말을 할 자격이 있어?" 아쓰시는 눈썹을 찌푸렸다. "포트 마피아의 미친개가 그렇게 한심한 몰골이라니."

"녀석에게는 내 이능력이 통하지 않는다." 아쿠타가와가 조금 감정이 섞인 목소리로 말했다. "검은 칼날이 모두 그냥 빠져나간다. 대체 어떻게 된 거지?"

빠져나간다——.

"아하." 아쓰시는 번뜩 생각이나 말했다. "그건 보스의 이능력이야. 『두께 5센티미터 이하의 물체를 통과하는』 능력. 보스의 사체에서 능력을 흡수한 거구나. 네 얇은 천으로는 몇만 번 공격해도 가브에게는 닿지 않아."

"쳇." 아쿠타가와가 혀를 찼다. "그럼 닿는 것은 네놈의 주먹뿐인가?"

그건 그렇다. 호랑이의 주먹이라면 저 가브에게 타격을 줄 수 있다.

하지만 지금 상황에서는——.

"크으으으으으으으으으……!"

아쓰시는 구속을 파괴하려고 온몸에 힘을 넣었다. 하지만 몸은 빠지지 않았다. 꿈쩍도 하지 않았다.

"헛수고야." 가브가 미소 지었다. "특별한 광석을 섞었거든. ——이 녀석은 원래 『자신의 몸을 자유자재로 변형시키는』 능력이었어. 지금은 이 섬 그 자체가 나니까 섬에 있는 모든 것을 자유자재로 움직일 수 있는 거지. ——너희 힘도 대체로 다 파악했고. 그 정도의 힘으로는 탈출할 수 없어."

가브의 말대로였다. 바위도 깨뜨릴 수 있는 호랑이의 팔이지만 거대한 돌기둥에 팔과 다리가 통째로 묻혀 있는 상태에서 완력으로 탈출하기란 불가능했다.

이렇게 된 이상, 다른 방법 하나에 가능성을 걸 수밖에 없었다. 사실은 별로 원치 않는 가능성이지만——.

"아쿠타가와." 아쓰시가 씁쓸한 얼굴로 말했다. "다자이 씨는 시계탑 근처 지하에 있어. 빈사 상태지만 탐정사의 요사노 선생님을 모시고 오면 아직 다시 살아날 수 있지. 거기까지 갈 수 있겠어?"

"나를 의지하는 건가?" 아쿠타가와가 조소했다. "이 섬에 온 이후로 가작 어리석은 행동이군, 호랑이 인간. 만약 가능했다면 나는 벌써 이곳을 탈출했을 거다."

아쿠타가와의 검은 외투가 굼실거렸다.

외투는 곧장 무수한 검은 칼날이 되어 아쿠타가와가 묻혀 있는 기둥을 마구 할퀴었다. 그러자 주변부가 무수한 파편으로 바뀌어 아쿠타가와는 자유의 몸이 되었다.

하지만 그 직후, 마치 역재생이 되는 것처럼 파편이 서로 들러붙어 딱딱하게 굳었다. 아쿠타가와는 거의 움직이지도 못한 채, 다시 원래 그대로 구속되었다.

돌의 재생 속도가 너무 빨랐다.

이래서는 기둥을 파괴해도 탈출이 끝나기 전에 또 구속된다.

"건방진 이능력이다. 녀석의 본체를 찢으려고 해도 이곳에서는 라쇼몽이 닿지 않는다."

아쿠타가와가 독설을 내뱉었다.

"꼬마. ……네놈의 승리다. 죽여라."

"죽여?" 가브는 고개를 갸웃했다. "말했잖아? 죽일 생각은 없다고. 단지 시간이 될 때까지 이야기를 하고 싶을 뿐이야. 마타사부로의 스승이 죽을 때까지 시간을 때우는 거지."

이대로—— 우리를 기둥에 가둬 놓고 다자이 씨가 죽길 기다릴 생각인 건가?

다자이 씨와 웰스가 죽으면, 가브는 과거로 되돌아가는 이능력을 흡수한다. 그리고 과거로 날아가 아무것도 모르는 탐정사 사원들을 죽이면 다시는 가브를 막을 수 없게 된다.

"그렇게 놔둘 수는 없어." 아쓰시는 표정을 굳게 다잡으며 말했다. "다자이 씨는 절대 죽게 하지 않아. 다자이 씨도 이런 식으로 죽는 건 원하지 않을 거야."

다자이 씨는 항상 죽고 싶어 한다.

그 이유가 뭔지는 아무도 몰랐다.

하지만 이런 형태로 죽게 내버려 둔다면, 나는 평생 스스로를 용서할 수 없게 되겠지.

문득, 아쿠타가와가 조롱하듯이 작게 웃었다.

"다자이 씨의 내면은 아무도 모른다." 아쿠타가와는 아쓰시를 보고 말했다. "나도 그 사람을 죽게 내버려 둬서는 안 되는 이유가 있다. 하나, 네놈이 함부로 들여다볼 수 있을 만큼 그 사람의 내면은 얕지 않아."

"너…… 다자이 씨가 죽어도 좋다는 거야?" 아쓰시는 아쿠타가와를 노려보았다.

"아니. 하지만 아무것도 모르는 네놈에게는 다자이 씨를 구할 자격이 없다."

"자격이라고?" 아쓰시는 분노에 찬 목소리로 말했다. "네가 무슨 말을 하는지는 모르겠지만, 자격 이야기를 할 것 같으면, 다자이 씨를 구할 수 있는 사람은 네가 아니라 나야. 너는 나랑 한 번 싸워서 졌으니까!"

아쿠타가와는 아쓰시를 보고, 아무것도 없는 허공을 본 뒤, 다시 아쓰시를 바라보았다.

그리고 입술을 옆으로 끌면서, 사나운 악의를 품은 미소를 지었다.

"재미있군." 아쿠타가와의 웃음에서 독기가 뚝뚝 흘렀다. "이런 상황에서 실로 재미있는 농담이다. 호랑이 인간. 네놈과 내가 놓인 상황은 똑같지 않다. 알고 있나? 나는 가능하지만, 네놈은 불가능한 행동이."

바람이 부는 소리.

아쿠타가와의 검은 칼날이 아쓰시의 목에 꽂혔다.

"컥……?!"

"이거다. 네놈은 나에게 아무것도 못하지만, 나는 네놈을 다치게 할 수 있다. 허언 망언은 저 세상에 가서 해라."

목에 꽂힌 검은 칼날이 목 안에서 더욱 분열. 작게 나뉜 무수히 많은 바늘이 되어 아쓰시의 몸 안으로 침식해 들어갔다.

눈이 뒤집힐 정도의 극심한 통증. 하지만 팔다리가 구속되어서 저항조차도 할 수 없었다. 모든 신경을 톱으로 써는 듯한 통증에 아쓰시는 소리쳤다.

"아쿠타가와……! 너……!"

붉게 물든 시야를 간신히 아쿠타가와에게로 돌렸다. 강하게 규탄하려고 했던 그때, 아쿠타가와의 표정이 변했다는 사실을 깨달았다.

아쿠타가와는 웃지 않았다. 조금 전까지의 웃음이 빠져나간 듯이 사라졌다. 대신에 떠오른 표정은 조용한 침묵. 있을까 없을까 할 정도의 슬픔마저 떠올리며 아쿠타가와가 아쓰시를 바라보았다.

그 표정의 의미를 생각할 틈도 없이 또 다른 검은 칼날이 날아와 아쓰시의 의식을 순간적으로 사라지게 만들었다.

그건 언제 있었던 일이었을까?

전후의 상황은 기억나지 않는다. 계절도 기억나지 않는다. 단지, 농밀한 석양의 오렌지색이 폐에 들어오는 것이 아닐까 할 정도로 노을이 졌던 것만큼은 기억하고 있다.

멀리서 까마귀가 울었다. 몇몇 민가에서 밥을 짓는 연기가 피어올랐다. 아쓰시와 다자이는 같이 마을 주택가를 걸었다.

다자이와 둘이서 걸었던 이유는 어렴풋이 기억날 뿐이었다. 분명히, 아쓰시가 일을 하다 막혀서, 다자이가 도와주러 왔던 때였던 듯하다. 도와주러 온 다자이는 거의 몇 분 만에 문제를 해결하였고, 의뢰인에게 고맙다는 말을 들으며 현장을 떠났다.

다자이의 등을 보면서 아쓰시는 터덜터덜 걸었다. 무슨 말을 해야 할지 알 수 없었다. 자신은 아직도 제 몫을 못하는 사람이라는 생각이 아쓰시의 발걸음을 무겁게 했다. 다자이 같은 완벽한 인간은 몇만 년이 지나도 될 수 없다는 사실이 아쓰시의 어깨를 짓눌렀다.

완벽한 인간?

다자이는 완벽하지 않다. 새삼 그런 생각에 이르러 아쓰시는 걸음을 멈추었다. 다자이는 완벽한 사람과는 정반대의 사람이다. 항상 일을 땡땡이쳐서 구니키다에게 혼나고, 아프지 않은 자살을 모색하다가 실패해 많은 사람에게 민폐를 끼친다. 괴이하고 예측 불가능한 행동에는 모두 익숙해져서, 그것을 기묘하다고도 생각하지 않게 되었다.

"다자이 씨." 아쓰시는 다자이의 뒷모습을 향해 말을 걸었다. "왜 다자이 씨는 자살을 하고 싶어 하시는 거죠?"

다자이는 뒤를 돌아 아쓰시를 바라보았다. 평소의 웃는 그 얼굴로. 무슨 생각을 하는지 알 수 없는 생글거리는 웃음.

다자이는 '그러고 보니 말을 안 했던가?' 하고 말을 하는 것처럼 눈을 살짝 뜨고 미소 지으며 대답해 주었다.

"   ,   가   야."

그때—— 다자이는 뭐라고 했었더라?

기억하려고 하면 할수록 희미한 기억이 멀어져, 짙은 노을빛 속으로 잠겨 들어갔다.

어떤 인간도 다자이를 이해할 수는 없다. 바로 옆에서 보아도, 피차간의 거리는 몇만 광년이나 떨어져 있기 때문에.

솔직히 말하자면, 다자이를 구해야 할지 말아야 할지, 아쓰시도 알 수 없었다. 다자이가 정말 무엇을 바라고 있는지, 아무도 모르기 때문이다. 어쩌면 이건 자기만족에 불과할지도 모른다. 제멋대로 행동하는 것일지도 모른다.

하지만——.

어딘가에서 호랑이가 울부짖었다.

아쓰시는 그에 호응해 주었다.

온몸의 통증이 반전되어 피가 소리를 내며 역류했다. 털이 곤두서고 근육이 급속하게 팽창하여 모든 세포를 불타게 했다. 몸이 상상하기 힘든 정도의 변화를 일으켰다.

앞으로 나아가야만 한다.

모른다면, 알아야 한다. 이런 결말은 잘못됐다.

아쓰시가 울부짖었다. 달까지 닿고도 남도록 포효했다.

"그거다." 누군가가 그렇게 말했다. "빨리 해라. 정말 귀찮게 하는구나, 호랑이 인간."

기둥이 사방으로 금이 가더니, 무수한 파편이 되어 붕괴되었다.

"아니?!"

기둥의 파편은 곧장 붙으면서 재생되려고 했다. 하지만 순간 재생된 기둥에 잡혀 있어야 할 대상이 없었다.

흰 강풍이 빠져나갔다.

호랑이가 원탁의 대지에 착지해, 더욱 도약. 엄청난 다리의 힘을 견디지 못하고 아래의 원탁이 부서져 갔다.

"이건—— 뭐지?"

가브가 소리쳤다. 질주하는 흰 호랑이를 눈으로 좇지 못했다. "이게 무슨 일이지?! 이게 이능력? 이런 일이——."

가브가 손을 흔들어 방어를 위해 돌로 된 팔을 주변에 펼쳤다. 전방위 공격에서 가브를 지키기 위해 수십 개의 돌로 된 팔이 벽처럼 가브를 둘러쌌다.

백호(白虎)는 멈춰 서서 작은 자동차 정도나 되는 그 거구를 뒤로 젖히며—— 포효했다.

섬 전체가 진동했다.

목에서 분출되는 소리의 충격파가 돌로 된 팔을 소리굽쇠처럼 공진시켜 그 모든 것을 파쇄하여 날려 버렸다.

"으앗!" 가브가 경악을 하며 눈을 휘둥그렇게 떴다.

"이럴 수가! 아무리 그래도 이건——."

가브는 말을 미처 끝낼 수 없었다. 돌로 된 팔에서 쏟아지는 파편 사이로 백호가 뛰쳐나와 가브의 어깻죽지를 물어뜯었기 때문이다.

"크아아아아아아아?!"

호랑이의 거대한 이빨이 가브의 어깻죽지를 물었다. 이빨이 살에 꽂히고, 뼈를 부수고, 가슴판을 꿰뚫어 반대편으로 관통했다. 이빨 하나하나가 가브의 손목보다도 굵었기 때문에, 보스의 『두께 5센티미터 이하의 물체를 통과하는』 능력도 효과가 없었다.

호랑이는 가브의 몸을 문 채 착지. 그대로 목을 흔들었다. 살이 뜯기고, 근육이 찢어지고, 관절이 뜯겨 나가는 소리가 울렸다.

"이, 자식……! 날 누구라고 생각하는 거냐……?!"

가브는 자신의 양다리에 돌로 된 팔을 휘감아서 억지로 자세를 바로잡았다. 그리고 절규와 함께 몸을 흔들어—— 자신의 어깨를 호랑이에게서 억지로 잡아뗐다.

피와 살덩이가 사방으로 튀었다.

돌로 된 팔로 자신을 휘감고, 가브는 긴급히 뒤로 피했다.

"큭……!"

가브의 어깨 아래가 사라졌다. 단면에서는 선명한 피가 분출했다.

"죽을 것 같아⋯⋯? 내가 죽을 줄 아냐고⋯⋯!"

가브가 찢긴 단면에 돌로 된 팔을 휘감았다. 살과 뼈가 노출된 상처를 돌이 뒤덮더니, 중요 기관을 봉합해 응급처치를 하여 출혈을 막았다.

"나의 주인이── 베른이 아직 이 육체를 조종하고 있을 때부터 나한테는 의식이 있었다. 하지만 아무 말도 하지 못했고, 내 목소리는 아무에게도 전해지지 않았어. 단지 미지근한 어둠 속에서 산 것도 죽은 것도 아닌 자신에게 의문을 느낄 뿐이었지."

돌로 된 팔이 가브와 융합해, 새로운 팔이 되어 어깨에서 돋아났다. 암석과 광석과 기계로 구성된 새로운 팔은 아쓰시의 호랑이 팔과 어딘가 닮아 있었다.

"그 어둠으로는 다시는 돌아가지 않아! 나는 살 거야! 그게 그렇게, 나빠⋯⋯?!"

가브의 화난 목소리와 함께 호랑이가 밟고 있던 발판이 녹았다.

호랑이뿐만이 아니었다. 가브의 다리 밑도, 아쿠타가와의 기둥도, 시계탑을 덮고 있던 원통형 토대 그 자체도, 모든 것이 진흙이 되어 용해되었다. 그리고 그 진흙 모두가 백호를 향해 쇄도했다.

"찌부러뜨려라──!"

호랑이를 감싼 거대한 진흙은 구형이 되어 곧장 딱딱한 하나의 바윗덩어리가 되었다. 시계탑과 거의 같은 높이일 정도로 거대한 바윗덩어리였다. 그것이 호랑이를 가둔 채 공중에 출현했다.

"젠장맞을 자식······. 꼴좋다······."

모든 질량을 바윗덩어리 형성에 돌렸기 때문에, 가브는 지지해 줄 것이 없어 아래로 떨어졌다. 그대로 지면에 떨어지면 중상을 면치 못한다. 하지만 가브는 승리를 확신한 듯한 미소를 지었다. 가브는 떨어지면서 바윗덩어리를 바라보았다.

가브의 표정이 얼어붙었다.

바윗덩어리의 표면에 금이 갔기 때문이다.

"뭐야······ 말도 안 돼······!"

금은 금세 바윗덩어리 전체로 퍼져 나갔다. 내부에서 무언가가 부서지는 소리가 들렸다. 그리고 무언가가 포효하는 소리가 들렸다.

포탄이라도 직격으로 맞은 것처럼 바윗덩어리의 한 점이 분쇄되며 내부에서 백호가 뛰쳐나왔다.

그리고 공중에서 앞발로 피하고 싶어도 피할 수 없는 가브를 내리쳤다.

"······빌어먹을······!"

격돌.

충격파가 공중으로 퍼져 나갔다.

가브가 떨어져 지면과 크게 충돌했다. 지표가 물결치며 주변의 건물을 휩쓸었다.

조금 늦게 소리가 공기의 벽이 되어 주변의 나무들을 흔들었다.

그것은 육탄전으로 일어날 수 있는 규모의 파괴를 넘어선 것이었다. 운석이 충돌한 것과 비슷한 충격이 지면에 방사상의 균열을 냈다.

자욱한 흙먼지가 걷혔을 때——균열의 중심에는 가브가 쓰러져 있었다.

백호의 앞발에 얻어맞은 복부는 살까지 전부 튀어 날아갔다. 온몸의 살이 너덜너덜해져, 전신에서 피가 흘렀다. 평범한 사람이라면 몇 번이나 죽었어도 이상할 게 없는 중상이었다.

조금 뒤늦게 호랑이가 착지. 호랑이 모습이 연기와 함께 무너지며 아쓰시의 몸으로 되돌아갔다.

사람의 모습으로 돌아온 아쓰시도 역시 더 이상 서 있지 못하고 지면에 쓰러졌다. 정신력을 뿌리째 소모해 버렸기 때문이었다.

아쓰시는 가브를 보았다. 가브는 자신이 만들어 낸 피 웅덩이에 반쯤 빠져 거친 숨을 반복해서 쉬었다.

"꽤…… 하는걸……?"

"끝이다."

아쓰시는 잠긴 목소리로 말했다. "너는 몇십만 번이나 '지금'을 반복해, 충분히 오래 살았어. 이제 됐잖아? 능력을 멈추고 다자이 씨를 살리러 가게 해 줘."

"큭, 큭큭…… 충분? 충분하다니, 그게 뭔데?"

가브는 무릎을 땅에 대서 일어서려고 했다. 가슴과 입에서 대량으로 피가 흘러넘쳐 지면을 더럽혔다.

"목숨에, 지금 내가 이곳에 있는 것에…… 충분할 일은 영원히 없어……! 호흡도, 사고도, 소리도 목소리도 빛도! 동료와 함께 있는 것도! '이 정도면 충분해' 같은 것은 절대로 오지 않아! 너도, 그렇잖아……?!"

가브의 발밑이 진동하더니, 대지에서 기계가 솟구쳤다. 흙투성이인 그것은 섬의 지하에 있는 실험용 발전 기재였다. 냉각관, 도전(導電)배선, 초전도 자석. 섬에 속해 있는 설비인 이상 지하 시설의 기재조차도 가브가 지배할 수 있었다.

"동료도 마찬가지야…… 내 주인인 베른에게는 '일곱 명의 배신자'들이 있었어! 같은 곳을 보고, 같은 시간을 공유한 친구들이! 나도 그런 녀석들이 필요했기 때문에…… 그래서 도적단에 들어간 거야! 그래서 보스의 제자가 된 거라고!"

상처투성이인 가브의 육체에 관과 배선이 들러붙었다. 뱀처럼 뒤얽힌 그것들은——뱀처럼 가브의 몸을 물어뜯기 시작했다.

"아니?!"

가브의 팔이 찢겨 나가고, 노출된 동맥에 피복배선이 연결되었다. 폐가 찌부러지고, 그곳에 공기순환기의 관이 접속되었다.

"이렇게 너덜너덜한 몸은 필요 없어! 뇌만 움직이면 이능력은 계속 발동되니까." 가브는 웃었다. "나는 나야! 내 마음은 그 어디로도 안 가!"

뼈가, 내장이, 잇달아 버려져 떨어졌고, 지면에서 질척거리는 소리를 냈다. 머리 아래가 잇달아 기계로 바뀌어 갔다.

"가브. 분명히 너는 너야. 살고 싶다는 마음을 아무도 방해할 수 없어."

가브의 육체는 더 이상 인간이 아니었다. 뼈는 철기둥, 근육은

꼬인 도수관. 혈관은 붉은색과 파란색인 피복배선. 키가 조금 전 가브의 몇 배나 될 정도로 거대해졌다. 사람도 인간도 아닌 생명체가 대지에 반쯤 묻힌 모습으로 서 있었다.

가브가 기계 팔을 위에서 아래로 휘둘렀다.

아쓰시의 몸통 정도 크기의 그 철로 된 팔이 꽹음과 함께 아래로 빠르게 내려왔다.

아쓰시는 옆으로 뛰어 그것을 피했다. 그리고 더욱 도약해 가브의 사각으로 들어갔다.

호랑이 주먹이 기계 몸에 작열했다. 도수관과 배선이 찢어지고 튀어 뒤쪽으로 흩어졌다.

"큭……."

온몸을 철로 치환한 탓에 가브는 동작이 느렸다. 이능력의 힘 그 자체도 약해졌다.

"하지만 인간과 이능력을 따로 생각해서는 안 돼. 네가 동료를 원하는 것도, 인간이었을 때의 여운이 남아 있기 때문이지. 재능은 인간의 영혼에 깊이 박혀 있어. 그걸 빼 버려선 안 돼."

재능과 영혼.

초인적인 두뇌라는 재능을 지닌 다자이 씨의 영혼이 항상 죽음을 갈구하듯이.

영혼의 정의를 갈구하는 구니키다 씨나 사장님이 무술 재능을 갈고닦듯이.

그리고 호랑이라는 원하지 않는 재능을 가지고 태어난 탓에 영혼에 계속 상처를 입고 있는 아쓰시처럼.

"그런 건 인간의 논리일 뿐이야!" 가브가 외쳤다.

가브는 기계와 융합해 거대화하여 이미 시계탑과 거의 비슷할 만큼 커졌다.

기계 몸은 아무리 때려도 재생된다. 가브를 쓰러뜨리려면 유일하게 인간 그대로인 머리를 공격할 수밖에 없었다.

아쓰시는 기계의 거대한 몸을 발판 삼아 가브의 몸 위로 뛰어 올라갔다.

거목처럼 가브가 팔을 위에서 아래로 내리쳤다. 아쓰시는 그 공격을 피하고 그것을 발판 삼아 더욱 뛰어올랐다.

그리고 강풍이 휘감긴 주먹을 휘둘렀다──.

주먹에 충격.

아쓰시의 공격이 막혔다. 단단한 무언가가 아쓰시의 주먹을 차단하여 가브의 급소를 지켰다.

이건── 금화 구역에 있던 격벽인가?!

"자유도 필요 없어. 기쁨도 필요 없어── 그냥 살고 싶을 뿐이야. 살게 해 줘!"

가브가 창백한 얼굴로 웃었다. 입술 끝에 피가 한 줄기 떨어졌다.

아차.

아쓰시의 몸은 공격의 반동으로 뒤쪽으로 밀렸다. 그런데 뒤에는 버틸 발판이 없었다.

떨어진다──.

갑자기 검은 천이 아쓰시의 발밑에 나타났다. 지표에서 뻗어

온 그것이 아쓰시의 발판이 되어 체중을 지탱했다.

지표에서는 조용히 아쿠타가와가 아쓰시를 올려다보고 있었다.

그 시선이 조용히 말했다. ——가라. 편하게 만들어 줘라.

"......!"

아쓰시는 검은 천 발판을 차고 다시 도약했다.

그리고 공중에서 몸을 비틀어 격벽을 넘은 뒤, 그 안쪽에 있던 가브에게로 뛰어 올랐다.

"......우아아아아아아아아아아아아아아아!!"

아쓰시의 주먹이 적중한 순간.

——괜한 고생을 시켜 미안하다——.

청년의 목소리가 들린 듯했다.

주먹이 기계를 관통해 파편이 뒤로 튀었다.

충격으로 기계 몸이 크게 기울어 파편이 지표로 떨어졌다.

무수히 많은 기계가 공중을 가득 채웠다.

부품의 비가 내리는 저편에서 작게 미소를 짓는 가브의 얼굴이 보인 듯했다. 하지만 확인할 여유는 없었다.

힘을 다 쓴 아쓰시는 대량의 기계와 함께 낙하하자마자 지면에 떨어진 충격으로 의식을 잃었다.

시야가 어둠에 휩싸였다.

"아쓰시! 이봐. 일어나라! 아쓰시!"

멍한 시야 너머에서 누군가가 부르는 소리가 들렸다.

어깨를 붙잡고 강하게 자신을 흔들었다.

"……으…….."

"이봐, 아쓰시! 괜찮나?!"

작게 눈을 떴다. 흐릿한 시야 너머로 얼굴이 보였다. 초점이 잘 맞지 않았다.

"구니키다, 씨……?" 아쓰시가 잠긴 목소리로 말했다. "섬은…… 다자이 씨는요……?"

"거대하고 둥근 바윗덩어리가 나타났을 때, 섬의 공격이 멈췄다. 그래서 여기까지 올 수 있었지. 요사노 씨는 다니자키와 겐지의 안내를 받아 다자이가 있는 지하실로 가시는 중이다."

나는 얼마나 기절을 하고 있었던 거지?

머리를 간신히 들어 올려 흐릿한 시야로 간신히 시계탑을 올려다보았다. 시계는 옆으로 기울었고 비틀려 있었지만, 아직 움직이는 듯했다. 시간은 13시 10분. 웰스가 지정한 시간까지 아직 4분 남았다. 입구의 문은 겐지가 뜯어서 열 테니, 늦는 일을 없을 듯했다.

"아쿠타가와는요……?"

"아쿠타가와도 근처에 있었나?" 구니키다는 주변을 둘러보면서 말했다. "이 주변에는 사람의 기척이 전혀 없다만. ……그보다 아쓰시, 적은 어디 있지?"

아쓰시는 기계 부품에 반쯤 묻힌 채, 하늘을 올려다보았다. 끝없고 푸른 하늘.

"가브는—— 사라졌어요." 아쓰시가 말했다. "아마 더 이상 이 세상에는 그 어디에도 존재하지 않을 거예요. 다시 원래의 어둠으로 돌아간 거죠. 주인과 같은 장소로."

구니키다는 일어나려는 아쓰시를 도왔다. 아쓰시는 힘겹게 기계의 산더미에서 몸을 일으켰다.

"구니키다 씨." 아쓰시가 중얼거렸다. "이능력은—— 대체 뭐죠?"

"갑자기 무슨 말이냐."

"많은 이능력자는 이능력을 자신의 일부라고 생각해요." 아쓰시는 자신에게 질문을 던지듯이 말했다. "하지만 아닐지도 몰라요. 어딘가 다른 곳에서 와서 우리에게 꽂혀 있는, 헤아릴 수 없는 무언가일지도 모른다고…… 그렇게 생각해요. 잘 표현하긴 힘들지만요."

"……일단은 치료다." 구니키다는 잠시 아무 말 하지 않다가 그렇게 말했다. "그 다음에 생각해라. 시간이라면 아주 많으니까."

그때 대지가 크게 흔들렸다.

지진? 아니, 인공섬에 지진이 일어날 리가 없다. 가브의 이능력도 멈췄다. "뭐지?" 구니키다가 고개를 소리가 나는 쪽으로 돌렸다.

동시에 구니키다의 주머니에서 무전기의 호출음이 들렸다.

〈크크크크, 큰일입니다!〉 무전기에서 말을 더듬거릴 정도로 당황한 선장의 목소리가 들렸다. 〈배배, 배가—— 으아아아아아.〉

"진정해라!" 구니키다는 무전기에 대고 소리쳤다. "무슨 일이 있었던 거지? 지금 어딘가? 방금 그 지진은 뭔가?"

〈섬 출입구인 부두가 폭발했습니다! 배도요! 게다가 해안의 수위가 점점 올라오고 있습니다! 이대로는 배가 침몰합니다!〉

"뭐라?!"

침몰이라고?!

부두와 배가 폭파되었다면 아무도 이 섬에서 탈출할 수 없다. 그 상태로 섬이 침몰한다고 한다면, 관광객도 포함해 모두가 섬과 함께 바다에 잠긴다.

"그렇구나." 아쓰시는 지저(地底)에서 본 영상을 떠올리며 말했다. "섬의 안전장치예요. 가브는 이 섬의 비밀을 외적으로부터 지키는 존재였거든요. 만에 하나 가브의 생명 활동이 멈췄을 때는 섬이 전면 파기되도록 설정되어 있을 거예요."

"그렇다면—— 이봐, 선장! 섬이 침몰할 때까지 앞으로 얼마나 걸리지?!"

〈겨겨겨겨, 경비 보고로는 약 8분입니다!〉

너무 짧다. 설사 지금 육지에 연락을 해서 구조대가 온다고 해도, 이곳에 도착하기까지 최소한 30분은 걸린다. 게다가 이쪽에는 많은 관광객이 있다. 구명조끼도 없는데, 관광객이 20분 이상이나 바다에서 헤엄치며 버틸 수 있을 거라고는 생각하기 어려웠다.

"젠장!" 구니키다가 욕설을 뱉었다. "이 섬은 대체 어떻게 돼먹은 거지?!"

문득── 아쓰시는 하늘을 올려다보았다.

"뭔가…… 소리가 안 들리나요?"

"뭐?"

바람 소리가 아니었다. 섬이 가라앉는 소리도 아니었다. 하늘에서 들리는 묵직한 펄럭임.

구니키다가 하늘의 한 점을 가리켜서 아쓰시도 그쪽을 바라보았다.

그건 파란 비행 물체였다.

이쪽을 향해 다가오는 중이었다.

그리고 또 다른 큰 목소리도 들렸다.

"아── 하하하하하하하하하하하!"

비행하는 회전 날개형 항공기. 그 승강구에서 팔짱을 끼고 크게 웃고 있는 사람은──.

"란포 씨?" 구니키다가 멍하니 그렇게 중얼거렸다. "게다가 저 항공기는 분명 특무과의 기밀작전용 수송기 '홍곡(鴻鵠)'? ──그런데 왜 지금 이런 장소에?"

곧장 구니키다의 무전기에서 매우 기분이 좋아 보이는 란포의 목소리가 들려왔다. 무선주파수에 끼어든 것이다.

〈자네들은 정말 무능하군! 내가 없으면 정말 큰일이야! 조금 전에 다자이한테 사건 개요에 관한 영상 휴대 통신을 받고 어차피 이 정도 시간에 곤란해 하고 있을 거라고 생각해 사장님을 재

촉해 뒀지! 이 명탐정에게 감사해라, 일개미들아!〉

란포도 역시 탐정사의 일원이자, 다자이와 쌍벽을 이루는 탐정사의 두뇌파다. 다자이가 사전에 란포에게 사정을 설명해 두었다는 것은 자신이 무언가의 이유로 행동을 할 수 없게 되어 사원이 위험에 처할지도 모른다고 예측했기 때문이겠지.

아쓰시는 고개를 저었다. 역시 다자이는—— 자신이 죽을 것 같을 때에도 역시 다자이라고 해야 할지…….

〈이제 곧 해안경비대의 구조정이 섬에 도착할 거다.〉 무전기 너머에서 란포가 말했다. 〈섬에 있는 사람들이 다 탈 수 있을 정도로 크니까 걱정 말고 타.〉

상공의 수송기가 다가왔다. 회전 날개가 일으키는 엄청난 바람에 아쓰시는 눈을 가늘게 떴다. 수송기의 승강구 앞에서 당당히 서 있는 란포의 등 뒤로 작은 그림자가 튀어나왔다. 그 사람은 아직 착지하지 않은 수송기에서 뛰어내려 아쓰시에게 달려왔다.

"……교카!"

검은 머리카락에 기모노를 입은 소녀—— 교카가 아쓰시에게 안겼다. 몸집이 작은 교카와는 키 차이가 있어서 교카가 아쓰시의 배에 얼굴을 묻은 모습이 되었다.

"……걱정했어." 배에 얼굴을 묻은 채, 교카가 중얼거렸다.

"미안."

그때 문득—— 바람을 타고 누군가의 목소리가 들려왔다.

"그 나이에 소녀를 울리다니, 바람둥이의 재능이 있는걸, 아쓰시."

"다———."

아쓰시가 뒤를 돌아보았다. 강한 흙먼지 너머에서 걸어오는 사람 그림자가 있었다.

푸석푸석하고 덥수룩한 머리카락. 베이지색 외투. 셔츠의 배 부분에는 단도에 찔렸을 때 찢어져서 피부가 보였다. 뒤에서는 요사노 일행, 탐정사 사원의 얼굴들이 계속 이어졌다.

"다자이 씨!"

"들었네. 내가 모처럼 풀썩 죽었는데 소생시키다니…… 정말 너무한 짓을 하는군. 찔릴 때 많이 아팠어. 게다가 자네들은 나한테는 비밀로 하고 내 소생법을 전부터 검토했다고 들었는데. 자살 계획을 다시 짜야겠군…… 애당초."

"다자이이이이이이이이이자식아아아!!"

"케헉?!"

구니키다가 다자이의 옆에서 드롭킥을 날렸다.

기역자로 몸이 꺾인 다자이가 멀찍이 뒤로 날아갔다.

"너는 정말, 이 자식! 또 멋대로, 이 자식! 또 멋대로 일을 휘저어 놓다니, 아오~! 너를 소생시키려고 우리가, 얼마나, 고생을, 했다고!"

"아, 아파, 아아아아아파아파아파, 구니키다. 발로 차고 목을 조르면서 화를 내는 건 좀 그만둬 주게."

"대체 뭐가 '모처럼 죽었는데' 냐, 이 실격인간! 그렇게 죽고 싶으면 내가 죽여 주마! 이렇게냐?! 아니면 이렇게?! 이 각도인가?!"

목을 조르면서 다자이를 쾅쾅 지면에 내리치는 구니키다를 아무도 말리려고 하지 않았다. 모두가 다자이와 구니키다를 바라보면서 마음이 놓인다는 표정을 지었다.

　──문득 생각했다.

　베른의 동료이자 동지인 '일곱 명의 배신자' 도 이런 동료들이었을까?

　수호자 베른이 소멸해 이능력 생명체 가브가 되었을 때, 가브는 일단 동료를 찾아 도적단에 들어갔다. 하지만 가브는 몇 번이나 '첫 입단' 을 반복하는 형식으로 동료들과 함께할 수밖에 없었다.

　즉, 가브는 예전에 주인이 '일곱 명의 배신자' 와 함께 쌓았던 유대를 느낄 수가 없었다는 말이다.

　만약 가브에게도 베른의 동료들이 아쓰시가 바라보는 탐정사 같은 느낌이었다면, 자신들은 이렇게 서로 죽고 죽이는 사투를 벌이지 않아도 되지 않았을지 모른다.

　아쓰시는 뒤를 돌아 기계의 산을 바라보았다.

　아무도 대답해 주지는 않았다. 단지, 여름의 열기를 품은 바닷바람이 잔해 위를 스쳐 지나갈 뿐.

　조용한 청년이었던 베른의 모습과 천진난만하고 허풍이 심한 소년이었던 가브의 모습이 번갈아서 떠올랐다가 너무나도 푸르른 하늘로 사라져 갔다.

　──여름은 아직 길다.

사무실의 선풍기가 미지근한 공기를 휘저었다.

창문에서 대각선으로 들어오는 태양빛이 사무실의 바닥을 희게 비추었다. 있는 듯 없는 듯한 미풍에 실내의 관엽식물이 고개를 숙였다.

"……아아~~~~~~아아~더워~~~~~~~……."

녹은 아이스크림처럼 탐정사 사원들이 책상에 뻗어 있었다.

"왜 하필이면 이런 때에 냉방이 고장 나고 그러는 건지……."

"수리는 오후에나 온대요."

"그렇게 기다렸다간 졸인 국물이 돼 버릴 거야."

사무실에 있는 사람은 항상 그 멤버. 다자이, 아쓰시, 다니자키, 겐지, 란포, 요사노, 교카. 교카만큼은 땀 한 방울 흘리지 않은 선선한 얼굴로 나른해 하는 사원들을 신기하게 바라보았다.

"아~ 참 나. 탐정사 정예가 다 모여 있으면서 이게 무슨 꼴이야!" 란포가 답답하다는 듯이 소리쳤다. "누가 이능력으로 시원하게 해 줄 수 있는 녀석 없어?!"

사원들은 서로의 얼굴을 마주 보았다. "있을 것 같으면서도…… 없네요."

"으으으." 란포가 책상에 엎드렸다. "알았어. 이렇게 된 이상 다 같이 피서를 갈 수밖에 없겠네. 사장님한테 스탠더드 사건의 포상이 필요하다고 부탁해 볼게."

"그거 멋진데요?" 다니자키가 고개를 들고 말했다. "구체적으로는 어디가 좋을까요?"

"산이 좋겠군." 다자이가 중얼거렸다.

"산, 좋네요." 아쓰시가 고개를 끄덕였다.

"으음. 표고가 높으면 시원하겠지." 구니키다가 말했다.

"그게 뭐야?" 란포가 끼어들었다. "피서하면 바다잖아."

"바다는 이제 질렸어요!" 모두가 입을 맞춰 말했다.

모두 맥 빠진 얼굴을 순서대로 돌아본 뒤, 란포는 시시하다는 듯이 자리에서 일어섰다.

"흥. 마음대로 해." 섬 사건에 참가하지 않았기 때문에 바다와는 거의 연이 없었던 란포는 입술을 삐죽이며 말했다. "1층 찻집에서 더위 좀 식히고 올게. 다니자키, 겐지. 같지 가자. 사 줄게."

"얼마든지요."

란포, 다니자키, 겐지는 같이 사무실 밖으로 나갔다.

"좋겠다~. 나도 '우즈마키'의 말차 빙수, 먹고 싶은데." 다자이가 떠나는 사원의 뒷모습을 바라보면서 중얼거렸다.

"너는 일이다." 구니키다는 다자이 앞의 책상에 서류 뭉치를 던지며 말했다. "스탠더드 사건 보고서. 얼른 마무리해라. 특무과가 애가 타게 기다리는 중이니까 말이다."

"뭐어?" 다자이가 아주 귀찮다는 듯이 불만스런 목소리로 말했다. "하는 거야 좋지만…… 구니키다, 시원해지는 방법 뭐 없나? 자네의 이능력으로 어떻게 좀 해 봐."

"이능력은 아니지만, 온몸을 적당히 식게 하는 방법이라면 안다. 해 줄까?"

"어? 정말? 어떻게 하는 건데?"

"심장을 2분 정도 정지시켰다가 소생시키는 거지."

"……괜한 실적을 만들어서는." 다자이가 원망스럽다는 듯이 구니키다를 바라보았다. "죽을 수 있다고 생각했는데 직전에 소생되는 건 이제 딱 질색이야. 보고서, 쓰면 되는 거지? 아쓰시, 거기 자료 좀 집어 주겠나?"

"아, 네." 갑자기 불러서 아쓰시가 자리에서 일어섰다.

아쓰시는 사무 책상에 있는 회람 선반에서 사무원이 정리한 서류를 찾아 꺼냈다.

문득 그 표지에 첨부된 사진에 눈이 갔다.

"어? 이건……"

"아, 아쓰시는 아직 못 봤던가? 사건의 사후 조사 결과야."

아쓰시가 본 사진은 섬의 해안에 방치된 산더미 같은 금속 파편이었다. 아무렇게나 내버려진 그 금속 중에 눈에 익은 물건이 있었다.

검은 아타셰케이스. 잠금쇠가 망가져 있었고, 내부 구조가 파괴되어 있었다. 원래 모습을 아는 사람이 아니고서야 무슨 기계였는지 전혀 모를 정도로 완벽하게 파괴된 상태였다.

"섬을 인양하기 전에 그것만큼은 조사해 두고 싶었거든. 사람들에게 부탁해 찾아 뒀지." 다자이는 어깨를 으쓱 들어 올렸다. "완전히 파괴됐어. 파괴된 시점은 아마도 정오가 지나서. 지하 5층에서 병기가 도둑맞은 바로 직후였지."

병기를 훔친 사람은 가브다. 그렇다는 것은———.

"그 소년은 병기를 쓸 마음이 전혀 없었어." 다자이가 슬쩍 어깨를 들어 올렸다. "훔쳐서 파괴한 건 아마도 병기를 아무에게도——우리나 특무과도 포함해——사용하지 못하게 할 생각이었던 거겠지. 그쪽은 그쪽대로 병기에 의한 파괴를 막으려고 한 모양이야. 물론 예상은 했던 일이지만 말이지."

섬의 '수호자'.

인간인 베른이 소멸하고 순수한 이능력 생명체가 된 후에도 가브는 계속 '수호자'로 남았다. 그것이 태어나기 전부터 그에게 부여된 숙명이자, 존재의 이유였던 것인지도 모른다.

"그러고 보니." 아쓰시는 문득 생각나 말했다. "구니키다 씨에게 부탁받아서 대령의 과거에 대해 조사해 봤는데—— 결국 대령이 병기를 사용해서까지 세상에 전달하고 싶어 했던 비밀은 알아내지 못했어요. 대체 뭐였을까요?"

——정오는 부하들을 공격하라고 명령이 내려졌던 시간이다. 아군에게 말이지.

——막료 본부의 계략에 의해 배신자가 되어 버린 부하들은 도망쳤고, 이 요코하마에 흘러들어 미믹 병사라고 불리며 실의에 빠진 채 죽었다고 들었다.

아쓰시는 사무원의 손도 빌려 과거의 사건, 대령의 경력, 더나아가서는 해외의 민간 탐정 업자의 도움까지 받아 여러 전장(戰場) 기록까지 조사했다. 하지만 결과는 아무것도 나온 게 없었다. 대령의 부하였다가 '배신자'로 처리된 부하도 없었고, 해외의 전직 군인이 요코하마에서 사망했다는 기록에도 해당하는 것은 존재하지 않았다.

"발견될 리가 없지." 다자이는 문득 창밖을 바라보며 말했다. "그 사건은 특무과가 철저하게 말소했거든. 죽은 부하의 사망 기록은커녕, 길거리에서 우연히 찍힌 사진 한 장조차 남아 있지 않을 거야. 그런 일은 특무과의 엄청난 특기니까."

"다자이 씨, 그 사람들을 아세요?"

다자이는 그 질문에 대답하지 않고, 책상에 턱을 괸 채 하늘의 어딘가 한 점을 가만히 바라보았다. 그 눈은 현실의 풍경이 아니라, 머릿속에 남아 있는 선명한 기억을 바라보고 있었다.

"대령에게는 미안하지만, 그 사람들을 세상에 폭로할 필요는 없어." 다자이는 평탄한 목소리로 말했다. "그 사람들은 마지막엔 결국 만족하며 죽었거든. 굳이 다시 파내기보다는 편히 잠들게 두는 게 좋아."

다자이의 눈동자 안에 똑바로 피어오르는 담배 연기가 보인 듯한 기분이 들었다. 눈의 착각일까.

아쓰시가 물어야 할 말을 제대로 하지 못하고, 입을 열다가 닫다가 하는데.

"잠깐 괜찮으신가요?" 옆에서 사무원인 나오미가 말을 걸었다. "지금 거래처인 박물관에서 의뢰가 들어왔는데요──."

"무슨 의뢰지?" 구니키다가 돌아보며 나오미가 내민 서류를 받아 들었다. "경비 의뢰? 상당히 갑작스러운 의뢰군."

구니키다는 서류를 훑어본 뒤, 아쓰시를 보고 말했다. "아쓰시, 준비해. 일이다. 아무래도 도난 예고가 있었던 모양이다."

도난 예고? 상당히 전근대적인——.

"예고장과 함께 사전 조사를 하는 도적이 목격된 모양이다. 스킨헤드 거한과 회사원으로 보이는 중년 남자. 두 사람이라고 하는군."

"네?"

그 두 사람이면——.

"아니, 그냥 어쩌다 닮은 거겠지. 녀석들이 살아 있을 리가 없잖나. 네가 시체를 확인했을 텐데?"

그 말대로다. 두 사람은 분명히 치명상을 입었고, 겉보기엔 살아 있지 않았다. 게다가 가브는 보스의 이능력을 빼앗아서 사용했다. 가브는 죽은 사람에게서만 능력을 빼앗을 수 있다.

——그 사람을 존경한다는 말은 사실이야. 그 사람은 내가 필요한 걸 주었으니까.

가브. 이제 막 태어난 이능력 생명체.

가브는 왜 두 사람을 죽인 거지? 섬에서는 비르고가 정보 단말에 침입했을 때, 불편한 사실을 알게 되었기 때문이라고 추리했었다. 하지만 지금 생각해 보면, 죽이지 않고도 무력화할 수 있는 방법도 충분히 있었다. 목을 베어 죽이는 그 잔인한 수법은 아무래도 가브의 심리와는 맞지 않았다.

그리고 가브는 다른 사람의 이능력을 흡수하여 여러 이능력을 사용할 수 있는 존재였다. 하지만 실제로 가브가 사용한 이능력은 소년의 모습이 되는 것과 돌로 된 팔을 조종하는 이능력뿐이었다. 만약 그 외에 가브가 14년의 세월 동안 축적한 이능력 중

에 표적을 한번 가사 상태로 만든 뒤, 부활시키는 능력, 또는 그에 준하는 이능력이 있었다고 한다면, 현재의 모순이 설명될 수 있다.

하지만 만약 그렇다고 한다면 가브는 처음부터 아무도 죽일 생각이——.

"이봐, 아쓰시. 뭘 그렇게 멍하니 있나." 구니키다가 불러서 아쓰시는 현실로 되돌아왔다. "가자."

"네—— 네!"

구니키다의 뒷모습을 쫓아 빠른 걸음으로 걸었다. 도중에 다자이를 힐끔 봤지만, 아무런 말도 하지 않고 웃으며 어깨를 살짝 들어 올릴 뿐이었다.

가브의 진의는 영원히 알 수 없게 되었지만, 보스 일행이 살아 있는지 없는지는 도적 사건을 해결해 보면 안다. 생각은 그 다음에 해도 늦지 않다. 보스가 범인이라면 잡는 방법을 이미 알고 있다.

탐정사의 문을 열자, 그곳에서 한 줄기 시원한 바람이 날아 들어와 사무실 안을 빠져나갔다.

여름은 아직 길다. 그리고 인생은 더욱 길다.

이능력이란 무엇인가. 가브의 진의는 대체 무엇이었을까. 질문은 많지만, 대답으로 가는 길은 언제나 멀었다. 하지만 구니키다가 말했듯이, '시간이라면 아주 많다'. 의지가 되는 동료도 있다. 앞으로 나아가기만 하면, 대답에 손이 닿을 날이 반드시 온다.

탐정사를 나서자 선명한 흰 적란운이 보였다. 쏟아지는 태양 빛이 녹색 나무의 표면에서 빛이 되어 튀었다.

"신세를 겼군."

갑자기 누군가가 말을 걸어 돌아보니, 대각선으로 햇빛이 흔들이는 나무그늘에 낯익은 사람이 서 있었다.

"웰스 씨." 아쓰시는 웃으며 말했다. "무사하셨군요."

"네 덕분에 인생에 꽂혀 있던 오점을 없앨 수가 있었다. 인사를 하지. ……그건 그렇고, 군경에서 국제 테러리스트인 나를 포박하라고 자네들 무장 탐정사에 명령을 내렸다고 들었는데, 정말인가?"

"네. 구니키다 씨가 의뢰서를 받으셨어요." 아쓰시는 기억을 떠올리며 말했다. "물론 그렇다고는 해도 바로 의뢰서를 박박 찢어 버렸지만요."

"그런가." 웰스는 눈을 감고 웃었다. "나는 다음 재앙에 맞서기로 하지. 언젠가 내가 숨이 끊어지고 시간의 흐름 속에 매몰되어 잊히는 그날까지……."

"그 전에 모두에게 인사해 주세요." 아쓰시는 앞서 가는 구니키다를 보고 말했다. "바로 저기에 구니키다 씨가 있어요. 분명히 모두 환영해……."

아쓰시가 구니키다에게서 다시 시선을 웰스에게 돌렸다가 말을 멈췄다.

그곳에는 이미 아무도 없었다.

단지 태양이 나무그늘 사이로 쏟아져, 공중에 줄무늬를 그리고 있을 뿐이었다.

  아쓰시는 아무도 없어진 그 공간을 계속 바라보았다.

  문득 생각했다. 웰스라는 이능력자는 처음부터 존재하지 않았던 것이 아닐까. 시간을 조종하는 이능력 그 자체가 아쓰시 일행의 시간축에 간섭한 결과 비치게 된, 여름의 그림자 같은 것이 아니었을까?

  이능력이 보여 주는 그림자.

  이 세상에 얼마나 많은 것이 실제로 있고, 다른 무엇이 그림자에 지나지 않은 것인지, 아쓰시는 모른다.

  하지만 자신들은 살아간다.

  아쓰시는 무언가 말을 하려고 입을 열었다가, 결국 아무 말도 하지 않고 달려서 구니키다의 뒤를 쫓았다.

  길은 길고, 끝없이 이어져 있었다.

후기

소설판 문호 스트레이독스 4권, 어떠셨습니까?

새삼 말씀드리는 것도 좀 뭐하지만, 소설 문호 스트레이독스 1~4권은 각각 독립된 시계열, 다른 주인공에 의한 독립된 이야기가 그려집니다. 그렇기 때문에, 어떤 책부터 사서 읽으셔도 문제없이 즐겁게 읽으실 수 있습니다.

1~3권이 있는지 모르고 이번 권을 구매하다니! 그렇게 생각하신 분도 안심하시길.

자, 이번 장편 소설「55Minutes」는 지금까지의 1~3권과는 다른 부분이 몇 가지인가 있습니다. 눈치채셨나요?

하나. 먼저 주인공이 이번엔 아쓰시라는 것. 지금까지 1~3권은 모두 외전적인 위치로서, 각 주인공의 시점으로 만화 본편보다 과거의 이야기가 그려졌습니다. 하지만 이번에는 주인공 아쓰시를 중심으로 한 활극입니다. 시계열도 과거가 아니라 만화 본편 10권 이후의 언젠가, 라는 설정입니다. 즉, 잘 아시는 '평소의' 탐정사가 그대로 문장으로 묘사된 것입니다.

둘. 계절이 '여름'으로 명확하게 표시되었다는 것. 실은 지금까지 만화나 소설에서는 계절이 언제인지 정확하게 언급되지 않은 채, 그냥 슬쩍 냄새만 풍기는 정도로 묘사되었습니다. 봄일지도 모르고 가을일지도 모르고, 그런 느낌이죠. 하지만 이번에는 꽤 명확하게 '여름의 더운 낮'이라고 단정했습니다. 왜인가? 그 이유는 본편을 아직 읽지 않은 분들을 위해 생략하지만, 이번의 '어떤 이능력 장치'가 발동되는 때는 역시 무더운 계절이 좋잖아? 나른하고 맑은 여름이잖아? 하는 기분이 강하게 들었습니다. 왜 그럴까요? 하지만 아무튼 그렇습니다.

셋. 서브타이틀이 영어. '55Minutes'. 담당 편집자님에게도 '이거, 1~3권처럼 일본어로 하는 게 좋지 않나요?' 하고 제안을 받았지만 '아니요, 본편 만화에서도 서브타이틀은 영어와 일본어가 그냥 평범하게 뒤섞여 사용되고 있으니, 이번에는 영어 서브타이틀이 자연스럽고 옳습니다.' 라고 역설하여 설득하는 데 성공했습니다. 사실은 정말 문득 생각한 것일 뿐입니다. (이 일을 시작한 뒤로 궤변만 늘어나는 중입니다.)

이렇듯 지금까지와는 여러모로 다른 시도가 가득 찬 소설 4권. '만화는 본편이니 만화대로 즐기고, 각 캐릭터의 알려지지 않은 활약을 즐기기 위해 극장판을 보러 간다' 같은 느낌으로 읽어 주셨으면 합니다.

마지막으로 만화 담당 편집자이신 가토 님, 소설 담당 편집자이신 시라하마 님, 매번 스타일리시한 표지와 삽화를 그려 주시는 하루카와 산고 선생님, 인쇄에서 서점까지 출판에 도움을 주시는 여러분, 그리고 지금까지 읽어 주신 독자 여러분! 정말 감사합니다.

다음 작에서 만나 뵙겠습니다.

아사기리 카프카

문호 스트레이독스 55Minutes

2017년 07월 25일 제1판 인쇄
2023년 06월 20일 제6쇄 발행

지음 아사기리 카프카 | **일러스트** 하루카와 산고

옮김 문기업

발행 영상출판미디어(주)
등록번호 제 2002-000003호
주소 07551 서울특별시 강서구 양천로 570 NH서울타워 19층
대표전화 02-2013-5665

ISBN 979-11-319-5569-7
ISBN 979-11-319-4230-7 (세트)

BUNGO STRAY DOGS 55MINUTES
ⓒKafka Asagiri 2016 ⓒSango Harukawa 2016
First published in Japan in 2016 by KADOKAWA CORPORATION, Tokyo
Korean translation rights arranged with KADOKAWA CORPORATION, Tokyo.

노블엔진(NOVEL ENGINE)은 영상출판미디어(주)의 라이트노벨 및 관련서적 브랜드입니다.

• • •
NOVEL ENGINE

아사기리 카프카
작품리스트

◆

NOVEL
NE
ENGINE

청춘의 상상, 시동을 걸어라!

용왕이 하는 일!

3

숙적, 《쌍칼잡이》에게 세 번이나 패한 야이치는 한층 더 진화하기 위해 《휘젓기의 마에스트로》에게 가르침을 구한다.

한편, 야이치가 동경하는 여성, 케이카는 연수회에서 강등 위기에 처하고, 급격하게 성장하는 아이와 제자리걸음만 하는 자기 자신을 비교하면서 조바심에 사로잡히는데——.

"나와 아이 양은 뭐가 다른 거야?"

하지만 아이도 자기가 이기면 소중한 사람에게 상처를 입힌다는 걸 알고, 승리를 두려워하기 시작했다. 그리고 케이카의 장기 인생이 걸린 소중한 일전에서, 두 사람이 격돌한다——!

시라토리 시로 지음 | 시라비 일러스트 | 2017년 8월 출간
청춘의 상상, 시동을 걸어라!

어새신즈 프라이드
~암살교사와 여왕선발전~

2

◆

"내가, 유서 깊은 선발전의 대표로……?"
1년에 한 번, 자매학교와 함께 개최하는 선발전.
그 대표선수로 메리다가 선발된다. 다른 학교와
교류, 학원에서 숙박. 그런 즐거운 이벤트는 일
변하여—— 시련으로 바뀐다.
"길드에 대한 너의 충성을 의심하고 있어."
무능영애가 급격히 성장한 비밀을 파헤치고자
자객이 잠입. 예상치 못한 메리다의 대표 선출.
제자를 둘러싼 음모에, 쿠퍼는 맹세한다.
"재미있군. 대체 나를 누구라고 생각하시는지?"
선발전에서 메리다의 재능을 내보이고, 자객으
로부터 비밀을 지켜내겠다고. 암살교사의 긍지
를 걸고 은밀히 암약한다——.

아마기 케이 지음 | **니노모토니노** 일러스트
청춘의 상상, 시동을 걸어라!

만화의 신

4

염원하던 연재가 결정된 줄 알았더니, 갑작스럽게 취소를 통보받은 나에게 또 다른 시련이——.

귀국 소동으로 마음이 흔들린 모에기로부터 사랑의 고백을 받은 것이다. 그리고 나는 모르고 있었다. 그 장면을 유즈리하가 목격한 사실을.

연재에 대한 대답과 고백에 대한 대답, 둘 다 문화제가 끝날 때까지 결론을 내야 한다. 마음의 정리가 되지 않은 채로 시작된 문화제. 사랑에 동아리에 연재에, 이오리가 내놓은 대답이란——.

소노 카즈유키 지음 | Tiv 일러스트
청춘의 상상, 시동을 걸어라!

무예에 몸을 바친 지 백여 년.
엘프로 다시 하는 무사수행

9

[대혈정]의 정보를 찾아서, 그리고 스승의 뜻을 잇기 위하여 마인의 나라를 찾은 슬라바 일행을 기다리던 것은……. 전투를 오락으로 생각하는 마인과 투쟁하는 하루하루였다?!

호쾌한 마인들 탓에 난처하기도 잠시, 모두가 피의 결정을 사용하면서도 자아를 유지하는 이상한 무리── [에소드의 수행자]가 습격하며 상황은 급변한다! 그들을 거느린 소녀 샤아라가 이야기하는 피의 결정이 지닌 비밀. 그리고──

"있지! 언니가 생겼어!" 셰릴의 출생 비밀이란?! 진정한 "최강"을 목표로 하는 엘프 소년 소녀들이 다다른 추악한 진실. 소녀의 희생을 대가로 이야기는 최종국면을 향해 움직인다──.

아카시 칵카쿠 지음 | **bun150** 일러스트

청춘의 상상.시동을 걸어라!

소드&위저드

~패검의 황제와 칠성의 소녀기사~

2

학원제를 앞둔 연무 학원. 사츠키바 소라
타는 「칠성기사」 중 한 사람. 유키시로 후
유카가 기운이 없다는 것을 깨닫고 같은
칠성기사인 펠리시아와 함께 후유카가 반
에 친숙해질 수 있도록 분투한다.
한편, 세계 최대의 반(反)마술조직 유벨
의 위협에 대항하고자 천공도시 옥타비아
에 〈벼락영역〉의 칠성기사가 파견되지만,
이는 학원에 새로운 전란을 불러일으키는
것이었다.

칸키츠 유스라 지음 | **니시** 일러스트
청춘의 상상, 시동을 걸어라!